SCHERZ
KRIMI

GIORGIO SCERBANENCO

Venedig sehen und sterben

ROMAN

SCHERZ

Einzig berechtigte Übertragung aus dem Italienischen
von Heinz Kausträter
Titel des Originals: »La Sabbia Non Ricorda«
Umschlaggestaltung: Adolf Bachmann
Umschlagbild: AKG, Berlin

3. Auflage 1997, ISBN 3-502-51620-0

Gesamtherstellung: Ebner Ulm

1

Die junge Frau kniete neben dem bäuchlings im Sand liegenden Mann nieder, um ihn aus der Nähe zu betrachten. Der Tag begann zu grauen, und das Meer, das die ganze Nacht laut gegen das Ufer angerannt war, plätscherte in langsamen Wellen leise an den Strand. Der Mann lag mit gespreizten Beinen da, das Gesicht halb im Sand vergraben. An seinem Hals klaffte eine breite Wunde, und der Sand darunter war dunkel gefärbt. Der Himmel wurde allmählich heller, obwohl alles noch in ein düsteres Grau getaucht war, das Meer, der endlose, einsame Strand und dahinter die Waldung.

Der Mann war noch jung. Er hatte dichtes, glänzendes tiefschwarzes Haar. Ganz klebrig, dachte die junge Frau. Ihre Lippen formulierten den Gedanken auf deutsch. Sie erinnerte sich an das klebrige Gefühl, das sie gehabt hatte, als sie ihm zum erstenmal über das Haar gestreichelt hatte. Auch das kurzärmelige weiße Hemd war an der rechten Schulter blutbefleckt. Sie stand auf und dachte, wiederum deutsch: Was kümmert es mich? Noch jetzt spürte sie an ihrem Schienbein den Schmerz von dem Fußtritt, den er ihr gegeben hatte. Der Wind bewegte sanft ihr weiches blondes Haar. Sie sah sich um: niemand, nichts, alles war leer; der Himmel hatte keine Sterne mehr und noch keine Sonne.

Ich muß verschwinden! dachte sie. Sie war nur mit einem Slip und einem blauen Baumwollkittel bekleidet, und sie fröstelte. Erst dann sah sie das Messer, einen Schritt von dem jungen Mann entfernt. Nachdenklich betrachtete sie den dunkelgeäderten gelben Griff, und ihre Gedanken wanderten zurück zu dem Tag, an dem Giannuzzo ihr dieses Messer »gezeigt« hatte; er hatte die Klingenspitze an ihrer Wange entlanggleiten lassen und sich dabei herzlich über sie lustiggemacht. Sie bückte sich und hob das Messer auf. Dann sah sie sich plötzlich ängstlich um: Die Fingerabdrücke, dachte sie. Niemand war in der Nähe. Einen Moment noch betrachtete sie das schwere Messer in ihrer Hand, dann lief sie zum Meer hinunter. Sie war barfuß, das Wasser war kalt, der Boden schlammig weich. Das Messer würde im Schlamm versinken; wer weiß, wann und ob man es je wiederfinden würde. Als das Wasser ihr bis an die Schenkel reichte, blieb sie stehen. Dann warf sie das Messer mit kurz

ausholendem Schwung so weit sie konnte ins Meer hinaus. Das Messer beschrieb einen großen Bogen und verschwand dann im perlmuttschimmernden grauen Wasser.
Am Horizont erschien jetzt ein weißer Streifen. Die Sonne würde noch nicht so bald aufgehen, aber es war besser, wenn sie zum Zeltplatz zurückginge. Sie werden mich bald abholen, dachte sie, während sie ans Ufer zurückwatete. Sie mied die Stelle, an der der tote Giannuzzo im Sand lag, und wandte sich gleich dem Zeltplatz zu. Sie dachte auch an die Fußabdrücke, die sie in Giannuzzos Nähe hinterlassen hatte. Sie werden mich schnell finden, und dann werden sie mich monatelang quälen. Die italienische Polizei war ihr sehr unbehaglich, sie hatte sie schon zur Genüge kennengelernt – an der Grenze, in Mailand, in Venedig und auch hier auf dem Zeltplatz. Man hatte sie immer recht grob behandelt, und Ludwig, in Hamburg, hatte ihr auch erklärt, warum. »Weil wir immer ziemlich schäbig angezogen sind, und weil wir keine Lederkoffer haben, sondern nur einen Rucksack. Eines Tages fahren wir mit dem Auto hin, du wirst sehen, dann werden sie uns besser behandeln.« Ludwig hatte natürlich recht, dachte sie, während sie vom Strand weg und in den Pinienwald ging, in dem sich der Zeltplatz befand. Man betrachtete nur ihre Kleidung, und schon hielt man sie für Vagabunden. Die Eintragung im Reisepaß »Gertrud Leuter, Diplomingenieur, Hamburg« las man erst gar nicht. Und natürlich würde man sie verhaften, sobald man Giannuzzo am Strand gefunden hätte. Ihre Geschichte mit Giannuzzo war auf dem Zeltplatz bekannt, und auch im Dorf waren sie schon zusammen gesehen worden.
Als sie die Zelte zwischen den Pinien sehen konnte, blieb sie einen Moment stehen. Die Leute schliefen noch, aber schon bald würde alles auf den Beinen sein. Entschlossen betrat sie das Zeltplatzgelände, und erst dann erblickte sie den Platzwart, der sich am Brunnen den Hals wusch. Ein dicker, fast kahlköpfiger Mann, aus dessen hellblauen Unterhosen ein braungebrannter Fettwulst hervorquoll. Um zu ihrem Zelt zu gelangen, mußte sie an ihm vorbei. Der Mann sah sie und richtete sich wassertriefend auf.
»Guten Morgen«, sagte er in seinem radebrechenden Deutsch. »Spät geworden heute nacht.«
Sie lächelte widerstrebend, mit zusammengekniffenen Lippen.

»Ich fahre gleich ab«, sagte sie. »Die Rechnung habe ich ja schon bezahlt.«
»Das tut mir aber leid«, antwortete der Mann. Es tat ihm wirklich leid; diese jungen Ausländerinnen, die sich so gern mit den jungen Burschen des Landes einließen, hatte er irgendwie in sein Herz geschlossen. »Sie können ja auch nicht für immer hierbleiben.«
Das ist das letzte, was ich möchte, dachte sie und ging weiter zu ihrem Zelt, das sie bis zur Nacht vorher mit einer Holländerin geteilt hatte. In zwei Minuten hatte sie ihre gesamte Habe in den Sack gepackt – ein Kleid, eine Bluse, eine kleine Geldbüchse, die Uhr, das Armband. Ihren Paß bewahrte sie zwischen der Wäsche auf. Sie ging hinaus. Seit fast einer Woche trug sie zum erstenmal wieder Sandalen, sie taten ihr ein wenig an den Sohlen weh.
»In zwanzig Minuten kommt der Bus nach Latisana«, sagte der Platzwart, der sie zum Ausgang begleitete. »Vielleicht nächstes Jahr wieder?« fragte er.
»Sehr gut möglich«, antwortete sie. Sie zurrte ihren Rucksack auf der Schulter fest und machte sich auf den Weg. Der weiße Strich am Horizont war inzwischen heller geworden, und darunter erkannte man bereits einen leuchtenden Rosastreifen, der die Sonne ankündigte. Die Haltestelle befand sich an der Einmündung des Weges in die Straße. Sie wartete. Ringsum war alles menschenleer, kein Haus in der Nähe, auf der einen Seite die Ebene, noch in Dunkel gehüllt, auf der anderen der Wald. Das einzige menschliche Zeichen war das Hinweisschild auf den Campingplatz.
Die ersten Sonnenstrahlen tasteten sich über den Himmel, als der Bus ankam. Er war fast leer, nur eine alte Frau und zwei Karabinieri befanden sich an Bord. Die beiden Karabinieri stiegen aus, während sie einstieg.

2

Die beiden Karabinieri gingen schweigend den Weg zum Zeltplatz hinunter. Der dicke Platzwart, die Hände in die fetten Hüften gestemmt, der nackte Oberkörper rot leuchtend im Licht der Morgensonne, empfing sie mit einem: »Guten Morgen!«

»Alles in Ordnung?« fragte einer der beiden.
»Bei so herrlichem Wetter ist immer alles in Ordnung.«
Der Zeltplatz war der Ausgangspunkt, von dem aus die beiden Polizisten jeden Morgen zu ihrem Rundgang über den Strand starteten. Hinter dem Pinienwald traten sie auf den Strand hinaus, wo die Wellen jetzt im Morgenwind etwas heftiger auf den Sand schlugen. Sie blieben stehen und sahen sich um. An einem Strand kann in der Nacht immer etwas passieren, aber in ihrer Praxis war noch kaum je etwas passiert, auch nicht bei all den Urlaubern, Italienern und Ausländern, die schlimmstenfalls manchmal etwas zu spärlich bekleidet herumliefen oder nach einem Trinkgelage ein lautes Spektakel veranstalteten.
Wie an jedem Morgen, seit sie hier ihren Dienst versahen, nahmen die beiden nach diesem kurzen Aufenthalt ihren Rundgang auf, der sie in einer langen Diagonale über den Strand und über den Fußweg am Wald entlang bis nach Lignano führte.
In diesem Moment sahen sie beide, fast gleichzeitig, den im Sand liegenden Körper Giannuzzos. Wortlos und ohne sich anzusehen, liefen sie die wenigen Meter zu der Stelle hin. Einer von ihnen ließ sich kurz auf ein Knie nieder und stellte fest: »Er ist tot. Geh zum Zeltplatz und ruf den Maresciallo an!« Während der andere zum Zeltplatz zurückging, stand er auf und schaute sich sorgfältig um. Rings um den Toten gab es eine Menge Spuren, aber die meisten von ihnen waren in dem trockenen Sand vom Winde verweht worden. Die frischesten Spuren rührten von einem nackten Fuß, einem sehr großen Fuß übrigens, mindestens Schuhgröße 42, der aber trotzdem auffallend schmal war – wie bei einer Frau oder einem sehr schlanken Mann. Diese Spuren konnten kaum älter als eine Stunde sein, höchstens zwei. Das Wetter war so trocken und warm, daß auch ohne Wind die Eindrücke im Sand wie von selbst verschwanden.
Eine Stunde später hatte der Maresciallo festgestellt, daß es sich bei dem Toten um einen gewissen Giovanni Masetta handelte, einen jungen Mann von dreiundzwanzig Jahren, der erst vor kurzem aus seiner sizilianischen Heimat hier in Lignano eingetroffen war. Er wohnte zusammen mit einem seiner Landsleute in einem Bauernhaus in der Nähe des Campingplatzes

und verdiente ein paar Lire durch das Herstellen von Sandalen, Pantinen und Leinenschuhen, die er an einige Händler in Lignano verkaufte.
Nach fast drei Stunden traf auch der Arzt mit dem Staatsanwalt ein, und Giannuzzos Leiche konnte entfernt werden. Der Arzt erklärte, daß Giannuzzo von einem tiefen Messerstich in den Hals getötet worden war. Der tödliche Stich war offenbar nach einer heftigen Auseinandersetzung erfolgt, was durch ein geschwollenes Auge, mehrere Hautabschürfungen im Gesicht und eine Schnittwunde an der Schulter vermutet werden konnte.
Gleichzeitig trafen drei Mitglieder des wissenschaftlichen Erkennungsdienstes ein. Karabinieri hielten die Menge, die zum größten Teil in Badekleidung erschienen war, vom Tatort zurück, während die Spuren gesichert wurden. Erst gegen drei Uhr wurde der Strandteil freigegeben, und die Leute konnten den Ort des Verbrechens aus der Nähe betrachten. Aber es war nichts mehr zu sehen. Der Blutfleck und die Fußabdrücke waren verwischt.
Etwa um die gleiche Zeit und viele Kilometer entfernt begannen im Zug, der sich dem Brennerpaß näherte, ein Eisenbahner und ein Grenzpolizist mit der Paßkontrolle in den Abteilen. Das hochgewachsene Mädchen mit den weichen blonden Haaren hörte sie herankommen. Sie saß allein in ihrem Abteil, die Augen von Müdigkeit gezeichnet, und suchte mit nervösen Gesten in ihrem Rucksack. Wo hatte sie nur den Paß gelassen, dachte sie, während die beiden Männer sie beobachteten. Was sollte sie tun oder sagen, falls die Polizei ihren Namen bereits an alle Grenzposten gemeldet hätte? Ihr Bein schmerzte noch immer von dem Fußtritt, den Giannuzzo ihr versetzt hatte.
Sie fand ihren Paß zwischen der Wäsche und reichte ihn einem der Männer, ohne aufzusehen. Ihr einziger Gedanke war: Wie verhalte ich mich, wenn man mir sagt, ich könne nicht über die Grenze, weil ich von der Polizei gesucht werde? Der Grenzbeamte las aufmerksam den Namen im Paß: Gertrud Leuter, dahinter die Berufsbezeichnung: Diplomingenieur. Sein Blick wanderte von dem Foto zu der Inhaberin des Passes. Draußen pfiff eine Lokomotive.
Der Mann händigte ihr den Paß wieder aus, und die beiden

begaben sich zum Nachbarabteil, aus dem laute fröhliche deutsche Stimmen drangen. Sie steckte ihren Paß irgendwo in den Rucksack und nahm eine Orange heraus. Ihre Lippen waren vor Angst ganz trocken geworden, und selbst der herbe Saft der Orange vermochte dieses Gefühl kaum zu lindern. Erst als sich der Zug nach langer Zeit, so kam es ihr wenigstens vor, wieder in Bewegung setzte, spürte sie ihren Mund wieder feucht werden, und sie zündete sich eine Zigarette an.

3

Michela war aus dem Haus gegangen, weil der Anblick des tiefgrünen Flusses sie melancholisch stimmte und sie gehofft hatte, ein kleiner Spaziergang würde das Einnehmen der üblichen Tabletten überflüssig machen. Draußen war es sehr warm; sie merkte es schon auf dem kurzen Privatweg, der von der Villa zur Straße führte. An der Straße angekommen, machte sie im Schatten eines Baumes halt und beobachtete den vorbeiziehenden Verkehr, Autos, Busse, Radfahrer, und sie spürte, wie sie trotz des klaren Himmels und trotz der langen Wochen der Ruhe und der Zerstreuung wieder dieses Gefühl der Angst und der Nutzlosigkeit überkam. Auf der anderen Straßenseite war eine Tankstelle. Vor einer der Zapfsäulen stand ein kleines Auto, ein junger Mann in schwarzem Pullover war ausgestiegen und sprach mit dem Tankwart. Dann drehte er sich um und sah zu ihr hinüber, und Michela fühlte ihr Unbehagen wachsen wie immer, wenn sie den Blicken anderer ausgesetzt war, ein sicheres Zeichen dafür, daß sie noch nicht so bald von ihrer Krankheit genesen würde, auch wenn der Arzt leise zu lächeln pflegte, wenn sie es ihm sagte.
Sie wollte kehrtmachen und ins Haus zurückkehren, als sie über den Lärm eines vorbeifahrenden Motorrades hinweg ihren Namen rufen hörte. Sie drehte sich um und sah den jungen Mann im schwarzen Pullover über die Straße auf sich zukommen.
»Michela! Meine kleine Cheletta!«
Michela sah das braungebrannte Gesicht Albertos, und auf einmal breitete sich die Palette ihrer Erinnerungen vor ihr aus: der Strand von Riccione; Al, der sie wegen ihrer Größe täglich mit

neuen Spitznamen bedachte; Papa, der sich vergeblich bemühte zu verheimlichen, daß er in Als Mutter verliebt war; die langen Ballspiele, Spaziergänge mit Al, mit Papa und mit Als Mutter und immer wieder Al, der sie abküßte und mit immer neuen Spitznamen neckte.

Sicher wäre sie diesen Erinnerungen nicht erlegen, wenn Al sie nicht geküßt hätte. Aber er schloß sie einfach in seine Arme, streichelte ihr Haar, ihren Nacken und sagte: »Du bist noch um einige Zentimeter gewachsen, wenn das überhaupt möglich ist.«

Sie wollte ihm sagen, daß daran wohl die hohen Absätze schuld seien, daß sie es leid geworden sei, immer in flachen Sandalen herumzulaufen. Statt dessen brach sie in Tränen aus. Ein krampfhaftes, grundloses Weinen, das sie öfters einfach befiel, und als sie merkte, daß Als Hand aufhörte, sie zu streicheln, wußte sie, daß er begriffen hatte, wie wenig normal dieses Weinen war.

»Du, ich habe kein Taschentuch bei mir«, sagte er ernsthaft, ohne sie dabei anzusehen. Er nahm ihr das geflochtene Handtäschchen ab, durchsuchte es und reichte ihr schweigend ein kleines Taschentuch, mit dem sie sich die Tränen trocknete. Sie hatten sich lange nicht gesehen, aber er glaubte sie zu kennen, als wären sie nie auseinandergegangen, als wären sie all die Jahre immer zusammen gewesen. Er zündete sich eine Zigarette an und rauchte schweigend. Er wußte, daß sein Schweigen Michela helfen würde.

Nach einer Weile legte er seinen Arm um ihre Schulter und sagte: »Komm, Chela, wir fahren ein wenig spazieren, und dabei kannst du mir erklären, wie du hierher kommst und warum du, kaum daß du mich wiedersiehst, in Tränen ausbrichst.«

Er führte sie über die Straße, so behutsam, als wisse er um ihre Ängste, um ihre Angst vor großen leeren Räumen – Agoraphobie, nannten es die Ärzte, Angst vor kleinen geschlossenen Räumen – Klaustrophobie, nannten sie es, Angst vor dem Dunkel, Angst vor hellem Licht, Angst vor fast allem. Aber in seinem kleinen Auto fühlte sie sich wohl. Sie war bei ihm, fühlte sich völlig geborgen, und Al fuhr sehr langsam, zunächst über die Straße, die in einem großen Bogen von Venedig nach Triest führt, dann über ruhigere Nebenstraßen und Feldwege zum Meer hinunter. Es war beinahe wie früher, in Riccione, wenn Al sich den Wagen eines Bekannten ausgeliehen hatte und sie beide mit zehn Stundenkilometern dahinfuhren, ohne zu wissen, wohin ...

Es war noch gar nicht so lange her, daß sie all diese Ängste, unter denen sie heute litt, nicht gekannt hatte. Sie spielte Tennis und Tischtennis am Strand, tanzte bis zwei Uhr morgens und saß während der Examenszeit bis zu zehn Stunden pro Tag ununterbrochen an ihrem Schreibtisch, ohne Kaffee, ohne Aufputschmittel, gefangen von ihren Büchern und ihrer glühenden Begeisterung für alles Wissen, geleitet von der sicheren Überzeugung, daß alles schön sei und und nichts unerreichbar.
Es waren die Jahre, in denen sie fast täglich mit Al zusammengewesen war, in der Stadt oder in den Ferien. Und dann hatte sie sich plötzlich von ihm getrennt. Luigi war in ihr Leben getreten. Und mit Luigi war das Leben vollends zu einem Begeisterungsrausch geworden. Alles war wie in einem Märchen.
Und dann hatte das Räderwerk des Lebens, das bisher so lautlos wie der Flügelschlag der Engel gearbeitet hatte, plötzlich zu knirschen begonnen. Eine Frau hatte sie angerufen und ihr eröffnet, daß Luigi verheiratet sei, und zwar mit ihr. Schweigend und reglos hatte sie dagesessen, den stummen Telefonhörer in der Hand, und in ihren Ohren dröhnten laut die Worte, die sie soeben gehört hatte, und das Dröhnen war erst verstummt, als Luigi ihr sagte, daß er schon seit langem von seiner Frau getrennt lebe, daß er die Scheidung beantragt habe und sie heiraten wolle.
Da war Papa in Aktion getreten. Ein hoher Beamter des Innenministeriums, umgeben von Dutzenden von treuen und wachsamen Polizisten – einem solchen Mann konnte die Wahrheit nicht lange verborgen bleiben. Luigi, *ihr* Luigi wurde von Papas Schnüfflern gründlich durchleuchtet – natürlich ohne daß er etwas davon merkte. Sie fanden sogar heraus, wieviel er für Zigaretten ausgab und wie die Mädchen hießen, denen er in den letzten Jahren den Hof gemacht hatte, und vor allem, wer die Frau war, mit der er sich traf, wenn er nicht bei Michela war, seine Ehefrau.
Anfangs hatte sie versucht, das alles nicht zu glauben, obwohl sie wußte, daß Papa unfähig war, sie zu belügen. Lieber hörte

sie auf Luigi, der alles leugnete und immer wieder behauptete, er liebe nur sie. Nur wenige Wochen vergingen, bis es, in einem schäbigen Restaurant in Ostia, zum endgültigen Bruch zwischen ihnen kam. Luigis Frau hatte ihnen eine Szene gemacht, und Luigi hatte sich gegen Michela und für seine Frau entschieden.

Damals wußte Michela noch nicht, was ihr bevorstand. Ihre Geschichte war nur eine von vielen, etwas so Alltägliches, daß man den Schaden, der in ihrem Innern entstanden war, noch nicht vorhersehen konnte. Es kam ihr erst zum Bewußtsein, als sie versuchte, an die Universität zurückzukehren. Auch Papa war der Meinung gewesen, daß es das beste wäre, sich wieder dem Studium zu widmen, mit Freunden auszugehen und sich zu amüsieren. Nach einer Woche mußte sie ihr Vorhaben aufgeben. In den Büchern verschwammen die Zeilen vor ihren Augen, und die Stimme der Professoren in den Vorlesungen klang wie eine Sprache, die sie nicht kannte, das Gerede der Freunde gab ihr das Gefühl, eine Fremde zu sein.

Auch ihr gesunder Appetit – wie er bei einem jungen Mädchen von zweiundzwanzig Jahren üblich ist – hatte gelitten. Sie fand keinen Schlaf, weder im Dunkeln noch bei Licht. Anfangs behandelte Papas Hausarzt sie mit Tabletten, dann mit Injektionen, und dann empfahl er ihr eine Reise in die Berge des Nordens. Also war sie mit ihrer Tante Ada nach Bozen gefahren. Nach anderthalb Jahren hatte sie fünfzehn Kilo abgenommen, und der von Papa konsultierte Spezialist riet zu einer Schlafkur.

Davon wollte jedoch Papa nichts wissen. »Meine Tochter ist doch nicht verrückt!« sagte er. »Ich selbst werde sie heilen.« Er nahm einen dreimonatigen Urlaub und ging mit ihr auf Reisen: Positano, Amalfi, Capri, weiter nach Taormina, zurück die Adriaküste entlang bis nach Venedig. Am Tag ließ er sie keine Minute allein, und auch bei Nacht kam er mehrmals in ihr Zimmer. Er versuchte sogar, Al zu finden, weil er wußte, daß Al der einzige Mensch war, der sie trösten konnte, aber Al war seit sechs Monaten dienstlich in den Niederlanden, und niemand wußte, wann er zurückkäme.

Um das ziellose Umherziehen zu beenden, hatte Papa sie hierher gebracht, nach Latisana, zu einem alten Freund, einem Professor für orientalische Sprachen, der mit seinem Sohn eine kleine

Villa am Ufer des Tagliamento bewohnte. Seit vier Tagen saß sie nun hier, in ihrem kleinen Zimmer mit Blick auf das grüne Wasser des Flusses, mit ihren Ängsten und ihrer Unfähigkeit zu leben. Aus dem überschäumenden jungen Mädchen von einst war ein stiller, schwacher, in sich gekehrter Mensch geworden. Papas Schutz, seine Nähe, seine unermüdliche Zärtlichkeit hatten ihr geholfen. Ihr Körper war nicht mehr so abgezehrt wie früher, die Kur hatte äußerlich Erfolg gehabt, aber in ihrem Innern herrschte die große Leere. Sie dachte nur selten nach. Denken, lesen und schreiben bereiteten ihr Mühe, und darum sprach sie auch wenig. Und wenn sie einmal nachdachte, war es noch schlimmer, sie hatte immer nur einen Gedanken: Das Elend, so heruntergekommen zu sein aus einem so nichtigen Anlaß, aus falscher Liebe zu einem so nichtswürdigen Mann. Dabei war es nicht einmal die große, alles verzehrende Liebe gewesen: nur eine peinliche, lächerliche Geschichte, wie sie tagtäglich Hunderten von dummen, unerfahrenen Frauen widerfährt.

Es war also schon besser, wenn sie gar nicht erst nachdachte. Der einzige Instinkt, der ihr geblieben war, war der Gedanke an ihren Vater: Er durfte ihretwegen nicht zu sehr leiden. Papa wirkte immer wie ein gefühlloser Fels, unfähig zu leiden, auch im Ministerium schätzten ihn alle so ein. Immer bekam er die schweren Aufgaben, die mitleidlose, eiskalte Energie erforderten. Aber Michela wußte, daß ihr Vater nicht nur der harte Polizeibeamte war, sie kannte seine Achillesferse, seinen schwachen Punkt, denn dieser schwache Punkt war sie selbst. Sie sah, daß ihr Leiden auch ihn verzehrte, und wenn sie also den Wunsch hatte, gesund zu werden, dann nur für ihn. Aber ein hoher Beamter des Innenministeriums, ein scharfsinniger, intelligenter Mensch wie ihr Vater, der Commendatore Silvestro Loré, ließ sich nicht so leicht täuschen. Papa sah, daß es ihr nicht gut ging, und versuchte sie seinerseits zu täuschen.

»Ich bin müde«, hatte er schon mehrfach zu ihr gesagt. »Ich bin nicht mehr imstande, den Schnüffler zu spielen. Ich möchte mich pensionieren lassen und meine letzten Jahre mit dir zusammen verbringen.«

Es war eine fromme Lüge. In Wirklichkeit brauchte Silvestro Loré seinen Beruf, und sie durfte ihn nicht auch noch zugrunde richten, so sehr sie in ihrem Zustand auch auf ihn angewiesen war. Vielleicht war dies sogar der einzige Grund, daß sie jetzt den Mut gefunden hatte, so lange mit Al zu sprechen. Es gab nichts, das sie Al nicht sagen konnte. Al würde auch einen Weg finden, ihren Vater vor dem gefürchteten Nichtstun zu bewahren.

»Es war ganz einfach eine nervöse Erschöpfung«, sagte Al, der die ganze Zeit sehr langsam gefahren war. Sie waren jetzt wieder auf der Hauptstraße nach Latisana. »Ich habe das in meinen jungen Jahren auch schon gehabt – habe ich dir das nie erzählt? Bevor ich dich kennenlernte, und dann, als ich dich kannte, war es damit schlagartig vorbei.«
Sie hielt die Lippen zu einem ungewollten Lächeln über Als scherzhaften Ton verkniffen. Aber sie lächelte, und das war schon sehr viel.
»Es wird auch bei dir vorübergehen, wenn ich bei dir bleibe«, fuhr er fort. Es klang leichthin gesagt, aber sie wußte, daß er es ernst meinte. Bei ihm bedurfte es keiner großen Erklärungen, sie verstanden sich ohne viele Worte. Er hatte ihr immer nach Kräften geholfen, auch wenn sie ihn nie ausdrücklich darum gebeten hatte. Sie waren wieder zu ihrem Ausgangspunkt zurückgekehrt, und er hielt vor der Einmündung des Privatweges gegenüber der Tankstelle. »Wir müssen ein Programm für dich aufstellen. Laß mich das machen, denn Leute, die so mit den Nerven runter sind wie du, verstehen nichts vom Plänemachen. Immer so weiter zu reisen, einen Tag hier, einen Tag da, kann nicht gut sein für dich, es ermüdet dich zu sehr. Besser wäre es, wenn wir immer zehn Tage an einem Ort blieben. Ich könnte dann endlich auch meine astronomische Abhandlung zu Ende lesen. Seit zwei Jahren schleppe ich sie mit mir herum und komme höchstens zum oberflächlichen Durchblättern.« Er sprach, ohne sie anzusehen, und sein beiläufiger Tonfall gab seinen Worten erst die rechte Bedeutung.
»Aber wie willst du es anstellen, die ganze Zeit bei mir zu bleiben?« fragte Michela. »Du hast doch schließlich deine Arbeit.«
»Du weißt wohl nicht, wieviel dein Vater wert sein kann«, gab Al, immer noch in ruhigem, ernsthaftem und doch leicht belustigtem Ton zurück. »Eine Unterschrift von ihm – was sage ich! –, ein Telefongespräch genügt, und ich habe mehr Zeit für

dich, als dir lieb sein kann. Dein Vater ist schließlich der Vorgesetzte meiner Vorgesetzten.«

Alberto Missaglia, der sich nur von Michela Al nennen ließ, arbeitete – ohne innere Genugtuung – im Innenministerium, seit er – ebenfalls ohne Genugtuung – das juristische Examen abgelegt hatte. Er hatte dem leichten Druck seitens seiner Mutter und Michelas Vater nachgegeben. Beide waren verwitwet und miteinander befreundet, und beide hatten beschlossen, daß eine Karriere als hoher Polizeibeamter der Regierung für ihn das Beste sei. So hatte er denn das Studium absolviert und bei den Examen immer die besten Noten bekommen. Er konnte stundenlang über Fingerabdrücke und ballistische Probleme reden, aber ohne innere Beteiligung. Seine wahre Leidenschaft, die er vor allen, außer vor seiner Mutter und Michela, geheimhielt, waren zwei praktisch brotlose Künste: das Studium der Astronomie und der Philosophie. Er war beruflich sehr viel unterwegs, meistens mit sehr delikaten Aufgaben betraut, aber in seinem Gepäck hatte er stets ein paar dickleibige Wälzer, zu deren Lektüre er nie die Zeit fand. Darum gefiel ihm die Möglichkeit, ein paar Monate bei Michela bleiben und die Stunden in einem Sessel über den Geheimnissen der Galaxis verbringen zu können, und er sagte ihr das auch. Was er ihr nicht sagte, war, daß er einem anderen Mädchen versprochen hatte, mit ihm die Ferien zu verbringen.

»Papa hat dich in den letzten Monaten gesucht, aber du warst immer auf Reisen«, sagte Michela.

»Das ist auch im Moment der Fall, wie du siehst. Um vier Uhr muß ich in Pirano sein, und dann habe ich mindestens für zwei oder drei Tage in Jugoslawien zu tun. Gib mir bitte deine genaue Adresse, sobald ich fertig bin, komme ich wieder zu dir.«

»Ich wohne hier.« Michela zeigte den Weg hinunter. Sie gab ihm die Adresse, und er notierte sie in seinem Kalender. Er war gerade damit fertig, als es laut und ungeduldig hupte. Vor seinem Auto stand ein schwerer, alter und ungepflegter amerikanischer Straßenkreuzer. Der junge Mann am Steuer hupte wie wild und machte mit der freien Hand wütende Zeichen, ihm den Weg freizugeben.

»Der junge Mann scheint auch kein besseres Nervenkostüm zu haben als du«, stellte Al ruhig fest. »Hör dir nur an, wie er

hupt.« Er legte den Rückwärtsgang ein, um dem anderen Wagen die schmale Ausfahrt freizumachen. Aber noch ehe sich der Wagen in Bewegung setzte, war der junge Mann aus seinem Fahrzeug gesprungen und kam auf Al zugelaufen.
»Worauf warten Sie denn noch, um endlich Platz zu machen?!« schrie er. Er mochte vielleicht fünfundzwanzig Jahre alt sein. Sein helles blondes Haar kontrastierte scharf mit seinem braungebrannten Gesicht. Er trug einen eleganten hellen Sommeranzug und hatte feine männliche Gesichtszüge. »Wenn Sie den Rückwärtsgang nicht finden können, dann lassen Sie mich das Ding da einfach beiseiterücken! Und beeilen Sie sich gefälligst! Ich kann hier nicht warten, bis Sie endlich aufwachen!«
Es waren weniger die Worte als der Ton und die heftigen Gebärden, die Al verärgerten. Statt anzufahren, stellte er den Motor ab und öffnete die Tür, um auszusteigen.
»Nicht doch, laß doch!« sagte Michela. Sie war nicht in der Verfassung für Szenen dieser Art.
»Ganz ruhig, mein Kind, ich tu ihm ja nichts«, beruhigte er sie und streichelte ihr besänftigend die Wange.
»Zum Turteln ist dieser Platz aber schon gar nicht geeignet«, schrie der junge Mann, den Als Ruhe sichtlich reizte.
Al drehte sich langsam zu ihm um. »Sprechen Sie bitte etwas höflicher und vor allem leiser, wenn Sie wollen, daß ich Ihnen zuhöre.«
Der junge Mann sagte nichts. Seine Lippen zitterten vor Wut. Er packte Al am Arm und stieß ihn wie einen lästigen Gegenstand zurück. Dann schickte er sich an, in Als Wagen zu steigen, um ihn zurückzusetzen. Al hatte Michela nicht aus den Augen gelassen. Mit einem leichten Lächeln versuchte er, sie zu beruhigen. Er packte den jungen Mann, der schon fast hinter dem Lenkrad saß, und zog ihn nach draußen, so wie man einen Anzug aus dem Schrank zieht. Fast flüsternd sagte er: »Polizei! Zeigen Sie mir Ihre Papiere!« Im Grunde mißfiel ihm diese Methode; wäre er allein gewesen, hätte er das Problem auf andere Weise gelöst, aber er wollte Michela nicht zu sehr verängstigen.
Das Wort »Polizei« verfehlte seinen Eindruck eigentlich nie, aber dieser junge Mann schien über alle Maßen betroffen. Er machte Anstalten davonzulaufen, besann sich aber dann anders und lehnte sich mit angstverzerrtem Gesicht gegen Als Auto.

»Entschuldigung«, stammelte er mit verwirrter Stimme und suchte in seinen Taschen. »Ich muß sie im Auto haben.«
Al ging mit ihm. Der junge Mann gab ihm die Wagenpapiere und schließlich auch seinen Paß. Der Schweiß stand ihm auf der Stirn, als Al ihm die Papiere zurückgab. Auf der Polizeischule hatte Al gelernt, alles zu behalten, was er einmal überflogen hatte. Hätte man ihn nach einem Monat gefragt, was in den Papieren stand, er hätte es auch dann noch gewußt: Arrighi, Roberto, Sohn des Sebastiano Arrighi und der verstorbenen Carla, geb. Manneri; geboren am 20. Januar 1934 in Venedig; Beruf: Ingenieur.
»Versuchen Sie es doch einmal mit der Ruhe«, sagte er nur. Dann ließ er ihn stehen und ging zu seinem Auto zurück, stieg neben Michela ein und setzte den Wagen ein paar Meter rückwärts.
Auch der junge Mann war inzwischen wieder in sein Auto eingestiegen. Er kam sehr vorsichtig herangefahren, hielt einen Moment am Straßenrand und schoß dann plötzlich davon.
»Der scheint kein ganz reines Gewissen zu haben«, sagte Al.
Michela hatte nur die blonden Haare und die blauen Augen des jungen Mannes gesehen. »Du und Papa, ihr denkt immer gleich dasselbe«, sagte sie nur.
»Ein hübscher Junge, nicht wahr?« sagte Al. »Wenn du willst, sage ich dir seinen Namen und seine Personalien.«
Michela fühlte, wie sie errötete, ohne daß es ihr Unbehagen bereitete. Es war das erstemal seit unendlicher Zeit, genauer gesagt: seit der Zeit vor Luigi.

4

Silvestro Loré saß im Schatten der Bäume auf der Terrasse der Villa am Fluß. Der Korbsessel stöhnte unter seinem Gewicht. Michela saß neben ihm, und er war seit langer Zeit wieder einmal glücklich: Michela hatte Alberto wiedergetroffen, Alberto würde wiederkommen und bei ihr bleiben, und schon jetzt ließ sich erkennen, daß sie auf dem Weg zur Besserung ein gutes Stück vorangekommen war. Bei Tisch hatte sie mehr gegessen als sonst, und nun saß sie hier entspannt in ihrem Sessel, eine Zeitschrift auf den Knien, friedlich und ohne die

üblichen Angstkomplexe. Das war ein gutes Zeichen.
»Was hat dein Freund nur?« fragte sie nach einer Weile. Papa war, außer Al, den sie nun endlich wiedergefunden hatte, der einzige Mensch, mit dem sie gern redete, auch über Dinge, die sie gar nicht interessierten. Außerdem war Sebastiano Arrighi Vaters bester Freund, sein einziger Freund, schon als Kind hatte sie von ihm reden gehört. Sebastiano war der sanfteste, schüchternste Mensch, den man sich vorstellen konnte. Die beiden waren innerlich grundverschieden. Papa war nüchtern, realistisch, sachlich. Sebastiano war ein Phantast ohne jeglichen praktischen Sinn, empfindlich und sensibel wie ein Primaner, und intelligent. Menschenscheu und kontaktarm, hatte er sich in diese Villa zurückgezogen. Die Freundschaft zwischen Papa, dem Polizeibeamten, und Sebastiano, dem scheuen Gelehrten, war etwas, das Michela immer als einzigartig empfunden hatte.
»Sein Sohn bereitet ihm Kummer«, sagte Silvestro Loré.
»Warum?« Michela begann sich für andere zu interessieren. Und wie wenig war dazu nötig gewesen, dachte Silvestro.
»Eine ganz dumme Geschichte«, sagte er. »Aber es sind eben beides Dummköpfe, Vater wie Sohn«, setzte er wohlmeinend hinzu.
»Sollte sein Sohn nicht in diesen Tagen nach Hause kommen?«
»Er ist sogar schon hier gewesen, heute morgen, wenn auch nur, um seinem Vater Magenschmerzen zu bereiten, und dann ist er wieder weg.«
»Ist es etwas Schlimmes?«
»Es ist die albernste Geschichte, die mir je zu Ohren gekommen ist.« Der Sessel ächzte vernehmlich und gefährlich, als Silvestro sich zurücklehnte. »Weiter unten am Strand, wo dieser Fluß ins Meer mündet, hat man vor einer Woche einen jungen Mann gefunden – erstochen. Aber ich möchte dir nicht unnötig angst machen«, sagte er besorgt.
»Aber Papa! Ich habe doch von dir nie etwas anderes zu hören bekommen.«
»Du hast recht. In unserem Haus wurden statt Kindermärchen immer nur Verbrechergeschichten erzählt.« Er schüttelte lächelnd den Kopf: Sein Beruf war schon etwas Merkwürdiges. »Um es kurz zu machen: Man hat einen Toten gefunden, und Roberto befürchtet, daß die Polizei ihn festnehmen könnte.« Er sah sie

an und merkte, daß sie ihn nicht recht verstand. »Roberto ist Sebastianos Sohn«, erklärte er. »Er glaubt, man würde ihn früher oder später des Mordes beschuldigen.«
Michela schüttelte, noch immer verständnislos, den Kopf. »Und warum?« fragte sie.
»Vielleicht ist es dumm, aber es könnte doch ein logisches Motiv geben.« Und er erzählte ihr, daß Roberto vor zwei Jahren im Urlaub in Sizilien gewesen war. Dort hatte er ein Mädchen, Kind armer Leute, kennengelernt, und es war passiert, was so oft passiert. Als er merkte, daß in Sizilien gewisse Dinge komplizierter sind als anderswo, war er wieder heimgefahren. Das Mädchen war gewiß kein Unschuldsengel mehr, und Roberto hatte ihr keinerlei Versprechungen gemacht, aber ihr Bruder hatte ihm in einem Brief gedroht, er solle schleunigst nach Sizilien zurückkehren und seiner Pflicht gegenüber der Schwester nachkommen, andernfalls würde er, der Bruder, ihn persönlich dazu zwingen. Und tatsächlich war der Bruder dann vor einigen Monaten hier in Latisana aufgetaucht.
»Nicht möglich!«
»Und ob! Er war sogar hier, in diesem Hause. Er hat mit Roberto und Sebastiano gesprochen und finstere Drohungen ausgestoßen. Beim erstenmal hat Roberto ihm Geld gegeben, und er hat es angenommen und schien zufrieden. Aber kurz darauf stand er wieder da und war nur mit neuem Geld zu beruhigen. Dann kam er immer wieder und wurde von Mal zu Mal unverschämter, weil Roberto ihm nichts mehr geben wollte und auch erklärte, daß er seine Schwester nicht heiraten würde.«
Eines Abends – in der letzten Woche – stand Giannuzzo dann draußen vor der Tür und schrie, Roberto solle herauskommen, er wolle ihm zeigen, wie sich ein Ehrenmann zu benehmen habe, und Roberto war zu ihm hinausgegangen.
Anfangs hatte Giannuzzo darauf bestanden, daß Roberto seine Schwester heiratete. Dann aber, als er einsah, wie unmöglich dieses Ansinnen war, verlangte er, daß Roberto zumindest für sie sorgen müsse. Roberto, dem allmählich die Geduld ausging, sagte ihm ins Gesicht, daß seine Schwester schon verschiedene andere Verhältnisse vor ihm gehabt habe – was sicherlich auch stimmte. Aber das war für den kleinen, temperamentgeladenen jungen Sizilianer zuviel. Sie fingen an sich zu boxen und zu raufen – unbeobachtet übrigens, denn das Haus liegt abseits,

das nächste Haus, eine kleine Bar an der Hauptstraße, liegt über hundert Meter entfernt. Roberto war zwar schmächtiger und schwächer als Giannuzzo, aber er hatte immer viel Sport getrieben, unter anderem auch Boxen und Judo. Giannuzzo mußte harte Schläge einstecken und ging zu Boden, aber er war gleich wieder auf den Beinen und stürzte sich blind auf seinen Gegner. Roberto sah in seiner Hand etwas aufblitzen, und dann hörte er ein Klicken. Ein Messer.

Roberto bekam es mit der Angst, aber er bewahrte einen kühlen Kopf und entwand ihm das Messer mit festem Griff. Darauf warf sich Giannuzzo zu Boden, schlug sich mit den Fäusten auf den Kopf und weinte und stammelte in seinem unverständlichen Dialekt haltlos vor sich hin.

Gerührt half ihm Roberto auf die Beine und führte ihn in den Garten zu einem kleinen Springbrunnen, damit er sich das blutverschmierte Gesicht waschen könne. Giannuzzo jammerte weiter, er sei ruiniert, entehrt, in der Heimat gingen die Leute grußlos an den Mitgliedern seiner Familie vorbei. Er war so verzweifelt, daß er auf alle Beschuldigungen gegen Roberto verzichtete, und seine Tränen schienen durchaus echt. Zu Hause im Dorf, jammerte er, würde seine Schwester beleidigt, man sagte, sie nehme Geld von den Männern. Und da sei er von zu Hause fort, um ein Blutvergießen zu vermeiden. Hier im Norden wolle er arbeiten und sich einrichten, um später seine Mutter, die beiden ledigen Tanten und die jüngere Schwester nachkommen zu lassen. Aber niemand wolle ihm helfen.

»Du allein willst alle diese Frauenzimmer aushalten?« fragte Roberto ihn. Giannuzzo tat ihm wirklich leid, fast verspürte er so etwas wie Freundschaft zu diesem primitiven Jungen.

»Es ist doch mein Blut«, sagte er. »Das versteht ihr hier oben nicht.«

Da ging Roberto ins Haus und suchte alles Bargeld zusammen, das er finden konnte, eine für Giannuzzo nicht unbeträchtliche Summe. Giannuzzo starrte die Scheine von fünf- und zehntausend Lire entgeistert an, und als er sicher war, daß sie alle ihm gehörten, daß sie ihm niemand wieder abnehmen würde, küßte er einen Schein nach dem anderen. Nun würde er seine Mutter, seine Tanten, seine kleine Schwester und auch die andere, die Entehrte, nachkommen lassen können. Er steigerte sich in einen Rausch von Plänen hinein, und dann ging er plötz-

lich bewußtlos zu Boden.
Das alles, die Schläge, die Tränen, das Geld, das Glück waren wohl zuviel für ihn gewesen. Roberto mußte ihn ins Haus tragen, um ihn wieder zu Bewußtsein zu bringen.
Giannuzzo wohnte ganz in der Nähe des Strandes, etwa 20 km entfernt, in einem alten Bauernhaus zusammen mit einem Landsmann. Gewöhnlich legte er die Entfernung teils zu Fuß, teils per Anhalter zurück, je nachdem. Aber an diesem Abend fehlte ihm dazu jegliche Kraft, und so lud Roberto ihn in sein Auto und brachte ihn nach Hause. Kurz vor Lignano, an der Stelle, wo die Straße fast den Strand berührt, stieg Giannuzzo aus. Es ging ihm wieder besser. Eine Hand hielt er fest in der Tasche, auf seinem Schatz, und mit der anderen winkte er zum Abschied freundlich und voller Würde.
Roberto sah ihm nach, wie er sich unter den Pinien entfernte, dann wendete er und fuhr nach Hause. Diese Geschichte war für ihn endgültig ausgestanden – so dachte er. Giannuzzo würde ihn nie mehr belästigen. Doch es sollte anders kommen; die Geschichte hatte erst angefangen.
Zwei Tage später las er in der Zeitung, daß man Giannuzzo ermordet aufgefunden hatte – am Strand, unweit der Mündung des Tagliamento. Er war an demselben Abend getötet worden, an dem Roberto ihn dort, am Strand, abgesetzt hatte. Der Arzt hatte festgestellt, daß der Tod zwischen dreiundzwanzig und ein Uhr eingetreten war. Und Roberto hatte sich um kurz nach dreiundzwanzig Uhr von ihm getrennt.
Die Polizei würde im Laufe der Ermittlungen früher oder später auf Roberto stoßen. Sie würde herausfinden, daß er ein Verhältnis mit Giannuzzos Schwester gehabt hatte und daß Giannuzzo wegen dieser Sache aus Sizilien hergekommen war, daß sie sich geprügelt hatten, und zwar genau am Abend des Verbrechens, und daß er, Roberto, durchaus als Mörder in Frage käme.
Die übertriebene Sensibilität und die Phantasie, die er von seinem Vater geerbt hatte, hatten ihn den Kopf verlieren lassen. Er verbohrte sich in die Überzeugung, daß man ihn festnehmen würde und daß er seine Unschuld niemals würde beweisen können. Auf jeden Fall würden sie ihn zunächst einmal verhaften, dann die lange Zeit des Wartens, dann der Prozeß, und selbst wenn sie ihn am Ende mangels Beweises freisprechen

würden, hätte er zumindest ein paar Jahre im Gefängnis gesessen. In blinder Panik hatte er sich zur Flucht entschlossen.

»Aber wenn er flieht, wird man erst recht glauben, daß er schuldig ist«, sagte Michela. Sie hatte schon viele Verbrechergeschichten von ihrem Vater gehört. Diese schien ihr sehr ungewöhnlich, menschlicher und verständlicher als manche Verbrechen, bei denen man den Eindruck hatte, als seien sie weniger von Menschen als von Robotern begangen worden.
»Genau das habe ich auch zu seinem Vater gesagt, und sein Vater hat es ihm gesagt. Aber du kennst diesen Jungen nicht. Wenn du ihn siehst, wirst du sofort begreifen, warum er so handelt und nicht anders.« Silvestro Loré schüttelte den Kopf. »Er ist nicht der Typ, der untätig zu Hause sitzt und wartet, bis die Polizei ihn holt, und wenn sie ihn holt, seine Unschuld umständlich zu beweisen versucht. Er ist ein sehr explosiver Typ.«
»Und du? Kannst du nichts für ihn tun?«
»Natürlich!« Silvestro nickte. »Aber jetzt noch nicht. Die Lage ist ziemlich verfahren, und ich kann den Jungen verstehen. Siehst du, der Tote ist von den Karabinieri gefunden worden, und sie führen die Ermittlungen. Ich kann schlecht zu ihnen gehen und sagen: ›Hört mal, da ist ein junger Mann, der eventuell in Verdacht geraten könnte, aber er hat nichts mit der Sache zu tun, dafür lege ich meine Hand ins Feuer.‹ Und auch Roberto kann schlecht zu ihnen gehen und seine Unschuld beteuern, ehe man ihn überhaupt beschuldigt hat. Aber immerhin besteht ja noch die Hoffnung, daß die Polizei den Täter findet, bevor sie von Robertos Auseinandersetzungen mit Giannuzzo erfährt. Dann erledigt sich gleichsam alles von selbst. Sollte es anders kommen und die Karabinieri stoßen auf Roberto, dann werden sie ihn zuallererst einmal verhaften. Dann allerdings könnte ich mich einschalten. Das Dumme ist nur, daß es sich um einen Mord handelt, da gibt es keine Freilassung gegen Kaution. Aber ich könnte dafür sorgen, daß die Untersuchung und der Prozeß beschleunigt abgewickelt werden, vielleicht wird er dann mangels Beweisen freigesprochen.«
Sein Ton klang nicht sehr überzeugt; Michela spürte es gleich.
»Glaubst du, daß er auch verurteilt werden kann?«
»Wenn sie den wahren Mörder nicht finden, ja. Versetze dich

einmal in die Lage der Geschworenen vor Gericht: Roberto streitet sich am Abend des Verbrechens mit Giannuzzo und richtet ihn übel zu. Er hat allen Grund, ihn zu hassen. Giannuzzo bedroht und erpreßt und verfolgt ihn seit Monaten. Warum sollten die Geschworenen Roberto Glauben schenken, wenn er sagt, er habe sich nur mit ihm geprügelt? Für die Geschworenen können sich die Dinge auch ganz anders abgespielt haben, ganz einfach so: Nervös und jähzornig, wie er nun mal ist, hat Roberto ihm das Messer abgenommen und ihn getötet. Falls sich niemand findet, der noch stärkere Motive hatte, Giannuzzo umzubringen, kann es sehr gut sein, daß die Geschworenen Roberto für den Schuldigen halten.« Er beugte sich zu Michela hinüber. »Im Grunde wundert es mich nicht, daß Roberto so aufgeregt ist. Wenn sich der wahre Schuldige nicht bald findet, könnte er wirklich in ein gefährliches Räderwerk geraten.«
»Und könntest du nicht auf eigene Rechnung Ermittlungen anstellen? Der wahre Mörder existiert doch, und deine Leute könnten ihn finden.«
Michela schien es wirklich besser zu gehen. Die Lebensangst war fast völlig aus ihrem Gesicht gewichen, und wenn sie diese Geschichte interessierte, nun gut, von ihm aus konnten sie solange darüber reden, wie sie wollte.
»Offiziell kann ich gar nichts unternehmen«, sagte er. »Ich kann den lokalen Behörden die Sache nicht einfach aus der Hand nehmen. Sie sind ohnedies nicht gut auf Rom zu sprechen, das alles an sich zu ziehen versucht, und hier handelt es sich um ein zu belangloses Verbrechen, als daß mein Amt damit befaßt werden könnte. Inoffiziell allerdings könnte ich schon etwas veranlassen. Ich könnte zum Beispiel ein paar meiner besten Leute mit eigenen Ermittlungen betrauen, aber sie müßten schon gewissermaßen wie Privatdetektive arbeiten, wenn ich mir einen nervenraubenden bürokratischen Papierkrieg ersparen will.«
Einen Moment konnte Michela ihm nicht recht folgen. Der Gedanke, daß ein Unschuldiger verurteilt werden könnte, bedrückte sie zu sehr. Das Räderwerk, dachte sie, das bürokratische Räderwerk aus Indizien und falschem Augenschein.
»Wir müssen alles tun, um ihm zu helfen, Papa«, sagte sie.
Silvestro Loré stand auf und blieb vor ihr stehen. »Ich werde

alles tun, aber auch der junge Mann wird mir helfen müssen. Statt dessen kompliziert er die Dinge noch. Heute morgen ist er geflohen. Er war für fünf Minuten hier im Haus, hat seinen Paß und Geld geholt und zu seinem Vater gesagt, er werde abhauen, ins Ausland. Wenn nun die Karabinieri seine Spur finden und erfahren, daß er geflohen ist, wird alles nur noch schlimmer. Er sagte, er könne den Gedanken, auch nur zwei Tage im Gefängnis zu sitzen, nicht ertragen, er sei überzeugt, daß sie ihn verurteilen werden, wenn sie ihn erst verhaften, und darum werde er sich gar nicht erst verhaften lassen. Es kommt schon beinahe einem hysterischen Anfall gleich. Die einzige Hoffnung wäre, ihn zur Vernunft zu bringen, aber wer weiß, wo er jetzt steckt?«

»Aber du, Papa, du hättest ihn doch überreden können hierzubleiben.«

»Ich? Ich habe ihn gar nicht zu Gesicht bekommen. Er war heute morgen hier, nachdem er vier oder fünf Tage lang in der Gegend herumgefahren war, immer in der Angst, die Polizei könne ihn abholen kommen. Er hat mit seinem Vater gesprochen; der hat versucht, ihn aufzuhalten, und weg war er. Und nun hat es den armen Sebastiano auch noch erwischt, er sitzt auf seinem Zimmer und heult wie ein Kind. Ein Mann von über sechzig Jahren, stell dir vor!« Er streichelte zärtlich Michelas Wange. Die Hauptsache war immer noch sie. Und um zu sehen, ob es ihr wirklich besser ging, sagte er: »Wie wäre es mit einer kleinen Spazierfahrt im Auto?« Er hoffte, sie würde ja sagen. Seit langem hatte sie jeden Vorschlag dieser Art abgelehnt. Man hatte sie zwingen müssen, aus ihrem Zimmer auf diese Terrasse zu kommen.

Und Michela sagte: »Gern, Papa.« Spontan und ohne zu zögern sagte sie es, das Gesicht leicht gerötet, aber entspannt wie schon seit langem nicht mehr.

5

Dann kam die Nacht, und alles war wieder anders. In der Nacht herrschte Totenstille in diesem abseits gelegenen Haus. Kein Wind regte sich in den Bäumen, und die Verkehrsgeräusche von der Straße drangen nicht herüber.

Um zwei Uhr stand sie auf. Nicht daß es ihr schlecht ging, sie war frei von ihren Ängsten, so frei wie lange nicht mehr, aber sie fühlte sich trotzdem unruhig. Ihre Gedanken kehrten zu Luigi zurück. Was gewesen ist, läßt sich nicht auslöschen.
Sie hatte viele schöne Kleider im Schrank, aber sie zog nur einen Rock und eine Bluse an, weil sie ein wenig im Garten spazierengehen wollte, sich ein bißchen müde laufen, um Schlaf zu finden. Vielleicht auch ein wenig in Sebastianos Büchern stöbern, auf jeden Fall die Gedanken an Luigi verdrängen.
Sie verließ ihr Zimmer. Die große Marmortreppe war dunkel, aber sie kannte sich trotz der wenigen Tage ihres Aufenthalts schon gut aus. Sie wollte gerade Licht machen, als sie sah, daß unten in der Bibliothek bereits Licht brannte. Sollte Sebastiano sich um diese Zeit noch bei seinen Büchern aufhalten? Schwer vorstellbar. Seit der Geschichte mit seinem Sohn befaßte er sich nur noch selten mit Büchern.
Sie hatte keine Angst vor materiellen Dingen, eher schon vor ihren Gedanken, ihren Komplexen. Vielleicht hatte jemand vergessen, das Licht zu löschen. Sie machte Licht im Flur und begann die Treppe hinabzugehen. Das Geräusch der hohen Absätze auf den Marmorstufen hallte hell durch das tiefe Schweigen. Sie war fast am Ende der Treppe angelangt, als aus der offenen Bibliothekstür ein Mann in den Flur trat. Seine langen, eiligen Schritte vermittelten den Eindruck, als sei er auf der Flucht, und als er Michela sah, blieb er plötzlich stehen.
Auch Michela war stehengeblieben, eine Hand auf dem Treppengeländer. Diesen Mann hatte sie schon einmal gesehen. Es war der junge Mann, dessen amerikanischem Straßenkreuzer Al am Vormittag die Ausfahrt versperrt hatte. Er trug jetzt einen anderen dickeren Anzug, aber er war es unverkennbar; wenige Männer hatten so helles Haar wie er. Mehr noch erkannte sie ihn an der Beschreibung, die ihr Vater von ihm gegeben hatte: Nervös, angespannt, auf dem Sprung.
Er kam mit langen Schritten auf sie zu. »Sie sind Michela?« sagte er.
»Ja.« Michela kam die letzten Stufen herunter und streckte ihm die Hand hin. »Und Sie sind Roberto.«
Sein Gesicht verriet, daß ihm diese Begegnung nicht paßte. Überhaupt war sein Gesicht wie ein offenes Buch. Der Blick, das Zucken der Wimpern, die Bewegungen der Lippen schie-

nen alle seine Gedanken und Gefühle zu verraten.
»Ich war auf dem Weg in den Garten, weil ich nicht einschlafen konnte«, sagte sie, weil sie glaubte, ihre Gegenwart erklären zu müssen.
»In diesem Haus kann kein Mensch einschlafen, es ist viel zu still«, bestätigte er. Er zündete sich eine Zigarette an. »Im Garten hört man wenigstens das Wasser des Springbrunnens.« Er war ein wenig kleiner als sie, aber nur, weil sie Schuhe mit hohen Absätzen trug. »Das ganze Haus ist eher ein Museum, die Treppe, die Bilder an den Wänden, die Fliesen in der Diele, die große Truhe. Papas Geschmack! Er hängt sehr an diesem Zeug, und es ist auch nicht häßlich, aber eben ein Museum. Da, diese Truhe, sieht sie nicht aus wie ein Sarg?«
»Sie wollen mir wohl Angst einjagen? Das gelingt Ihnen nicht«, sagte Michela. Sie lächelte sogar. Sie hatte wirklich keine Angst. Als sie ihn erblickt hatte, war noch einmal die ganze Geschichte an ihr vorbeigezogen: der Tote am Strand und dieser Mann hier, der sich versteckte, weil er befürchtete, verhaftet zu werden. Nun, da sie ihn vor sich sah – wenn auch erst seit wenigen Minuten –, konnte sie verstehen, warum er fliehen wollte. Er war ein Mann, der immerzu auf der Flucht vor irgend etwas schien, ein Mann, der schon beim nichtigsten Anlaß verletzt oder gereizt aufbrausen konnte.
»Verzeihen Sie, Sie haben natürlich recht.« Er warf seine halbgerauchte Zigarette auf den Boden. »Aber das Haus kann einen zu dieser nachtschlafenen Zeit leicht beängstigen. Ich würde Ihnen gern Gesellschaft leisten, aber ich muß gehen. Wenn Sie wollen, dürfen Sie gern den Plattenspieler benutzen. Wissen Sie, wo er ist? Kommen Sie!« Er ging voraus in die Bibliothek, und sie war gezwungen, ihm zu folgen. »Da, sehen Sie, er ist in dieses Regal eingebaut, und in diesem Fach hier sind die Schallplatten . . . Oder wußten Sie das schon?«
»Nein, das habe ich nicht gewußt.« An einen Plattenspieler hatte sie nicht einmal einen Gedanken verschwendet.
»Ich weiß nicht, ob sie nach Ihrem Geschmack sind. Es sind alles unbedeutende Schlager, die einen Tag groß in Mode sind und am nächsten Tag schon vergessen. Aber ich habe keinen Sinn für Musik, mir fehlt wohl überhaupt der Sinn für alles. Da, diese hier, *Morgen*, ist schon ganz abgespielt, so oft habe ich sie mir angehört.« Seine Stimme klang jetzt ganz anders,

ruhiger und tiefer als am Vormittag, als er Al angeschrien hatte, ihm den Weg freizumachen.
»Ich werde mir ein Buch suchen«, sagte sie.
»Hier?« Er zeigte auf die beiden ganz mit Bücherregalen zugestellten Wände. »Glauben Sie, Sie werden hier etwas Lesbares finden? Das Leichteste und Unterhaltendste, was Sie finden werden, ist eine Geschichte der finnisch-ugrischen Sprachen – in deutscher Sprache, versteht sich.« Selbst wenn er scherzte, lächelte er nicht.
Während er sprach, hatte Michela etwas Glänzendes im Zimmer bemerkt. Sie blickte zur Seite und sah auf dem Tisch in der Mitte des Zimmers eine lange Reihe goldgelb glänzender Geldstücke. Münzen, dachte sie. Roberto hatte ihren Blick verfolgt. In seinem Gesicht stand deutlich ein Ausdruck peinlicher Verlegenheit. Wortlos nahm er einen Lederbeutel von einem der Stühle und fegte alle Goldmünzen mit der Hand hinein.
»Ich muß gehen«, sagte er dann. Er reichte ihr die Hand. Es war, als hätte sie ihn bei etwas ertappt, das er gern geheimgehalten hätte. Sie drückte ihm unsicher die Hand. Sie wollte noch etwas sagen, aber sie fand keine Worte. Er ließ ihre Hand los und wandte sich zur Tür. »Hören Sie!« rief sie ihm nach.
Er fuhr mit einer brüsken Bewegung herum und sah sie an, aber sie schwieg, weil sie noch immer keine Worte fand.
»Ja, was ist?« fragte er kalt.
»Nichts«, sagte sie und schlug vor seinem Blick verlegen die Augen nieder.
Sein Gesicht verriet, daß er ihr nicht glaubte und ihr Verhalten als ärgerlich empfand, trotzdem wandte er sich wortlos zum Gehen. Plötzlich drehte er sich wieder um und kam zurück. Er stellte den Lederbeutel auf den Tisch. »Nein«, sagte er. »Sie wollten etwas sagen, nun sagen Sie es auch!«
Seine Stimme klang nun nicht mehr so weich wie vorher, eher neurotisch brüchig wie am Vormittag in der Auseinandersetzung mit Al, aber Michela empfand nichts von der Angst, die sie bisher beim geringsten Anlaß verspürt hatte. Sie fand nun sogar die Worte, mit denen sie beginnen wollte.
»Sie werden vielleicht sagen, daß ich mich um Dinge kümmere, die mich nichts angehen . . .«
Er zündete sich eine neue Zigarette an und kehrte ihr den Rücken zu. »Sehen Sie, das war zu erwarten. Papa wird allen

möglichen Leuten von dieser Geschichte erzählt haben. Nicht lange mehr, und er wird zum Maresciallo der Karabinieri hier in Latisana laufen, um sich einen Rat zu holen.« Er setzte sich auf die Tischkante und sah sie geduldig und gleichzeitig nervös an. »Ich brauche keine guten Ratschläge, das sage ich Ihnen gleich, aber trotzdem müssen Sie jetzt mit der Sprache herausrücken!«

»Genau das war es, was ich Ihnen geben wollte: einen guten Rat.« Sie wußte nicht, wie er reagieren würde, aber sie sagte es trotzdem: »Den, nicht wegzulaufen.«

Er erhob sich von der Tischkante, ging zum Fenster und starrte einen Moment lang ins dunkle Nichts hinaus. Dann kehrte er zu seinem Platz auf dem Tisch zurück. »Sie glauben doch an das Gesetz, nicht wahr? An die Gerechtigkeit. Auch mein Vater glaubt daran und Ihrer nicht weniger. Aber ich nicht. Ich glaube nur an Tatsachen. Nehmen Sie dieses Haus: In drei Jahren wird mein Vater die Steuern nicht mehr bezahlen können, und dann sitzt er mit seinen mehr als sechzig Jahren auf der Straße, ohne Haus und ohne Geld. Und das alles, weil er einen Prozeß gegen seine Schwester verloren hat, eine Erbschaftssache. Papa war im Recht, seine Schwester im Unrecht. In Großvaters Testament wurde verfügt, daß Papa das Haus und das Barvermögen und seine Schwester den Grundbesitz erben sollte. Aber seine Schwester hat den Prozeß gewonnen, und man hat ihr den Grundbesitz und das Geld zugesprochen, während meinem Vater nur dieses Haus geblieben ist, das an Steuern mehr kostet, als es wert ist.«

Michela fühlte sich auf einmal als die stärkere und klügere. »Das trifft nicht den Kern der Sache«, sagte sie. Sie sprach, ohne es zu wollen, wie zu einem kleinen Jungen, nachsichtig, aber entschlossen. »Wenn Sie einmal anfangen, von Recht und Unrecht zu sprechen, finden Sie kein Ende mehr. Sie sollen an sich selbst denken, an Ihren besonderen Fall.«

»Und hierbleiben und abwarten, bis mich die Polizei holen kommt.« Er warf seine Zigarette weit von sich und sah ihr wütend nach. »Erst heute morgen hat einer von ihnen hier in der Gegend herumgeschnüffelt.« Er sah sie an, als erinnere er sich plötzlich an etwas, stieg von der Tischkante und sagte mit veränderter Stimme: »Sie sind doch nicht etwa das Mädchen, das ich heute im Auto dieses Polizisten gesehen habe?«

Sie lächelte. »Doch.«
»Und Sie kennen diesen Mann?«
»Das will ich meinen.«
»Dann wissen Sie auch, was die Polizei hier gesucht hat. Vielleicht haben Sie sie sogar benachrichtigt.«
»Aber nein. Niemand hat sie benachrichtigt, und niemand wird sie benachrichtigen.«
»Warum war dieser Mann dann hier?«
»Weil er mit mir gesprochen hat. Wir sind befreundet und haben uns zufällig getroffen, als ich aus dem Haus ging.«
Er sah sie verstört an. »Ich glaube nicht an zufällige Begegnungen. Was wollte Ihr Freund, der Polizist, wirklich hier in der Gegend? Möglich, daß Sie ihm zufällig begegnet sind, aber er muß schon aus einem anderen Grund hiergewesen sein.«
Michela antwortete nicht sofort, sie ging ein paar Schritte im Zimmer auf und ab. »Ich glaube, diese Geschichte hat Sie verwirrt. Sie sehen schon überall Polizei. Mein Freund war ganz einfach hier vor diesem Haus, weil er an der Tankstelle gegenüber getankt hatte, nicht weil er Sie überwachen wollte.«
»Warum hat er sich meine Papiere zeigen lassen?«
»Weil Sie ihn angeschrien haben und sogar handgreiflich geworden sind«, erklärte Michela geduldig. »Und weil ich bei ihm war und er in Gegenwart einer Dame keine Szene machen wollte, die mir möglicherweise peinlich gewesen wäre. Wäre ich nicht bei ihm gewesen, hätte er nicht Ihren Ausweis verlangt, sondern Sie auf andere Weise zur Ruhe gebracht.«
Er schloß sich ihrem verstohlenen Lächeln nicht an, aber er schien überzeugt zu sein; zwar entspannte sich sein Gesicht noch nicht völlig, aber aus seinem Blick wichen Furcht und Ärger.
»Ich habe Durst«, sagte Michela. »Ob ich in der Küche etwas finde?« fragte sie, um ihn von seinen Befürchtungen abzulenken.
»Aber sicher«, antwortete er beflissen. »Kommen Sie, ich brauche selbst eine Erfrischung.«
Die Küche lag nach hinten, zum Garten. Aus dem Garten kam das unwillige Knurren eines Hundes. Michela kannte das Tier bereits, ein alter Bastard, den Sebastiano eigensinnig für einen Wachhund hielt, der sich jedoch Tag und Nacht in irgendeinem stillen Winkel verkroch und vor sich hindöste.

»Ruhig, Dummkopf!« zischte Roberto, und das Tier hörte auf die Stimme seines Herrn und unterließ das Knurren.
Im Kühlschrank fanden sie Milch, Obstsaft und Pfirsiche. Beide tranken ein Glas Milch. Roberto drehte nervös sein Glas zwischen den Fingern und setzte sich an den Küchentisch. Auf seiner Stirn hatten sich feine Schweißperlen gebildet. Dann preßte er, ohne die Stimme zu heben, voll unterdrückter Wut hervor:
»Sie können mir leicht raten, nicht zu fliehen, aber was täten Sie an meiner Stelle, wenn Sie hier sitzen müßten, Tag für Tag, Stunde um Stunde, und warten, bis die Polizei kommt und Sie ins Gefängnis steckt für etwas, das Sie nicht getan haben.«
Michela setzte sich zu ihm an den Tisch. »Auch wenn Sie davonlaufen, ändert sich daran nichts. Sie werden weiterhin warten, Stunde um Stunde, daß die Polizei kommt und Sie verhaftet. Nur werden Sie dann nicht an einer Stelle auf die Polizei warten, nämlich hier, in diesem Haus, sondern an vielen Stellen, überall da, wo Sie hingehen.« Sie wußte, was es bedeutete, von fixen Ideen besessen zu sein; sie verstand ihn nur zu gut.
»Das ist mir zu philosophisch«, wischte er ihren Einwand hinweg. »Als ob ich das nicht selber wüßte. Aber es gibt eben doch eine Kleinigkeit, die niemand sehen will, weder Sie, noch Ihr oder mein Vater. Es könnte doch sein, daß sie den wahren Schuldigen finden, und ich hätte es lieber, daß sie ihn finden, bevor sie mich einsperren, und nicht erst, nachdem ich einen Monat oder ein Jahr im Gefängnis gesessen habe.« Seine Ironie verwandelte sich in wenigen Augenblicken wieder in Angst, und dann platzte er heraus: »Wenn sie mich verhaften, legen sie erst einmal die Hände in den Schoß, schließen die Akten und sagen: ›Da haben wir den Täter.‹ Und ich riskiere zwanzig Jahre. Solange sie mich nicht finden, gehen die Ermittlungen weiter. Sie verfolgen andere Spuren und finden vielleicht den Halunken, der ihn umgebracht hat.« Er sprang auf und schob den Stuhl heftig zurück. »Und den Gedanken ans Gefängnis ertrage ich nicht! Alles, nur nicht das!«
In seinem Gesicht las sie, was er wirklich meinte: Alles, auch den Tod lieber als das Gefängnis. Und sie mußte erkennen, daß die Sache wohl doch ernster und bedrohlicher war, als es den Anschein hatte. Vielleicht hatte dieser Mann, dem sie gegenüber saß, schon beschlossen zu sterben. Vielleicht meinte

er mit Flucht sogar die endgültige Flucht aus dem Leben. Seine Verbitterung erschreckte sie, aber ein unerklärlicher Drang, ihm zu helfen, veranlaßte sie weiterzureden. »Vielleicht stehen die Dinge ganz anders, als Sie sie sehen. Um jemanden eines Mordes zu überführen, braucht man Beweise, viele Beweise, da genügen keine bloßen Verdachtsmomente. Sie tun, als wären Sie bereits verurteilt. Das ist doch nicht vernünftig.«

»Ach, wissen Sie«, sagte er achselzuckend, »Sie reden mit mir wie mit einem Kind. Wenn ich an Stelle der Geschworenen säße, könnte ich nichts anderes tun, als mich zu verurteilen. Hat man Ihnen denn geschildert, wie sich die Dinge zugetragen haben? Von halb zehn Uhr abends bis elf Uhr bin ich mit diesem Sizilianer hier im Garten gewesen, und wir haben uns geprügelt. Um elf Uhr fahre ich ihn nach Hause, nach Lignano, und um halb zwölf wird er erstochen. Wer kann ihn nur getötet haben? Ich. Ich habe mich mit ihm gestritten, ich habe einen Grund, ihn mir vom Hals schaffen zu wollen, und zwar für immer, und ich war es, der ihn wenige Minuten vor seinem Tod zum letztenmal gesehen hat. Wie soll ich da beweisen, daß ich es nicht gewesen bin? Soll ich den Geschworenen erzählen, daß ich ein braver Junge bin, der keiner Fliege etwas zuleide tun kann?«

Er hat recht, dachte sie; aber doch nicht ganz. »Bevor es zum Prozeß kommt, muß noch vieles geschehen. Zunächst müssen sie die Spuren finden, die zu Ihnen führen. Es kann doch sein, daß sie zuerst die Spuren des wahren Mörders finden und daß sich niemand um Sie kümmert.«

Er saß jetzt rittlings auf seinem Stuhl. Vielleicht war es Michelas ruhige Beharrlichkeit, mit der sie ihm helfen wollte, an der seine Starrköpfigkeit zerbrach. Aber seine Worte klangen bitter: »Hoffnungen, nichts als Hoffnungen. Wie kann man mit Hoffnungen leben? Natürlich kann ich hoffen, daß sie den Mörder des armen Kerls finden, aber genauso kann ich hoffen, hundert Millionen in der Lotterie zu gewinnen – ein Los habe ich übrigens. Aber ist das eine Art zu leben?«

»Ich weiß es nicht. Ich weiß nur, daß ein Leben ohne Hoffnungen schlimmer sein kann.«

Er wehrte mit ärgerlicher Geste ab. »Gute Nacht! Da wären wir also wieder bei unseren philosophischen Diskursen. Aber ich pfeife auf Ihre Philosophie. Mir geht es um mich.«

Sein ärgerlicher Ton irritierte Michela. Warum war er so selbstsicher? Warum fühlte er sich so erhaben über die kleinen Leute? »Wenn Ihnen wirklich an sich selbst gelegen wäre, würden Sie hier zu Hause bleiben«, sagte sie beinah kalt. »Wahrscheinlich haben Sie nicht bedacht, was geschehen wird, wenn die Polizei herkommt und erfährt, daß Sie geflohen sind. Über die Verdachtsmomente hinaus, die jetzt vielleicht schon gegen Sie bestehen, wird man Ihre Flucht als den endgültigen Schuldbeweis auslegen. Versuchen Sie doch einmal ganz nüchtern nachzudenken, und lassen Sie sich nicht nur von Ihrer Angst vor dem Gefängnis leiten!«
Eine Weile verharrte er regungslos, betroffen weniger von ihren Argumenten als von ihrer Kälte. Dann begann er mit den Fingern auf den Tisch zu trommeln. »Sie und alle anderen können nüchtern und objektiv sein, weil Sie nicht in der Klemme sitzen. Ich nicht. Papa hat mir das gleiche gesagt wie Sie eben, und ich selbst habe es mir auch schon gesagt. Außerdem habe ich gehört, daß Ihr Vater viel für mich tun könnte . . .«
»Aber gewiß«, warf Michela rasch ein, in der Hoffnung, einen Grund gefunden zu haben, um ihn zurückzuhalten oder zu beruhigen. »Papa und ich haben erst heute lange darüber gesprochen. Er wird seine besten Leute mit eigenen Nachforschungen beauftragen. Irgendwer muß diesen Mann doch getötet haben, und der Täter kann sich nicht in Rauch aufgelöst haben. Man wird ihn finden, vielleicht sogar, bevor man auf Ihre Spur stößt.«
Roberto stand wortlos auf und verließ ebenso wortlos die Küche. Michela hörte, wie das Geräusch seiner Schritte immer schwächer wurde und allmählich verstummte. War es möglich, daß er einfach so fortgegangen war? Dann hörte sie ganz nahe beim Haus ein Auto wegfahren, und sie wußte, es konnte nur Robertos Auto sein.

6

Sie war durch die ganze Halbinsel, von Süden nach Norden, gereist, und ihre weibliche Ausstrahlung hatte ihre Wirkung nie verfehlt, wenn sie sich rat- und hilfesuchend an die Männer

wandte. Bis Kalabrien hatte sie jedoch meistens Frauen um Hilfe gebeten, denn um Männer macht man da unten besser einen großen Bogen; jedes noch so geringfügige Hilfeersuchen wäre ihr dort unweigerlich als direkte Einladung ausgelegt worden, und sie hatte nicht die Absicht, irgend jemanden einzuladen. Je weiter sie nach Norden gelangte, besonders ab Neapel, hatte sie immer nur Männer gefragt; ob dies der richtige Zug sei, wo es einen Becher Kaffee zu kaufen gebe und ob sie die Illustrierte für kurze Zeit ausleihen könne. Und je weiter sie nach Norden gelangte, desto mehr wuchs ihre Macht über die Männer, desto zuvorkommender wurde man ihr gegenüber und desto weniger riskant waren diese flüchtigen Reisebekanntschaften für sie. Das Gefährlichste, das ihr passiert war, war, daß ein Mann ihr eine nicht unerhebliche Summe geboten hatte, wenn sie mit ihm in Bologna ausgestiegen wäre. Aber sie hatte ihm daraufhin nur die kalte Schulter gezeigt.
Und nun war sie hier, vor dem Bahnhof von Latisana, in den wartenden Bus eingestiegen und setzte sich sicherheitshalber auf den Platz direkt hinter dem Fahrer. Der Busfahrer, ein junger Mann mit offener, gelber Uniformjacke, offenem Hemd über der verschwitzten Brust, einer Schirmmütze auf den Knien und einer Zigarette im Mundwinkel, ließ sie nicht aus den Augen. Durch die blauen Qualmwolken hindurch ließen sich seine Gedanken unschwer erraten. Und als sie ihn fragte, ob dieser Bus nach Lignano fahre, klang sein Ja so abwesend, als hätte er die Frage gar nicht verstanden.
»Hier«, sagte das Mädchen und hielt ihm einen abgegriffenen Zettel hin. »Da muß ich hin.«
Der Busfahrer las: »Giovanni Masetta, bei Pappalettera, Strand von Lignano, Nähe Camping Tagliamento.« Verwirrt reichte er ihr das Papier zurück und sagte wieder nur: »Ja.« Und auch diesmal klang es, als hätte er nicht begriffen, warum er den Zettel lesen sollte, noch was er gelesen hatte.
Beruhigt ließ sich das Mädchen in seinen Sitz zurücksinken. Der Fahrer sah den Aluminiumkoffer neben ihren Füßen und beeilte sich, ihn ins Gepäcknetz zu heben. Er versuchte, sich an die Adresse zu erinnern, die er auf dem Zettel gelesen hatte. Warum sollte es nicht möglich sein, sie dort nach Feierabend aufzusuchen? Behalten hatte er nur »Pappalettera« und »Cam-

ping Tagliamento«.
Das Mädchen dankte ihm mit einem Lächeln für die Mühe mit dem Koffer. »Ich fahre zu meinem Bruder«, sagte sie leise, als ob es die anderen Mitreisenden nichts anginge.
Und er sagte wieder nur: »Ja.« Er überlegte hin und her, ob es möglich sei, jetzt gleich einen Treffpunkt mit ihr zu vereinbaren oder ob das verfrüht sei. Wenn man sah, wie sie die Augen verdrehte, gewann man den Eindruck, daß sie bestimmt nicht von gestern war. Dann fiel ihm plötzlich auch der Name ein, den er auf ihrem abgegriffenen Zettel gelesen hatte: »Giovanni Masetta«. Seit einer Woche waren die Zeitungen voll davon. Genau in Lignano war es passiert, in der Nähe des Campingplatzes Tagliamento. Er selbst war schon am Strand unten gewesen und hatte sich die Stelle angesehen, wo dieser junge Sizilianer ermordet worden war, ein Junge mit demselben Namen: Giovanni Masetta.
Aber es war Zeit zur Abfahrt, sein Kollege, der Schaffner, verkaufte bereits die Fahrkarten. Er warf dem Mädchen noch einen unsicheren Blick zu, ehe er hinter dem Lenkrad Platz nahm und die Türen schloß. Ihre großen schwarzen Augen strahlten ihn an. War sie hergekommen, weil sie die Nachricht vom Tode ihres Bruders erhalten hatte? Oder wußte sie es noch nicht? Wahrscheinlich wußte sie es noch nicht, wäre sie sonst so ruhig gewesen?
»Ist es weit?« fragte sie, und er spürte ihre Hand auf seiner Schulter.
»Nein, nur eine gute Viertelstunde.«
»Und wie komme ich weiter?« Er spürte ihren Atem im Nacken.
»Ich zeige Ihnen den Weg.« Das würde ein schöner Schlag für sie sein, wenn sie es wirklich noch nicht wußte.
Sie lehnte sich, erneut beruhigt, zurück und betrachtete die vorbeiziehende Landschaft. Von Zeit zu Zeit trafen sich ihre Blicke im Spiegel, und er wußte nicht, ob er so einfach ein Wiedersehen mit ihr vereinbaren konnte. Noch ahnte sie nichts von dem, was sie gleich nach ihrer Ankunft erfahren würde. Vielleicht hatte sie außer ihrem Bruder – der ja nicht mehr lebte – niemanden, vielleicht war sie allein, tausend Kilometer von der Heimat entfernt, vielleicht brauchte sie jemanden, der ihr beistand. Daß sie zum erstenmal hier oben im Norden war,

das sah man doch gleich. Fast schämte er sich seiner heuchlerischen Gedanken. Aber es war nicht nur das erhebende Gefühl, vor seinen Freunden prahlen zu können, daß er die Schwester des Jungen, der am Strand ermordet worden war, kennengelernt hatte, es war auch ein wenig Mitleid mit ihr dabei.

»Wollen Sie in Lignano Urlaub machen?« fragte er an der ersten Haltestelle.

»Ich will zu meinem Bruder«, sagte sie.

Ja, das hatte sie ihm nun schon mehrmals gesagt, und sie machte es ihm dadurch nicht leichter. Während er wieder anfuhr, nahm er einen alten Fahrschein seiner Busgesellschaft aus der Tasche und reichte ihn ihr nach hinten. »Wenn Sie irgend etwas brauchen sollten, können Sie mich hier anrufen. Fragen Sie nur nach Giovanni, das bin ich.« Zum Glück stand sein Kollege hinten im Wagen und kehrte ihm den Rücken zu. So konnte er sich wenigstens nicht über ihn lustig machen.

»Da heißen Sie ja genauso wie mein Bruder«, sagte sie. Spielte sie nur die Naive, oder machte ihr dieser Zufall wirklich solche Freude?

»Ich habe abends um acht Uhr Feierabend«, sagte er. Der Gedanke, daß er den gleichen Namen trug wie ihr Bruder, war ihm eher unbehaglich.

»Aber ich gehe abends nie aus. Mein Bruder will das nicht«, sagte sie nach einer Weile. Sie bemühte sich sogar, nicht in ihren sizilianischen Dialekt zu verfallen, und das deutete er als gutes Zeichen für sich. Aber daß sie immer wieder ihren Bruder ins Spiel brachte, versetzte ihm einen leichten Stich. Sie war in seinen Augen nicht mehr das schöne Mädchen, eines dieser schönen, verführerischen Dinger, über die sie in der Militärzeit ihre Witze gerissen hatten, sondern er wollte ihr wirklich nur helfen.

An der Haltestelle beim Campingplatz warteten zwei Touristen in leichter Badekleidung auf den Bus. Er hielt an und öffnete die Türen.

»Hören Sie, Signorina ...« Seine Kehle war wie zugeschnürt, ein Gefühl, das sich nun, da er sich zu ihr umgedreht hatte, noch verstärkte. »Sie müssen hier aussteigen. Aber wenn Sie zehn Minuten warten können, komme ich zurück und bringe Sie hin ...«

»Ich warte auf Sie, aber Sie müssen auch wirklich kommen«, sagte sie mit glücklichem Augenaufschlag.
Er holte ihren Koffer aus dem Netz und reichte ihn ihr. »In spätestens einer Viertelstunde bin ich wieder da.« In Lignano würde er sich ablösen lassen und dann mit dem Motorrad zurückkommen. »Setzen Sie sich dort drüben in den Schatten!« riet er ihr fürsorglich und zeigte auf den großen Baum in der Nähe der Haltestelle.
Das Mädchen stieg aus. Sie stellte ihren Koffer unter den Baum und sah dem abfahrenden Bus nach. Sie war allein, kein Mensch, kein Haus war zu sehen. Sie roch das Meer, obwohl sie es noch nicht sehen konnte. Endlich war sie am Ziel ihrer abenteuerlichen Reise angelangt. Giannuzzo würde sie zwar nicht erwarten, aber er würde ihr helfen und sie ihm. Sie hatte ihrem Bruder sogar einen Brief geschrieben, aber den Brief erst am Bahnhof, kurz vor der Abfahrt ihres Zuges, eingesteckt. Wenn er ihr also geschrieben hatte, nicht zu kommen, konnte sein Brief sie gar nicht mehr erreicht haben.
Um diese Mittagsstunde herrschte auf der Straße nur wenig Verkehr. Schon bald sah sie aus der Richtung des Meeres ein leichtes Motorrad herankommen, und sie erkannte sofort ihren Busfahrer, obwohl er Uniformjacke und Mütze abgelegt hatte.
»Habe ich mich nicht beeilt?« sagte er zufrieden, indem er sein Motorrad unter dem Baum anhielt. »Geben Sie mir Ihren Koffer nach vorn und steigen Sie hinten auf.« Er verstaute den Koffer zwischen seinen Beinen. »Und gut festhalten! Die Straßen sind hier nicht besonders gut.«
»Daran bin ich gewöhnt.« Sie schlang ihre Arme fest um seine Taille.
»Wir fahren zuerst zum Campingplatz und erkundigen uns dort.«
Nach wenigen hundert Metern tauchten zwischen den Pinien die Zeltdächer auf. Ein dicker Mann in Badehose stand am Eingang des Zeltplatzes. Er kannte Giovanni und kam ihnen ein paar Schritte entgegen, als er merkte, daß sie anhalten wollten. Er schien neugierig zu erfahren, wie Giovanni zu diesem Mädchen gekommen war, einem Mädchen mit den schönsten Beinen, die er seit langem gesehen hatte, obwohl es an schönen Beinen auf seinem Zeltplatz nicht mangelte.

»Guten Tag, Mattia«, rief Giovanni, »ich brauche eine Auskunft.« Er sprach den breiten Dialekt Venetiens, den die Leute hier untereinander benutzten. Das Mädchen verstand kein Wort. Giovanni bat das Mädchen, ihm den Zettel zu geben.
»Sagt dir der Name Pappalettera etwas?« wandte er sich wieder an Mattia. »Hier steht: Strand von Lignano, Nähe Camping Tagliamento.«
»O ja, das ist nur ein paar Meter von hier. Du brauchst nur bis zum Hof des alten Rapiàn zu fahren, gleich hier unten, am Fluß, da findest du ihn. Der alte Rapiàn hat ihm einen ehemaligen Ziegenstall vermietet, und darin haust er. Er kommt kaum einmal heraus, nur neulich, als er auf die Polizei mußte, weil sie diesen anderen Sizilianer ermordet haben, seinen Freund ...«
Giovanni errötete verlegen. Am liebsten hätte er dem geschwätzigen dicken Mattia bedeutet, sein loses Mundwerk zu halten, denn immerhin wäre es möglich gewesen, daß das Mädchen die Bedeutung des einen oder anderen Wortes aufschnappte. Dann aber entschloß er sich zur sofortigen Weiterfahrt, bedankte sich bei Mattia für die Auskunft und ließ den Motor aufheulen. Das Mädchen schlang die Arme erneut um seine Taille.
»Wir haben Ihren Giuliano Pappalettera gefunden. Er wohnt gleich hier unten am Fluß«, erklärte er ihr.
Der Weg führte aus dem Pinienwald hinaus zum Strand, wo die Badegäste halbnackt und braungebrannt im Sand lagen oder ausgelassen herumtollten, vielleicht sogar genau an der Stelle, an der Giannuzzo getötet worden war. Aber noch wußte sie es nicht. Sie folgten dem Weg am Waldrand entlang bis zum Fluß, und etwa hundert Meter weiter hielten sie vor dem Haus des alten Rapiàn, einem ziemlich neuen Gebäude, das aber schon Verfallserscheinungen zeigte.
»Warten Sie hier, ich werde mich erkundigen«, sagte er. Sie lächelte ihn an, und er spürte, wie sich ihm die Kehle immer mehr zuschnürte.
Aber er brauchte nicht mehr nachfragen zu gehen. Hinter dem Haus war ein Mann aufgetaucht, ein junger Mann mit nacktem Oberkörper und einem goldenen Damenschuh in der Hand. Er stand plötzlich da und sah ihnen entgegen. Ein leichtes Zittern durchfuhr den Körper des Mädchens, und mit einem freudig

erregten Aufschrei »Giuliano! Giulianuzzo!« flog sie auf den jungen Mann zu. Auch der junge Mann konnte seine Erregung kaum verbergen, aber er blieb ruhig stehen und ließ sie herankommen. Einen Augenblick lang glaubte Giovanni, der Busfahrer, sie würden sich um den Hals fallen, doch dann sah er, daß die beiden einander steif gegenüberstanden. Er hörte sie sprechen, hörte jedes Wort, aber verstand nicht, was sie sagten, denn sie sprachen in ihrem sizilianischen Heimatdialekt. Das Mädchen sprach mehr als der junge Mann, ein endloser, sich überstürzender Wortschwall, und in den kurzen Pausen eine knappe Entgegnung des jungen Mannes. Minutenlang schien es, als ob nichts das Glück des Mädchens trüben könnte, doch dann sprach plötzlich der Mann mit dem Schuh ein paar kurze, ernste Sätze, und als er schwieg, herrschte absolute Stille. Das Mädchen stand regungslos da, den Rücken Giovanni zugekehrt, und er wußte, daß sie es jetzt erfahren hatte.

Dann sank das Mädchen langsam auf die Knie, senkte den Kopf bis hinunter auf die Erde und verharrte lange still. Wenn sie weinte, weinte sie so leise, daß man nichts hörte. Giovanni machte instinktiv ein paar Schritte auf sie zu. Er wartete, daß der junge Mann sich zu ihr hinabbeugte, um ihr aufzuhelfen. Aber es geschah nichts. Der Mann stand aufrecht da, feierlich, fast wie ein Priester, und hatte keinen Blick für das am Boden kauernde Mädchen. Er sah unfreundlich zu Giovanni hinüber, der sich den beiden näherte.

»Gehen Sie!« sagte er in seinem stark sizilianisch gefärbten Italienisch. »Entschuldigen Sie, aber gehen Sie!« Er wirkte älter, als er war, und sein Blick hatte etwas Raubtierhaftes.

Das Mädchen hob den Kopf und sah, daß Giovanni vor ihr stand. Mit einem Satz sprang sie auf die Füße, und ihre Worte klangen wie das Fauchen einer wilden Katze: »Bringen Sie mich zur Polizei!« In ihren tränenlosen Augen blinkte wilder Zorn.

Giovanni, der freundliche Busfahrer, sah sie unsicher an.

»Sie haben meinen Bruder getötet!« rief sie, und ihre Fäuste trommelten wild auf ihre Brust. »Und ich weiß, wer ihn getötet hat!«

Der Mann mit dem Schuh in der Hand faßte ihren Arm und sagte: »Beruhige dich, Maruzza! Du wirst nicht zur Polizei gehen!«

»Du weißt so gut wie ich, wer ihn umgebracht hat«, antwortete sie, ohne sich von seinem festen Griff zu befreien. »Und es wäre deine Pflicht, mit mir zur Polizei zu gehen, aber wenn du dich nicht traust, dann bleib hier: Ich gehe allein.«
»Du wirst nirgendwo hingehen, Maruzza! Es ist nichts als Einbildung von dir, und auch wenn es nicht nur Einbildung wäre, könnte es niemand beweisen.«
»Ich weiß genau, wer ihn getötet hat, und es ist nicht nur Einbildung!«
»Vielleicht nicht, aber es wird zu nichts führen. Solche Leute kommen nicht ins Gefängnis, niemals. Du wirst nur Schande über dich bringen, wenn du zur Polizei gehst.«
Maruzza reckte die geballten Fäuste zum Himmel und schrie: »Mein Bruder ist mir mehr wert als meine Ehre, mehr als die Ehre meiner Mutter, meiner Schwestern und meiner ganzen Familie. Solche Leute gehören ins Gefängnis, sie sollen im Gefängnis verrotten bis zum Jüngsten Tag!«
Giovanni rann bei ihrem verzweifelten Aufschrei ein leichter Schauer über den Rücken. Er schluckte mehrmals, aber die Hitze hatte seine Kehle ausgedörrt. Und plötzlich spürte er, daß er den Tränen nahe war, ein Gefühl so lächerlich und unnütz, wie er es noch nie erlebt hatte, und das für zwei ihm völlig fremde Menschen wie diese beiden.
»Solche Leute kommen nicht ins Gefängnis, Maruzza. Niemals, das solltest du wissen, Maruzza, niemals ...«, hörte er den jungen Sizilianer sagen.
»Und diesmal doch!« beharrte Maruzza. Dann wandte sie sich Giovanni zu und schrie verzweifelt: »Bringen Sie mich zur Polizei!«
Giovanni konnte nur hilflos mit dem Kopf nicken. Dann wanderte sein Blick zu Maruzzas Landsmann, aber der schaute zur Seite.
»Bringen Sie mich zur Polizei!« Ihre Nägel bohrten sich durch sein Hemd in seine Schultern. »Und wenn Sie mich nicht hinbringen wollen, aus Angst, man könnte auch Sie töten, dann gehe ich eben allein. Ich brauche niemanden!« Sie lief zum Motorrad und nahm ihren Koffer herunter. Dann wandte sie sich, diesmal wieder in ihrem heimischen Dialekt, an ihren Landsmann: »Ich gehe allein, ich brauche dich nicht, wenn du nicht Manns genug bist. Du bist schlimmer als alle anderen

hier! Läßt es zu, daß sie deinen besten Freund umbringen, den Bruder des Mädchens, das du angeblich so sehr liebst, und dann steckst du den Kopf in den Sand und tust, als ob du nichts gesehen hättest!« Sie sah ihn herausfordernd an, den glänzenden Aluminiumkoffer in der Hand, und das letzte Wort spie sie ihm fast ins Gesicht: »Elender Feigling!«
Der Junge trat mit wutverzerrtem Gesicht einen Schritt auf sie zu.
»Ja, komm her!« fauchte sie ihn an. »Komm doch, du Feigling! Komm und vergreife dich an einer Frau! Dazu wirst du ja noch imstande sein, nachdem du deinen besten Freund hast umbringen lassen!«
Er blieb stehen. Sein Gesicht nahm langsam wieder menschliche Züge an, und schließlich wandte er sich mit verächtlichem Lächeln an Giovanni. »Weiber!« stieß er im Tone tiefster Verachtung hervor.
Giovanni, dem das Drama, das sich zwischen den beiden abgespielt hatte, weitgehend verschleiert geblieben war, kehrte sich von ihm ab und ging zu dem Mädchen. Er nahm ihr den Koffer aus der Hand und sagte: »Fahren wir, ich bringe Sie zur Polizei.« Daß er sie zur Polizei bringen sollte, hatte er sehr wohl verstanden. Nun würden die Zeitungen auch von ihm sprechen. Er hatte die Schwester des Ermordeten zur Polizei begleitet und so zur Festnahme des Täters beigetragen.
Das Mädchen schwang sich behende auf den Soziussitz, und sie brausten davon.
Giuliano Pappalettera, den goldenen Schuh in der Hand, sah ihnen nach, wie sie am Fluß entlang zum Meer hin verschwanden, dann drehte er sich um und betrat hinter dem Haus eine kleine fensterlose Hütte, die – wie Mattia gesagt hatte – früher einmal als Ziegenstall gedient hatte. Drinnen war es dunkel, aber seine Augen waren daran gewöhnt. Die Liege in einer Ecke, Kissen ohne Bezüge, überall träge herumkriechende Fliegen, ein winziger Tisch, der ihm als Werkbank diente, darauf der zweite goldene Schuh, eine Gitarre an der Wand, die ihm Abend für Abend, seitdem er aus dem Süden hier angekommen war, als Ersatz für Fernsehen, Kino und Tanzvergnügen gedient hatte; und über der Liege, mit Nägeln an der Wand befestigt, die Fotos seiner verstorbenen Eltern, seiner Schwester, die mit ihrem Mann nach Frankreich ausge-

wandert war, ein Foto von ihm selbst mit seiner Gitarre, aus einer Zeit, als er sich noch für einen Künstler gehalten hatte, und schließlich ein kleines Foto, unscharf und schlecht aufgenommen, aber ihm das liebste von allen: Maruzza.
Sein Blick fiel auf die Bilder, und plötzlich schlug er die Hände vors Gesicht und begann zu weinen. Dann hörte er ebenso plötzlich, wie er angefangen hatte, auf und setzte sich auf den Rand der Liege.
Nach einer Weile suchte er seine besten Kleidungsstücke zusammen und zog sich bedächtig an. Als er die Jacke übergestreift hatte, sah er sich noch einmal suchend um. Zwei Dinge fehlten ihm. Er tastete sich mit der Hand unter dem Arbeitstisch zu einem geheimen Versteck vor und fand dort einen Fünftausendlireschein, sein Erbteil, der Grundstock für seinen künftigen Wohlstand. Er schob den Schein in die Tasche. Nun noch das Messer. Er besaß zwei Schustermesser. Mit sicherem Griff fand er das schärfere von beiden heraus und prüfte die Klinge in der hohlen Hand. Dann nahm er ein Stück Leder und probierte das Messer aus. Wenn auch der Mörder seines Freundes, des Bruders der Frau, die er liebte, zu jenen Leuten gehörte, die nie ins Gefängnis wandern, so konnte er doch sterben. Er mußte sterben. Und er würde sterben. Denn er, Giuliano Pappalettera, ließ sich von niemandem, und schon gar nicht von einer Frau, einen Feigling schimpfen, der es zuläßt, daß man seinen besten Freund umbringt und der dann den Kopf in den Sand steckt.
Er schob das Messer in die Tasche und verließ langsam sein »Haus«, das ihm in langen Stunden und vielen Monaten harter Arbeit lieb geworden war.
Aber diese Arbeit lag jetzt hinter ihm, er würde nie wieder zu ihr zurückkehren. Seine Aufgabe war eine andere. Er war dazu bestimmt, der Gerechtigkeit zum Sieg zu verhelfen.

7

Sebastiano Arrighi starrte in den kleinen Wandtresor in seinem Bibliothekszimmer. Der Tresor war leer. Nur ein einfacher Briefumschlag lag darin, und auf dem Umschlag stand eine schriftliche Mitteilung seines Sohnes: Verzeih mir, Papa. Ich halte es nicht mehr aus, hier im Haus abzuwarten. Ich gehe fort, und dazu brauche ich Geld. Du hast es mir nicht geben wollen, also war ich gezwungen, es mir zu nehmen. Roberto.

Zweihundert Zechinen. Sebastiano dachte weniger an den Wert, der ihm genommen worden war; er rechnete sich aus, wie lange sein Sohn damit fortbleiben könnte. Zweihundert Goldzechinen – das reichte bei der Art, wie Roberto Geld auszugeben pflegte, gerade für einen Monat. Oder weniger? Nun, sagen wir: einen Monat, auch wenn er mit Irene fortgegangen sein sollte. Sicher hatte er Irene mitgenommen, unter diesen Umständen würde er nicht allein sein wollen. Der bloße Gedanke an dieses anspruchsvolle, gierige, im Grunde vulgäre Frauenzimmer, auch wenn sie sich bemühte, die Manieren eines Mädchens aus alter venezianischer Familie nachzuäffen, stimmte ihn traurig und reizte ihn. Er selbst hatte als junger Mann auch mit billigen Mädchen angebandelt, er hatte ihnen den Hof gemacht, sie manchmal sogar bewundert, aber er hatte sich nie mit dem Gedanken getragen, sie zu heiraten. Anders Roberto. Erst kürzlich hatte er zu ihm gesagt: »Bevor ich den Rest meines Lebens im Gefängnis verbringe, muß ich die Sache mit Irene in Ordnung bringen. Ich kann nicht zusehen, wie sie all die Jahre, die sie mit mir verbracht hat, nutzlos verliert.« Und er hatte seinen Sohn durch seinen Kneifer nur angeschaut und gefragt: »Wer sagt denn, daß du ins Gefängnis kommst? Aber wenn du dir dessen so sicher bist, glaubst du, du würdest diesem Mädchen dadurch helfen, daß du sie heiratest, wenn du anschließend vielleicht zehn Jahre verbüßen mußt?« Es wollte ihm einfach nicht in Kopf, aber in letzter Zeit hatte er seinen Sohn immer weniger verstanden. Andererseits verstand er dieses Mädchen sehr gut: Sie wußte genau, daß Roberto nicht eingesperrt würde, aber sie nutzte seine Angst vor dem Gefängnis geschickt aus, um sich von ihm heiraten zu lassen. Wenn dann die Polizei den Mörder dieses armen Sizilianers fände, brauchte Roberto keine Angst mehr zu haben, aber dann wäre sie längst seine Frau – Signora Arrighi. O ja, sie verstand er schon, aber seinen Sohn begriff er nicht mehr.

Er legte den Umschlag in den Tresor zurück, schloß die Tür und schob die Bücher, die er zuvor entfernt hatte, wieder vor das Fach. Dann verließ er die Bibliothek. Über die zweihundert Zechinen würde er zu niemandem sprechen, auch nicht zu seinem Freund Silvestro. Er würde kein Wort mehr über diese Sache

verlieren, und sollte Silvestro noch einmal darauf zu sprechen kommen, würde er ihm sagen, daß es sich nicht lohne, auch nur einen weiteren Gedanken an diese Geschichte zu verschwenden. Wenn sein Sohn sich so unvernünftig benahm, konnte eben niemand mehr etwas für ihn tun.
Das Telefon in der Diele riß ihn aus seinen bitteren und trüben Gedanken. Er nahm den Hörer ab, und eine Männerstimme fragte, ob Signorina Michela Loré im Hause sei. Er antwortete, er glaube ja, und seine Stirn legte sich unwillkürlich in Falten, denn diese vulgäre Stimme mit starkem venezianischem Akzent gefiel ihm gar nicht.
»Ich werde nachsehen. Warten Sie einen Moment!« sagte er und ging müden, schlurfenden Schrittes auf die Terrasse hinaus, wo er Michela zu finden glaubte. Sie war da, zusammen mit ihrem Vater, und beide drehten sich um, als sie seine Schritte hörten, und sahen ihm lächelnd entgegen.
Michela fand, daß er sehr blaß aussah, und auch die Falten auf seiner Stirn sagten ihr, daß er sich Sorgen machte.
»Du wirst am Telefon verlangt, Michela«, sagte Sebastiano Arrighi. Er hatte unwillkürlich seine Schritte beschleunigt und ein unbekümmertes Lächeln aufgesetzt, um die beiden nicht auch noch mit seinen Sorgen zu behelligen.
»Und du hast anscheinend neue Unannehmlichkeiten«, sagte Silvestro Loré, als er sich aus seinem knarrenden Korbsessel erhoben hatte und ihm entgegenging.
»Ich?« fragte Michela ungläubig. Wer konnte sie anrufen? Es konnte nur Al sein, denn sie kannte sonst niemanden hier in der Umgebung, und daß man sie aus Rom anriefe, war sehr unwahrscheinlich; die Telefonnummer war nur in Papas Amt im Ministerium bekannt.
»Ja, du«, sagte Sebastiano mit einem müden Lachen.

»Ich werde Ihnen sagen, wo ich bin«, sagte Roberto am Telefon, »damit Sie zu mir kommen können. Bitte, sagen Sie weder Ihrem noch meinem Vater etwas davon, ich möchte nicht, daß sie auch herkommen. Ich werde nicht mehr nach Hause zurückkehren, niemand soll versuchen, mich zu überreden. Ich würde es bedauern, wenn Sie nicht allein kämen . . .«
»Wenn ich Ihnen sage, daß ich allein komme, dann komme ich auch allein«, gab Michela beleidigt zurück.

»Verzeihen Sie, aber ich mußte es Ihnen sagen«, sagte er schuldbewußt. »Werden Sie auch wirklich kommen?«
Sie zögerte mit der Antwort. Was sollte sie ihrem Vater sagen? Am besten würde sie einfach sagen, sie wolle nur einen kleinen Spaziergang machen. Aber der Telefonanruf? Auch dafür würde sie eine Erklärung finden müssen. »Ich werde sofort kommen«, sagte sie.
»Dann hören Sie mir gut zu«, sagte er glücklich. »Sie überqueren die Straße und gehen in Richtung Latisana. Hinter der Tankstelle rechts befindet sich ein Feldweg. Da warte ich, etwa zweihundert Meter von der Straße entfernt.«
»Gut.« Sie hatte verstanden. Die leicht romantischen Umstände dieser Begegnung verliehen ihr neue Kräfte. »Ich bin in spätestens einer Viertelstunde da.«
»Vielen Dank, Michela.« Seine Dankbarkeit klang echt. »Ich erwarte Sie.«
»Bis bald.« Michela legte den Hörer auf und ging nachdenklich auf die Terrasse zurück. Es war das erstemal, daß sie ihrem Vater eine so komplexe Lüge vorsetzen mußte. Früher, ja, zu Zeiten Luigis hatte sie ihn oft angelogen, weniger um ihn zu täuschen oder zu hintergehen, als vielmehr, um ihm unnötige Sorgen zu ersparen.
Papa und Sebastiano standen über das Geländer gelehnt und sahen hinunter auf den Fluß.
»Ich gehe mal kurz ins Dorf, Papa«, sagte sie, als er sich zu ihr umdrehte.
»Ja, ein Spaziergang wird dir guttun«, sagte er, in Gedanken noch bei seinem vorhergehenden Gespräch mit Sebastiano. »Du könntest mir Zigaretten mitbringen.«
»Wenn du sie nicht sofort brauchst«, sagte sie, doch ein wenig verwundert über ihr Geschick. »Die Friseuse hat gerade angerufen, sie hat einen Moment Zeit für mich. Ich bringe dir deine Zigaretten, wenn ich bei ihr fertig bin.«
»Je später, desto besser für meine Lunge«, sagte er lachend. Aber er sah seine Tochter nun doch etwas genauer an. Irgend etwas gab ihm das Gefühl, daß sie nicht die Wahrheit sagte. Nicht daß etwas in ihrem lächelnden Gesicht seinen Verdacht erregte, aber er war immerhin seit vierzig Jahren Polizist – einen verdammten Schnüffler nannte er sich selbst gern –, und sein Argwohn gegen alles und jeden, auch sich selbst, war

immer lebendig. Auch wenn er in zwanzig Jahren in der Hierarchie so weit aufgestiegen war, daß er selbst keine Verhöre mehr vornahm und nicht mehr mit Verbrechern und Lügnern in Kontakt kam, war ihm der Instinkt des Schnüfflers geblieben, eine Antenne, die ihm erlaubte zu hören, was kein anderer mehr hörte oder sah.

Aber bei dem Gedanken, seine Tochter könne ihn belügen, mußte er innerlich lächeln: Es konnte sich nur um eine kindlich fromme Lüge handeln, vielleicht war es nicht einmal eine richtige Lüge. Vielleicht wollte Michela nur etwas einkaufen, von dem sie vor den beiden Männern nicht sprechen wollte. Oder vielleicht wollte sie ihn mit irgend etwas überraschen – und er überlegte schnell, ob der heutige Tag irgendwie von Bedeutung wäre. Es war weder sein Geburtstag noch sein Namenstag noch sonst was.

»Auf Wiedersehen, Signor Sebastiano«, sagte sie, »bis bald, Papa.«

Silvestro Loré hob winkend den Arm, und ein Blick in ihre Augen genügte ihm, um zu erkennen, daß sie gelogen hatte.

»Mein lieber, junger, kindischer Freund«, sagte er nach einer Weile zu Sebastiano und schlug ihm freundschaftlich auf die Schulter. »Gehen wir in den Garten hinunter und sprechen wir noch ein Weilchen von deinem ebenso kindischen Sohn!«

Sebastiano spürte in diesen scherzhaften Worten die tiefe Teilnahme seines Freundes. »Ja, gehen wir! Aber reden wir von etwas anderem. Du und deine Tochter, ihr seid hierher gekommen, um euch auszuruhen, nicht um euch mein Gejammer anzuhören.«

Silvestro gab ihm einen leichten freundschaftlichen Stoß vor die Brust. Sie gingen hinunter in den Garten, setzten sich auf die Bank am Brunnen und nahmen ihr zuvor unterbrochenes Gespräch über Sebastianos Sohn wieder aus. Sebastiano hatte ihm von dem Verschwinden der zweihundert Zechinen erzählt, das heißt: Silvestro hatte ihn sanft gezwungen, es ihm zu erzählen, und die Sache hatte sich als völlig harmlos herausgestellt. In Wirklichkeit gehörten die Goldmünzen längst Roberto. Seit seinem achten Lebensjahr hatte Roberto von seinem Vater zu jedem Geburtstag, Namenstag, zu jedem Examen, zu Weihnachten, Ostern, kurz: zu jeder besonderen Gelegenheit zwei Münzen geschenkt bekommen. Um dem Kind einen Spaß

zu machen, hatte sich Sebastiano die Sache mit dem Wandtresor ausgedacht; er wollte den abenteuerlichen Gedanken vom verborgenen Schatz in ihm wachhalten. Und auch als Roberto dann älter geworden war, war er zum Scherz immer auf seines Vaters Spiel eingegangen und hatte die beiden Münzen gleich nach dem Empfang in den Tresor eingeschlossen.
»Hätte ich gewußt, daß er sie eines Tages an sich nehmen würde, um sie an diese Person zu verschwenden ... Denn ich weiß genau, er hat es weniger aus Angst vor der Polizei getan ...«
Silvestro versuchte ihn zu beruhigen. »Wenn er sie wirklich nur an sich genommen hat, um sie mit diesem Mädchen auszugeben, wie du sagst, dann ist alles doch nur halb so schlimm. Er wird halt auch einmal das Geld mit vollen Händen ausgeben wollen. Du hast ihn ja in dieser Beziehung immer sehr kurz gehalten, kann ich mir vorstellen.« Mit dieser Anspielung wollte er Sebastiano, von dem er wußte, daß er im Gegenteil immer sehr großzügig gewesen war, nur reizen.
»Ich habe den Fehler gemacht, ihm immer zuviel Geld zu geben«, erwiderte Sebastiano aufgebracht, und der Zorn verdrängte plötzlich seinen Trübsinn – genau wie es Silvestro beabsichtigt hatte. »Er fährt sogar einen schweren amerikanischen Wagen. In seinem Alter habe ich von meinem Vater nicht einmal einen Hausschlüssel bekommen, und wenn ich eine Lira brauchte, bekam ich sie bestenfalls von meiner Mutter.«
»Ja, aber als du in seinem Alter warst, konnte man von einer Lira bequem eine Woche lang leben«, stichelte Silvestro weiter. »*Ciao*, Michaela!« rief er seiner Tochter zu, die in diesem Moment an ihrer Bank vorbeikam. Er hatte sie aus dem Augenwinkel beobachtet, wie sie unsicher und nervös aus dem Haus gekommen war und nun dem Tor zustrebte.
»Ich bin vor dem Essen wieder zurück«, sagte Michela. Sie nickte Sebastiano lächelnd zu und ging verhaltenen Schrittes weiter. Silvestro erkannte in ihrem ganzen Verhalten, daß sie ihm etwas verheimlichte.
Die beiden Männer sahen ihr nach, wie sie durchs Tor und um die Wegbiegung verschwand. Und plötzlich schlug sich Silvestro mit der Hand aufs Knie. »Da fällt mir ein, daß meine Medizin wieder einmal aufgebraucht ist. Ich will sehen, ob ich Michela noch einhole, sonst laufe ich rasch selbst in die Apotheke.«

»Und ich bleibe hier im Schatten sitzen«, sagte Sebastiano. »Bei der Hitze hole ich mir leicht einen Sonnenstich.«
»Alter Faulpelz«, sagte Silvestro, der in Wirklichkeit gehofft hatte, daß Sebastiano ihn nicht begleiten würde.
Sebastiano hob scherzend die Fäuste, und Silvestro sprang auf, um sich in Sicherheit zu bringen. »Ich bin bald wieder zurück«, rief er.
Als er am Ende des Gartenweges ankam, sah er Michela auf der Sonnenseite der Straße allein am Fahrbahnrand entlanggehen. Der Spürhund in ihm folgerte daraus mehrere Dinge: Erstens, daß sie nicht auf dem Wege ins Dorf war, denn um ins Dorf zu gelangen, hätte sie auf dieser Straßenseite bleiben müssen. Zweitens, daß sie nach rechts abbiegen wollte, denn niemand – und schon gar nicht seine Tochter – würde grundlos die Schattenseite verlassen. Drittens, daß seine Tochter ein ungewöhnliches Ziel hatte. Er selbst hatte die Umgebung schon per Auto ausgekundschaftet und wußte, daß die nach rechts abbiegenden Feldwege nur zu einigen abgelegenen Bauernhöfen führten. Außerdem folgerte er, daß Michela sich mit einem Mann zu treffen beabsichtigte; kein Mädchen geht zu einem abgelegenen Bauernhof, wenn sie eine Verabredung mit ihrer Friseuse hat.
Ein Mann also. Damit hatte er nicht gerechnet. Er blieb im Schatten der Bäume, bis er seine Tochter – wie vorhergesehen – nach rechts abbiegen sah. Erst dann wagte er sich mutig über die Straße und folgte ihr mit schnellen Schritten.
Ein Mann! Dieser Gedanke war ihm, was Michela betraf, seit ihrer Krankheit nicht mehr gekommen. Dabei hatte er sich manches Mal gewünscht, sie würde sich für jemanden interessieren, denn das hätte bedeutet, daß sie auf dem Wege der Besserung war.
Vor der nächsten Wegbiegung verlangsamte er seinen Schritt. Durch die Bäume und einen hohen Holzzaun hindurch sah er Michela am Rande des staubigen Feldweges weitergehen. Er wartete eine knappe Minute, und als er vorsichtig um die Ecke bog, sah er hundert Meter weiter den schweren, etwas ungepflegten amerikanischen Wagen, der Roberto Arrighi gehörte.
Er versteckte sich hinter dem Zaun. Seine Kiefer mahlten, wie immer, wenn ihm etwas Unvorhergesehenes widerfuhr. Er versuchte sich über die Situation Klarheit zu verschaffen. Es mußte

einen Grund haben, wenn sich Michela hier heimlich mit Roberto traf. Sie hatte ihm erzählt, daß sie in der Nacht mit Roberto in der Bibliothek gesprochen hatte; sie hatte auch die auf dem Tisch ausgebreiteten Goldmünzen erwähnt und daß Roberto dann plötzlich verschwunden war. Und nun kam sie hierher, zu ihm.

Der Telefonanruf vorhin, das mußte Roberto gewesen sein. Und er hatte sie gebeten, niemand von ihrer Begegnung mit ihm zu erzählen. Verständlich. Ein verbohrter Junge wie Roberto traute niemandem, er fürchtete, daß die Villa ständig unter polizeilicher Bewachung stehen könnte, und er würde sich nicht in die Nähe des Hauses wagen. Und Michela? Sie war sicher auch an ihm interessiert, denn sonst hätte sie nicht in dieses heimliche Treffen eingewilligt. Sein Spürsinn suchte angestrengt die Frage zu beantworten, welcher Art ihr Interesse an ihm sein mochte. Wenn Roberto vorhin angerufen hatte, dann nur, weil er etwas brauchte. Möglicherweise wollte Michela ihm nur helfen. Aber sollte das ihr einziger Beweggrund sein? Schwierig, sich vorzustellen, daß ein junges Mädchen einem jungen Mann helfen will, ohne daß ein anderes Gefühl mit im Spiel ist.

Das alles kam sehr unerwartet für ihn, und was noch schlimmer war, er wußte nicht, ob er es als gutes oder schlechtes Zeichen werten sollte. Er hörte das dumpfe Motorgeräusch des Autos herannahen und duckte sich noch tiefer hinter den Zaun. Das Auto fuhr jenseits des Zaunes an ihm vorbei, und Silvestro Loré erkannte durch die Staubwolke hindurch seine Tochter, neben Roberto Arrighi sitzend. Er sah auf die Armbanduhr – auch das war eine alte Gewohnheit des Polizeibeamten in ihm. Es war elf Uhr fünfzehn.

8

»Bitte, verzeihen Sie, daß ich mich in der Nacht so sang- und klanglos davongemacht habe . . .«

Er hatte den Wagen auf dem Weg stehen lassen und hatte sie in den Schatten zweier dichtbelaubter Bäume in einer Bodensenke neben dem Weg geführt, wo sie von der Straße aus nicht gesehen werden konnten. Weit hinten erhoben sich die vereinzelten Häuser eines kleinen Dorfes. Sie hatten sich nicht die

Mühe gemacht, einen Platz zum Sitzen zu suchen, denn ihm war anzusehen, daß er nur ein kurzes Gespräch plante. Als sie zu ihm gekommen war, hatte er sie zu sich einsteigen lassen und war wortlos bis zu dieser Stelle gefahren.
Er war unrasiert, sein Anzug zerknittert, und man sah ihm an, daß ihm die aufmerksame Pflege durch die alte Haushälterin fehlte.
»Ich bin gegangen, weil ich Angst hatte, daß Sie mich schließlich doch noch überreden würden, wenn ich noch länger geblieben wäre. Und ich will nicht überredet werden, ich will das tun, was ich für richtig halte.«
Auch jetzt spürte Michela wieder, daß sie ihm überlegen war, daß sie stärker war als er. Er wirkte hilflos und schwach. »Und damit haben Sie recht«, sagte sie und lehnte sich an einen der dicken Baumstämme. »Wir alle müssen tun, was wir für richtig halten. Man darf sich zu nichts zwingen lassen.«
Roberto zuckte die Achseln, als ob ihn das eigentlich nicht sehr interessierte. »Sie sind der einzige Mensch, dem ich traue. Und darum wollte ich mit Ihnen sprechen.« Er zündete sich eine Zigarette an und trat näher zu ihr. Seine Art, sie anzusehen, verwirrte sie. Zum erstenmal war es, als sei ihm bewußt geworden, daß sie eine Frau und er ein Mann war. »Ich reise heute noch ab, ins Ausland. Ich möchte Ihnen sagen, wohin ich fahre, damit Sie mich über alles, was hier geschieht, auf dem laufenden halten können, zum Beispiel, wenn die Polizei kommt oder wenn es meinem Vater nicht gut geht oder sonst etwas.« Sein Blick hatte sich wieder verändert; er sah über sie hinweg, zu dem fernen Dorf. »Aber Sie müssen mir Ihr Wort geben, daß Sie niemandem sagen werden, wo ich bin. Und bitte kommen Sie nicht auf die Idee, es könnte mir nützen, wenn Sie die Polizei benachrichtigen!«
Er war ihr sehr nahe gekommen, sie wich zurück und ging zu dem anderen Baum. Dann drehte sie sich wieder zu ihm um. »Wenn ich das glaubte, wäre ich schon heute mit der Polizei hergekommen«, sagte sie. »Aber ich will Ihnen gar nicht helfen, wenn Sie davonlaufen wie einer, der sich schuldig fühlt. Sie begehen da einen unüberlegten Fehler, und ich möchte Sie in Ihrem Irrtum nicht noch bestärken.«
Er zuckte getroffen zusammen. »Wenn das so ist, dann entschuldigen Sie, daß ich Sie herkommen ließ«, sagte er brüsk, und

seine Miene verriet, daß er das Gespräch als beendet betrachtete.
Michela lächelte. Dann wurde sie wieder ernst. »Soll ich Ihnen etwa raten wegzulaufen, wenn ich genau das Gegenteil für richtig halte? Aber vielleicht interessiert es Sie gar nicht, was ich denke.«
»Doch, doch.« Er hatte sich rasch wieder gefangen. »Alles, was Sie sagen, interessiert mich sehr. Sonst wäre ich nicht hier, um Ihnen zuzuhören. Aber ich kann eben nicht so vernünftig denken wie andere, ich habe es nie gekonnt. Vielleicht ist es ein Fehler, aber ich muß fort. Wenn Sie können, helfen Sie mir, andernfalls sagen Sie einfach nein.«
Er stieß die Worte noch immer heftig hervor, obwohl sich seine Stimme besänftigt hatte. Aber sie glaubte, nicht nachgeben zu dürfen. Sie spürte instinktiv, daß sie die einzige war, die ihn beeinflussen konnte, und sie wollte diesen Einfluß nutzen, um ihn zur Einsicht zu bringen. »Ich kann Ihnen nicht helfen, wenn Sie in Ihr Unglück rennen wollen, und im übrigen brauchen Sie meine Hilfe gar nicht. Sie brauchen mich überhaupt nicht.« Vielleicht war es gefährlich, ihn auf diese Weise zwingen zu wollen. »Um zu erfahren, ob die Polizei Sie sucht oder wie die Dinge hier stehen, brauchen Sie nur anzurufen oder anrufen zu lassen, wie Sie es heute getan haben. Dazu brauchen Sie *mich* nicht.« Sie wußte nicht, wie er reagieren würde, aber sie hatte keine Angst. Sie war sicher, daß sie nur sein Bestes wollte, und nur darauf kam es an.
Er verharrte eine Weile schweigend, dann sagte er langsam: »Also wollen Sie die Verantwortung übernehmen, wenn ich hier bleibe und man mich dann verhaftet?« Es klang fast wie eine Drohung.
Michela spürte, daß sein Widerstand zerbröckelte. »Jawohl, das will ich. Und ich bin sicher, daß man Sie nicht verhaften wird. Man wird Sie verhören, wenn es überhaupt dazu kommt, und dann wieder gehen lassen, nicht nur, weil man sich von Ihrer Unschuld überzeugt hat, sondern auch, weil sich mein Vater für Sie einsetzen wird.«
»Das glaube ich Ihnen zwar nicht, aber ich will tun, was Sie sagen.« Er drehte sich rasch um und ging zur Straße zurück. Michela folgte ihm.
Das Auto war in der glühenden Sonne stehengeblieben und

hatte sich mit Hitze vollgesogen. Roberto schloß den großen Kofferraum auf: er war vollgepackt mit Koffern. Michela erkannte zwei weiße Damenreisetaschen und einen rosaroten Regenmantel. Roberto suchte zwischen den Koffern und fand eine dunkle Aktentasche, die er herausnahm und Michela in die Hand gab. »Nehmen Sie, bitte!« sagte er. Dann schloß er den Kofferraum und stieg ein, ohne sich nach ihr umzusehen. Die Tasche war ziemlich schwer. Michela stieg neben ihm ein und stellte sie neben sich auf den Sitz. Sie schwieg, weil sie noch nicht begriffen hatte, was er beabsichtigte, aber ihre Hoffnung, ihn überzeugt zu haben, hatte neue Nahrung erhalten.
Roberto ließ den Motor an und wandte sich ihr zu. »Bitte, geben Sie die Tasche meinem Vater«, sagte er müde; die Entscheidung, die er soeben getroffen hatte, schien ihn angestrengt zu haben. »Sie enthält einen Haufen alter Goldmünzen. Er hat sie mir, nach und nach, geschenkt. Ich habe sie an mich genommen, weil ich für immer verschwinden wollte. Aber dann kamen Sie und haben mir die Idee ausgetrieben. Nun kann ich nichts mehr damit anfangen.« Er zündete sich eine Zigarette an. »Allerdings«, fuhr er dann fort, »nach Hause werde ich nicht zurückkehren. Zu Hause würde ich kein Auge zutun können aus Furcht, die Polizei könne aufkreuzen. Die Polizei kommt doch immer im Morgengrauen, stimmt's nicht? Sie müßten es wissen, Ihr Vater ist doch bei der Polizei. Sie kommen in aller Herrgottsfrühe, wenn alles schläft; sie zerren einen aus dem Bett, man ist noch schlaftrunken, begreift nicht, was vorgeht, und gibt alles zu, was sie hören wollen. Ich werde Sie jetzt zurückbringen, Sie geben meinem Vater den Familienschatz zurück und beruhigen ihn. Es ist eine Art Kompromißlösung, und Kompromisse sind doch eine sehr vernünftige Sache, finden Sie nicht? Ich fliehe nicht ins Ausland, aber ich gehe auch nicht nach Hause zurück. Ich werde mich hier in der Nähe aufhalten, und wenn die Polizei mich holen will, sagen Sie einfach, ich sei ausgegangen. Ich rufe von Zeit zu Zeit an oder mache mich auf andere Weise bemerkbar, und wenn ich erfahren sollte, daß die Polizei hinter mir her ist, weiß ich nicht, was ich machen werde.« Er zuckte die Achseln und fuhr langsam an. »Ich weiß es nicht. Ich weiß es wirklich nicht.«
Er hielt hundert Meter vor der Tankstelle an der Wegabzweigung zur Villa seines Vaters. Die Nähe des Hauses schien ihn

nervös zu machen; ängstlich hielt er nach Polizisten Ausschau, die ihn beobachten könnten.

»Auf Wiedersehen!« sagte er dann. »Ich rufe an.« Er wich ihrem Blick aus, und sein Gesicht verriet nichts von seinen Gedanken.

»Ich freue mich«, sagte sie ehrlich. »Und auch Ihr Vater wird sehr glücklich sein.«

»Die Tasche«, sagte er und reichte sie ihr nach. Dabei ergriff er ihr Handgelenk und sah ihr in die Augen. Es war, als wolle er noch etwas sagen, aber dann wiederholte er nur: »Auf Wiedersehen.«

»Rufen Sie mich bald an«, sagte sie, nachdem sie ausgestiegen war. Dann beugte sie sich durchs Fenster hinein und setzte leicht errötend hinzu: »Und haben Sie keine Angst. Sie dürfen keine Angst haben.«

»Ich will es versuchen«, sagte er düster. Er nickte ihr kurz zu, und als sie das Fenster freigegeben hatte, brauste er mit einem Kavaliersstart davon.

Ein paar Minuten lang raste er mit über hundert Stundenkilometern über die leere Straße, dann verlangsamte er das Tempo, um sich eine Zigarette anzuzünden. Er sah oft in den Rückspiegel, aber kein Auto folgte ihm.

Er bog in einen sehr schmalen Feldweg ein, eine dichte Staubwolke wirbelte hinter seinem Auto auf. Nachdem er noch einmal in einen anderen Weg abgebogen war, kam er hinter einer Reihe dünner Bäume zu dem Haus, in dem Irene wohnte. Er hielt an. Irene tauchte sofort aus der dunklen Haustür einer ehemaligen Baracke auf, die mit etwas weißer Tünche und grüner Farbe für die Fensterläden notdürftig zu einer menschlichen Behausung aufgemöbelt worden war. Über der Tür hing ein einfaches Holzschild mit der Aufschrift: TISCHLEREI. Irenes Vater, ein ungeschliffener, ungebildeter Mensch, hatte es eigenhändig beschrieben und angebracht.

Roberto stieg aus, ohne ihr ein Wort der Begrüßung zu gönnen, und öffnete den Kofferraum. Irene, im grauen Reisekostüm, war fertig zur Abreise und kam neugierig näher. Er begann, einen Koffer nach dem anderen herauszuholen. »Aus der Abreise wird nichts«, sagte er.

»Ist was passiert?« fragte sie. Ihre Stimme ließ, wenn sie mit ihm sprach, keinen Akzent erkennen. Aber wer achtet bei einer

Frau wie Irene schon auf die Stimme oder auf das, was sie sagt, dachte er, während er Koffer und Regenmantel aus dem Kofferraum nahm. Sie war wie eine Statue, eine nicht einmal besonders gut gekleidete Statue, eine griechische Liebesgöttin im grauen Reisekostüm, mit langem, naturblondem Haar, das ihr, wenn sie es löste, in dichten Massen über die Schultern herabfiel. Sie verfügte über keine große Intelligenz und wenig Bildung, aber sie war raffiniert und konnte mit Männern umgehen. Irene wußte für jeden Mann unter jedweden Umständen das richtige Mittel, ihn an sich zu fesseln, ohne daß er es merkte. Viele Male schon hatte er sich gefragt, warum ein Mädchen von ihrer Schönheit, von ihrer instinktiven, unwiderstehlichen weiblichen Raffinesse, es ausgerechnet auf ihn abgesehen hatte. Warum ging sie nicht einfach nach Venedig, zur Zeit des Filmfestivals oder zu irgendeiner anderen Zeit? Einen dollarschweren Amerikaner oder einen steinreichen Deutschen hätte sie schon beim ersten kurzen Flanieren über den Markusplatz aufgegabelt.

»Nein, nichts ist passiert. Ich bleibe ganz einfach hier«, sagte er und schickte sich an, zwei der Koffer ins Haus zu tragen. Er zeigte auf zwei andere, leichtere. »Nimm du die da!«

Im Innern des Stalles, wie sie beide, er und Irene, diese Behausung nannten, war es stockdunkel. Als sich seine Augen an das Dunkel gewöhnt hatten, erkannte er in der Ecke die Küche, wenn man es so nennen konnte, und daneben die Tür, die ins sogenannte Schlafzimmer führte. Er stellte die Koffer neben das Bett und streckte sich sofort auf den Laken aus. Erst jetzt wurde ihm plötzlich bewußt, daß er großen Durst hatte. Dann erschien Irene mit den anderen Koffern, und hinter ihr hörte er schwere Schritte. Ein korpulenter Mann im zerrissenen, durchgeschwitzten Unterhemd trat ein – Romeo Prasin, seines Zeichens Tischler und Irenes Vater.

»Fahrt ihr nicht?« fragte er.

Keiner gab ihm Antwort. Roberto hatte die Augen schon geschlossen, und die griechische Statue hatte die Jacke abgelegt und streifte nun auch den Rock herunter.

»Habt ihr gestritten?« fragte der Mann weiter. Der so leichte und anmutige venezianische Dialekt klang aus seinem Munde schwerfällig.

»Nein«, sagte Irene, die sich ohne große Eile einen so durch-

sichtigen Kunstfaserkittel überstreifte, daß es keuscher gewesen wäre, ihn gar nicht erst anzuziehen.
Der Mann hatte einen drei oder vier Tage alten Bart und sah aus wie ein entflohener Sträfling. Und obwohl er nicht gerade ein entflohener Sträfling war, so hatte er doch mehrere Jahre im Gefängnis gesessen. Eine Dummheit: ein Streit unter Betrunkenen im Wirtshaus, einer stirbt an einem Schlag auf den Schädel, und der andere – Irenes Vater – wandert für zehn Jahre hinter Gitter.
»Hier kann er nicht bleiben, das weißt du«, sagte der Mann zu Irene. Er schleppte, wo er ging und stand, immer einen leichten Geruch von Hobelspänen, Holz und Rotwein mit sich herum. »Ich will mit der Polente nichts zu tun haben. Wenn sie erst herkommen, bin ich geliefert.«
Roberto begriff sofort, wie Irene auf die Tatsache, daß aus der Abreise nichts werden sollte, zu reagieren gedachte. Sie hatte den kurzen Moment, als sie mit den Koffern ins Haus kam, genutzt, um ihrem Vater einen Wink zu geben – sie verstanden sich ohnehin auf einen Blick. Und nun schickte sie ihren Vater vor; ein direkter Angriff war nicht ihr Fall.
»Es geht nicht gegen Sie«, sagte er zu Roberto gewandt, »von mir aus könnten Sie ruhig zwanzig Jahre hier bleiben, aber ich will mit diesen Typen nichts mehr zu tun haben.«
Irene begann, im Dialekt auf ihren Vater einzureden. »Du hast die Stirn, ihn fortzuschicken?! Warum gehst du nicht selber? Weißt du nicht, daß du schon längst verhungert wärst, wenn er nicht all die Jahre gewesen wäre? Und jetzt, wo er sich zwei Tage in dieser stinkenden Bruchbude aufhalten will, da wagst du es, ihn fortzuschicken?« Dann verfiel sie, ohne jeden Übergang, zu Roberto gewandt, in dialektfreies Italienisch: »Hör nicht auf ihn, hörst du? Wir bleiben hier, so lange es uns gefällt. Und wenn einer gehen muß, dann er.«
Roberto hatte sich die ganze Zeit nicht gerührt. Er versuchte so zu tun, als sei er gar nicht da, aber er konnte sich eine verbitterte Bewunderung für Irene nicht verhehlen. Mit Sicherheit war diese Szene präpariert: Sie hatte, wie ein Filmregisseur, mit wenigen geflüsterten Worten beim Hereinkommen diese Situation aus dem Nichts herbeigezaubert und damit die Dinge völlig auf den Kopf gestellt. Sie selbst hatte die Mitteilung von der verschobenen Abreise vor den Kopf getroffen; sie hatte

ihren Vater vorgeschoben, damit sie die Rolle der Trösterin spielen konnte, wie sie es ohne Zweifel bald tun würde. Und tatsächlich, nachdem die schweren Schritte des Mannes durch die Küche und die Tischlerwerkstatt verklungen waren, setzte sie sich neben ihn aufs Bett und streichelte ihm die Stirn. »Du bist ja ganz naß geschwitzt. Warum ziehst du nicht wenigstens die Jacke aus?«

Und wieder einmal kam ihm zu Bewußtsein, warum er all die Jahre bei ihr geblieben war und nie ernsthaft daran gedacht hatte, sie zu verlassen. Gewiß, die erstbeste Frau von der Straße wäre vielleicht besser gewesen als sie, hätte Papa mehr gefallen, wäre eventuell intelligenter und gebildeter und vielleicht auch ebenso schön gewesen wie sie, aber keine hätte wie sie über die Kunst verfügt, ihn von ihrer Unersetzbarkeit zu überzeugen.

»Zwecklos«, sagte er und stand auf. Dann sagte er, mehr zu sich selbst als zu ihr: »Wir gehen jetzt besser.«

»Aber wieso regst du dich über diesen Dummkopf auf?!«

»Ich rege mich gar nicht auf. Ich will gehen, weil ich Durst habe, weil wir etwas essen müssen.«

Irene war ebenfalls aufgestanden. Sie legte ihm eine Hand leicht auf die Schulter. »Aber ich habe Bier im Kühlschrank, und ich könnte dir etwas zu essen machen, wenn du müde bist.«

Sie, die seit vielen Jahren nichts sehnlicher wünschte, als aus diesem Stall herauszukommen, die den Tag der Abreise herbeigesehnt hatte wie ein Blinder das Licht, sie wollte ihn jetzt zurückhalten, zum Bleiben bewegen. Er mußte sie einfach bewundern. Hätte sie ihm eine Szene gemacht wegen der verschobenen Abreise, es wäre dumm von ihr gewesen. Und dumm war sie nicht.

»Nein«, sagte er, indem er sich den Hemdkragen zurecht zog, »wir fahren besser in der Gegend herum. Die Schweiz kommt im Augenblick nicht in Frage, wir bleiben hier in der Nähe, Venedig, Udine . . . In Ordnung?«

Es war alles andere als in Ordnung, das wußte er genau. Für sie gab es nur eines: endgültig und für immer dieses Haus zu verlassen. Aber sie legte geduldig den Kittel ab und zog wieder das Reisekostüm an, und ihre Stimme tönte von falscher Dankbarkeit, als sie sagte: »O ja, ich freue mich ja so!«

Sie verließen das Haus, wie immer mit nur einem kleinen Kof-

fer. Prasin kam aus der Werkstatt und sah ihnen grußlos nach, bis das Auto hinter einer Staubwolke verschwand.
Er muß hier verschwinden, dachte er bei sich und kehrte in seine Werkstatt zurück. In dem schrecklichen Durcheinander, das dort herrschte, gab es ein Fahrrad, ein altes verrostetes Ding, an einem Haken an der Wand aufgehängt. Er nahm es herunter und radelte über den steinigen Weg davon.
Das kleine Café lag nur wenige hundert Meter von seinem Haus entfernt, an der Straße nach Latisana. Ein kleines, zweistöckiges Gebäude mit einer Bar im Erdgeschoß. Hier hatte er seit seiner Entlassung aus dem Gefängnis seine Abende verbracht. Als ihn die Wirtsleute, die oben beim Essen saßen, kommen hörten, schickten sie ihren Sohn hinunter.
»Gib mir einen Weißen!« bestellte er.
Der Junge, noch mit vollen Backen kauend, schenkte ihm ein Glas ein, das er durstig mit einem Zug leerte. »Noch eins!« sagte er und legte Geld auf die Theke. »Und dazu eine Telefonmünze.«
Der Junge kannte seinen Kunden. Er hatte die Flasche gar nicht erst aus der Hand gestellt, weil er wußte, daß er noch mindestens ein weiteres Glas einschenken müßte. Dann ging er an die Kasse und gab Romeo eine Telefonmünze.
Das Telefon befand sich in einer abgelegenen Ecke im hinteren Teil des Schankraumes. Prasin wählte eine Nummer und sagte: »*Ciao*, Lison!« Er sprach leise und mit abgewandtem Gesicht. »Ja, so weit ist alles in Ordnung, aber ich stecke im Moment ein bißchen in der Klemme. Ich erkläre dir alles später, vielleicht komme ich heute abend kurz zu dir, aber mir liegt da etwas schwer im Magen ...« Er drehte sich um, um zu sehen, ob der Junge etwa horchte, aber der war bereits wieder zu seinem Essen zurückgekehrt. »Ich brauche zwei Burschen, aber keine Schlägertypen. Sie brauchen nichts zu machen, sie sollen nur einigermaßen in Schale sein, damit sie aussehen wie Polypen, verstehst du? Aber ich brauche sie sofort, spätestens morgen.«
Der Junge war wieder nach unten gekommen, immer noch kauend. Die Mutter hatte ihn hinuntergeschickt, um auf die Kasse aufzupassen, denn Leute wie Romeo Prasin, die solange im Gefängnis gesessen hatten, gehörten nicht gerade zu den vertrauenerweckenden Stammkunden.

9

Alberto Missaglia schloß den Koffer, der vor ihm auf dem Bett stand, und sah noch einmal zu Tatjana hinüber, die auf dem anderen Bett saß und ihm den Rücken zuwandte. Was bin ich doch für ein mieser Kerl, dachte er, den Blick auf ihr ärmliches Blumenkleidchen, ihre mageren Schultern und Arme gerichtet. Auch das Hotelzimmer, in dem sie sich befanden, war ärmlich – wenn man dieses baufällige Haus überhaupt Hotel nennen konnte.

Er war nie gern nach Jugoslawien gekommen und tat es auch nur, wenn er dienstlich dazu gezwungen wurde, aber diesmal bereitete ihm eher das Abfahren Unbehagen, das heißt, die Art, sich wie ein Lump verabschieden zu müssen. Er setzte sich neben Tatjana.

»Tatjana, du weißt sicher, daß ich dir nicht die Wahrheit gesagt habe.« Er nahm ihre Hand, die traurig auf ihrem Knie lag.

Tatjana betrachtete lächelnd ihre weiße, magere Hand in seiner kräftigen, braungebrannten Faust und nickte nur.

Wenn ich mich also schon wie ein Lump benehme, dachte er, dann auch gleich gründlich. Er mußte ihr die ganze Wahrheit sagen. Tatjana war viel zu klug, als daß man sie so anlügen konnte. »Ich wollte dir nur nicht wehtun«, sagte er, jedes Wort gut überlegend, ehe er es aussprach. »Als ich dir das letztemal sagte, ich würde wiederkommen und dich für ein paar Monate nach Italien mitnehmen, weißt du . . . das war, bevor ich die Frau wiedertraf, mit der zusammen ich sozusagen großgeworden bin und von der ich nicht wußte, daß sie mir soviel bedeutet.« Es fiel ihm nicht leicht, mit Tatjana über eine andere Frau zu sprechen, aber es mußte sein. »Weißt du, es geht ihr ziemlich schlecht, sie ist krank, mit den Nerven völlig herunter, sie braucht jemanden, der ihr hilft. Ich habe mich nie wirklich mit einer Frau verbunden gefühlt, Michela – so heißt sie – ist die einzige Ausnahme. Als ich sie neulich wiedersah, spürte ich gleich, daß ich sie brauche, daß ich ohne sie nicht mehr sein kann . . . verstehst du das?«

Tatjana sah von Zeit zu Zeit auf, und ihre Augen sagten ihm, daß sie ihn verstehe. Sie fühlte sich wohler jetzt, wo sie die Wahrheit kannte, wohler als vorhin, als er ihr aus Rücksichtnahme gesagt hatte, er könne sie nicht mitnehmen, weil er

mit einer neuen, komplizierten und langwierigen Mission betraut worden sei.
»Du darfst nicht zu spät kommen«, sagte sie und stand auf. »Ich werde dich nicht hinausbegleiten.«
Alberto blieb sitzen. Er mußte etwas für sie tun – mehr als ihr den üblichen Umschlag mit der üblichen Summe zustecken. Sie hatte sich das Geld mehr als verdient: er hätte nur die Hälfte seiner Aufträge hier in Jugoslawien ausführen können, wenn sie ihm nicht seit vielen Jahren geholfen hätte. Treu und pünktlich hatte sich dieses Mädchen mit ihm in diesem sogenannten Hotel getroffen, nachdem sie, heimlich, nachts, ohne Papiere und ohne Schutz, über die Berge gekommen war, um ihm die benötigten Nachrichten zu überbringen. Doch, er mußte schon etwas mehr für sie tun.
»Hör zu«, sagte er, »möchtest du für immer nach Triest hinüber?«
Sie wandte ihm den Kopf zu. Die Vorstellung schien ihr zu gefallen, aber sie zögerte.
»Ich meine, jetzt sofort. Deinen Passierschein habe ich bei mir, weil ich dich ja ursprünglich mitnehmen wollte.«
Er stand auf, holte den Schein aus seiner Aktenmappe und gab ihn ihr.
»Meine Schwester«, sagte Tatjana ohne einen Blick auf das gefaltete Papier.
»Deiner Schwester können sie nichts tun«, sagte er ohne Überzeugung. »Es ist nicht mehr so wie früher.«
Sie schüttelte den Kopf. »Man wird sie für einige Zeit einsperren. Dann werden sie ihr die Papiere wegnehmen, auch die für die Wohnung, und sie wird keinen Platz zum Schlafen mehr haben, und Arbeit wird man ihr auch nicht geben.«
Alberto wußte, daß es so sein konnte. Man pflegte hierzulande nicht eben schonend mit den Angehörigen von Flüchtlingen nach Italien umzugehen.
»Deine Schwester ist fünf Jahre älter als du, sie wird schon zurechtkommen.« Schließlich mußte jeder für sich selbst sorgen, und sie als die Jüngere konnte sich nicht für die Schwester opfern.
Aber Tatjana legte den Ausweis auf das Möbelstück, das als Kommode diente. »Aber ich bin Jugoslawin«, sagte sie. »Was soll ich in Italien machen? Ihr sperrt mich in ein Lager, und

Arbeit müßt ihr ohnehin erst euren eigenen Leuten geben, ehe ihr Fremde beschäftigt.«
Auch das war wahr. Das Schicksal der Flüchtlinge war nicht rosig. »In Italien könnte ich dir aber helfen. Und ich werde nicht zulassen, daß sie dich einsperren. Ich lasse dich in der Obhut eines Freundes von der Polizei von Triest, und er wird für dich sorgen.«
Sie stellte sich ans Fenster, mit dem Rücken zu den in der Sonne schimmernden Wellen des Meeres. »Geh, Alberto, ich bleibe hier.«
Er kannte sie zu gut. Es wäre zwecklos gewesen, weiter in sie zu dringen. Diese kleine magere Person hatte einen Willen aus Stahl, dem sie im übrigen ihr Leben verdankte: Die Kindheit in den Kriegsjahren, die Eltern von den Deutschen erschossen, das hübsche elterliche Landhaus von Partisanen niedergebrannt, die Jugendjahre im Elend der Nachkriegszeit, ständig auf der Flucht, nebenher das Studium mit erfolgreichem Abschluß, mit dem sie im Augenblick nichts anfangen konnte. Niemand hätte sie umzustimmen vermocht.
»Es tut mir leid«, sagte Alberto und drückte sie zögernd an sich. »Wenn du willst, hole ich dich jederzeit hier heraus. Du brauchst es mich nur wissen zu lassen.«
»Ja, Alberto.« Sie löste sich aus seiner Umarmung und ließ ihn gehen.
Von der Straße warf er, ehe er in sein Auto stieg, noch einen letzten Blick zu ihrem Zimmer hinauf, aber das Fenster war leer.
An der Grenze gab es für ihn nur einen kurzen Aufenthalt, dann war er wieder in Italien. Das schlechte Gewissen trieb ihn vorwärts wie jemanden, der den Ort flieht, an dem er ein Verbrechen begangen hat. Aber das Wiedersehen mit Michela hatte aus ihm einen neuen Menschen gemacht. Er hatte vorher nie gewußt, daß sie ihm soviel bedeutete. Zwar hatte er auch während der Trennung oft an sie gedacht, aber es war doch mehr so gewesen, als erinnerte man sich an die vergangene Kindheit und Jugend. Das Wiedersehen mit ihr, ihre Tränen an seiner Schulter hatten ihm etwas offenbart, das er nicht hatte ahnen können: Wenn es eine Frau gab, mit der er sein ganzes Leben verbringen konnte, dann war es Michela.
In Triest begab er sich kurz zur Berichterstattung ins Revier

und setzte danach seine Fahrt fort. Als er in Latisana ankam, brütete dort die größte Nachmittagshitze.
Er klingelte mehrmals am Tor zur Villa der Familie Arrighi, aber er hörte nur das ferne Knurren eines Hundes. Nichts rührte sich. Schließlich sah er Michela aus dem Haus kommen. Sie trug ein Sommerkleid mit modisch kurzem Rock und war so ganz anders als nur wenige Tage vorher, als er sie verlassen hatte: braungebrannt, die schwarzen, bläulich schimmernden Haare streng zurückgekämmt. Ihr Gang, mit hohen Absätzen, hatte etwas so anmutig Weibliches, daß er sich zum erstenmal von ihr verwirrt fühlte.
»Al!« rief sie, als sie ihn erkannte, und kam schneller ans Tor gelaufen. »Ich habe keinen Schlüssel«, sagte sie lachend. »Ich habe das ungeduldige Läuten gehört, da bin ich herausgekommen. Die Haushälterin wird wohl ihr Schläfchen halten . . .«
Sie streckte die Arme durchs Gitter und legte ihm die Hände auf die Schulter. »Ich freue mich, daß du da bist, Al.«
»Und du siehst prächtig aus«, gab er zurück und schob die Arme durchs Gitter. Er faßte sie um die Taille und hob sie vom Boden, wie er es früher immer getan hatte.
»Du mußt weiter auf die Klingel drücken, Al, bis die Haushälterin wach wird.«
Er klingelte, ohne den Blick von ihr zu wenden. Wie hatte er es nur so lange ohne sie aushalten können . . .

Die Villa war groß, und Sebastiano Arrighi hatte darauf bestanden, daß Alberto in seinem Hause wohnen sollte. Schließlich hatte er sich dazu bereit erklärt, weil es ihm immerhin die Annehmlichkeit bescherte, den ganzen Tag bis zum späten Abend in Michelas Nähe zu sein.
Jetzt war es kurz vor Mitternacht, er saß allein in seinem Zimmer, und soeben hatte er gemerkt, daß er keine Zigaretten mehr besaß. Alle schliefen schon, sein Auto stand in der Garage, er kannte sich im Haus noch nicht aus, das Tor draußen war verschlossen, aber der Gedanke, bis zum Morgen nicht rauchen zu können, würde ihm den Schlaf rauben.
Einige Minuten lang ging er im Zimmer auf und ab und versuchte, den Gedanken an Zigaretten zu vertreiben. Aber der Tag war sehr ereignisreich gewesen: Tatjana, Michela, Silvestro Loré . . . Erinnerungen an Vergangenes waren geweckt

worden, Erinnerungen an die Zeit in Rom, in Riccione, immer zusammen mit Michela ... Und plötzlich kam er sich in seinem hübschen Zimmer vor wie in einer Zelle. Es trieb ihn hinaus.

Natürlich wußte er nicht, wo sich die Lichtschalter befanden, aber das helle Mondlicht führte ihn die Treppe hinunter. In der Tür zum Garten steckte der Schlüssel von innen, aber die Garage blieb ihm versperrt, ebenso wie das Tor nach draußen. Kurz entschlossen kletterte er also über das Tor hinweg. Hätte ihn jemand gesehen, wie er in seiner Räuberkluft – schwarzes Trikothemd und schwarze Hose – über das Tor stieg, es wäre ihm schwergefallen zu beweisen, daß er kein Einbrecher war, sondern nur ein Polizist auf der verzweifelten Suche nach Zigaretten.

Er mußte sich beeilen. Es ging auf Mitternacht zu, und die kleine Bar, ein Stück weiter die Straße hinunter, konnte jeden Augenblick schließen. Aber schon am Ende des Weges hörte er von weitem den Lärm der Musikbox und war beruhigt. Plötzlich drehte er sich um. Ihm war etwas aufgefallen. Die Straße war leer, die Tankstelle unbeleuchtet, kein Auto fuhr, nur von weitem blinkten die wenigen Lichter von Latisana herüber, und dazu das Dröhnen der Musikbox. Nichts Ungewöhnliches also. Dann sah er es plötzlich. Auf der anderen Straßenseite stand neben der Fahrbahn ein Auto mit ausgeschalteten Scheinwerfern.

Alberto vergaß so leicht kein Auto, das ihm einmal unter die Augen gekommen war. Und dieses Auto, drüben auf der anderen Seite, war ein amerikanischer Straßenkreuzer, ungepflegt, zerbeult, aber eindrucksvoll und nicht zu verwechseln. Es war das Auto des jungen Mannes, mit dem er in der Woche zuvor die Auseinandersetzung gehabt hatte. Und jetzt, nachdem er den ganzen Tag mit Michela gesprochen hatte, wußte er auch, wer dieser junge Mann war: Roberto Arrighi, der Sohn des Villenbesitzers.

Und nun erkannte er auch von hinten den Kopf des jungen Mannes und neben ihm, den Kopf, die Schultern, das lange Haar – Michela.

Alberto stand im Dunkeln und vergaß für einen Moment die Zigaretten. Er starrte zu Michela und dem neben ihr im Auto sitzenden Mann hinüber. Der Mann redete auf Michela ein, gestikulierte mit der Hand, und Alberto sah zwischen seinen Fingern den rotglühenden Punkt einer brennenden Zigarette, der ihn wieder an den eigentlichen Zweck seines nächtlichen Ausflugs erinnerte.

Er sah sich noch einmal um und ging dann rasch in Richtung der nahen Bar davon. Die Rolläden waren bereits halb heruntergelassen, aber eine Gruppe Jugendlicher drängte sich noch um die Musikbox und hinderte den Wirt an der pünktlichen Einhaltung der Sperrstunde.

Alberto kaufte an der Theke zwei Packungen Zigaretten und bestellte einen *Campari.* Dann zog er sich mit seinem Glas in den hinteren Teil des Raumes zurück und setzte sich an einen Tisch. An der Wand hinter ihm hing das Telefon.

Auf dem Nebentisch lag das Telefonbuch, und Alberto zog es zu sich heran. Er blätterte gedankenverloren in dem Buch. Michela und ihr Vater hatten ihm Robertos Geschichte im Laufe des Tages erzählt. Sie hatten sich den ganzen Tag unterhalten. Erst vor einer Stunde hatte er Michela zu ihrem Zimmer begleitet und ihr eine gute Nacht gewünscht. Von ihrer Nervenkrankheit war keine Spur mehr zu erkennen gewesen. Wie durch ein Wunder war sie in weniger als einer Woche wieder gesund geworden. Und nun wußte Alberto auch den Grund.

Er zündete sich eine neue Zigarette an der alten an und ging nach vorn, um sich einen neuen Drink zu bestellen. Der Wirt würde seine Mühe haben, das Lokal pünktlich zu schließen, und er, Alberto, würde Mühe haben, in dieser Nacht Schlaf zu finden. Er kehrte mit seinem Glas an seinen Tisch zurück und blätterte erneut in dem Telefonverzeichnis. Schließlich fand er die Nummer, die er suchte. Er merkte, daß er an seinen Fingernägeln kaute, und stand auf, um sich vom Wirt eine Telefonmünze geben zu lassen.

»Aber gern«, sagte der Wirt, »ein guter Vorwand, um das junge Volk von der Musikbox zu vertreiben, wenn Sie telefonieren müssen.«

»Danke, nicht nötig«, sagte Alberto. »Lassen Sie sie nur! Ich kann auch so telefonieren.«

Er ging entschlossen zum Telefon und nahm den Hörer ab. Er hatte genug hin und her überlegt. Er wählte die Nummer, die er zuvor im Telefonbuch gefunden hatte. Die lärmende

Musik paßte sehr gut zu dem beabsichtigten Anruf. Er mußte lange warten, ehe sich eine junge Männerstimme meldete:
»Polizei Latisana. Wer spricht?«
»Falls ihr Neues im Mordfall Giovanni Masetta erfahren wollt«, sagte Alberto leise, den Mund nahe an der Muschel, »dann nehmt euch Roberto Arrighi aus Latisana mal vor. Merk dir diesen Namen gut: Roberto Arrighi aus Latisana!«
Dann legte er den Hörer auf und brach die Verbindung ab. Was nun am anderen Ende der Leitung geschehen würde, konnte er sich vorstellen: Der junge Polizist würde leise vor sich hin fluchen – anonyme Anrufe gehen den Ordnungshütern immer auf die Nerven, auch wenn sie sehr nützlich sein können, denn nur bei einem unter Tausenden handelt es sich nicht um einen Scherz oder um üble Nachrede. Dann würde der junge Mann, immer noch fluchend, einen Zettel nehmen und den Namen notieren: Roberto Arrighi aus Latisana. Der Zettel würde am Morgen auf dem Schreibtisch des Maresciallo landen. Der Maresciallo würde ihn lesen und dann die anonymen Anrufer verfluchen. Trotzdem würden noch am gleichen Tag zwei Männer im Hause Arrighi vorsprechen und eine Vorladung für Roberto übergeben. Wozu hat ein Maresciallo der Karabinieri schließlich seine Leute?
Alberto verließ das Lokal und schlenderte langsam den Weg zurück, den er gekommen war, immer im Schatten, am Straßenrand entlang. Er war sicher, daß er gegenüber der Wegabbiegung den amerikanischen Wagen mit Roberto und Michela noch vorfinden würde, und er wollte nicht gesehen werden.
Der Wagen war tatsächlich noch da, und drinnen saßen die beiden. Er blieb stehen und sah noch einmal zu ihnen hinüber, in seiner schwarzen Kleidung eins mit dem dunklen Hintergrund. Da kam plötzlich ein Auto, und die Lichtkegel der Scheinwerfer bohrten sich in das Dunkel am Straßenrand. Er sprang zurück, aber das Licht erfaßte ihn für den Bruchteil einer Sekunde.
Der Gedanke, daß sie ihn gesehen haben könnten, gefiel ihm nicht. Er lief den Weg zur Villa hinunter, überkletterte das Tor, wie er es auf der Polizeischule viele Male geübt hatte, lief durch den Garten, durch die Tür, die er vorher offen gelassen hatte, und als er in seinem Zimmer war, zündete er sich eine Zigarette

an. Er wußte, daß er keinen Schlaf finden würde, ehe er Michela ins Haus zurückkommen gehört hätte.

»Da war jemand hinter uns«, sagte Roberto. »Ich habe ihn im Rückspiegel gesehen.«
Michela drehte sich um, aber die Straße lag verlassen und silbern im Mondlicht schimmernd hinter ihnen.
»Er war unter den Bäumen.« Roberto sprang aus dem Auto. »Ich habe ihn genau gesehen, als das Auto eben vorbeikam.«
Auch Michela stieg aus. Aber es war niemand in ihrer Nähe. »Es wird jemand gewesen sein, der auf dem Heimweg war«, sagte sie. Bedauerlich, dieser Zwischenfall, dachte sie. Fast war es ihr gelungen, ihn zu überzeugen; er hatte versprochen, daß er, wenn nicht heute abend, so doch vielleicht am nächsten Tag wieder zu Hause schlafen würde. Sie hatte ihn beruhigt, ihn zu der Einsicht gebracht, wie unsinnig dieses dauernde Umherirren sei; wenn die Polizei ihn wirklich suchte, würde sie ihn festnehmen, wo immer er auch sei. Und nun war das alles zunichte geworden; Robertos Mißtrauen und Angst waren erneut erwacht.
»Ach ja?« sagte er voll bitterer Ironie. »Und wo ist er so plötzlich hin? Wie viele Häuser gibt es denn hier? Da ist unseres, dann noch ein anderes und die Bar weiter unten. Und dann kommt bis nach Latisana nichts mehr.«
Michela wollte sich nicht mit einer Niederlage abfinden, nachdem sie so nahe am Erfolg gewesen war. »Aber versuchen Sie doch wenigstens einmal vernünftig zu denken!« schrie sie ihn an. »Warum sollte man Sie erst lange beschatten, wenn man schon einen Verdacht gegen Sie hat? Glauben Sie nicht, daß man Sie dann sofort auf die Wache holen würde, ohne Zeit zu vergeuden?«
Sein unruhiger Blick löste sich von dem Dunkel auf der anderen Straßenseite. »Ich weiß es nicht«, sagte er ehrlich; er schien die Logik ihres Argumentes einzusehen. »Aber man beobachtet mich, das steht fest. Ich habe Ihnen ja schon gesagt, daß ich auch bei Irenes Haus schon mehrfach zwei Beobachter gesehen habe. Und das war am hellichten Tag!«
Der Name »Irene« hatte sie in der letzten Stunde schon des öfteren verletzt, während sie mit Roberto im Auto umhergefahren war. Es war, als senke sich ein Schatten auf ihr Glück.

Aber sie hatte auch gespürt, daß ihm diese Frau nicht viel bedeutete.
»Aber warum immer gleich annehmen, daß man Ihnen nachspioniert? Es können ebensogut zwei völlig harmlose Passanten gewesen sein.«
»Ach, wissen Sie . . .«, er stieg wieder ein, ». . . es gibt hier einfach keinen Ort, an dem man sich stundenlang ungestört aufhalten könnte. Am liebsten würde ich einmal mit Ihnen hinfahren, zu Irenes Haus. Sie sind immer da, Tag und Nacht, diese beiden Männer.«
Sie nahm die Herausforderung an. Sie wußte von der Arbeit ihres Vaters her, wie unwahrscheinlich es war, daß die Karabinieri in diesem Falle zum Mittel der Überwachung greifen würden. Es gab keinen Grund, ihn zu überwachen, ohne ihn festzunehmen. Auch sie stieg nun wieder ins Auto.
»Gut, fahren wir hin und überzeugen uns«, sagte sie leichthin. »Aber wenn niemand da ist, kommen Sie mit mir nach Hause und bleiben da. Einverstanden?« Sie streckte ihm die Hand hin.
Er ergriff sie sofort. »Aber ich warne Sie. Ich habe selbst die beiden Polizisten gesehen, sie waren die ganze Nacht da, und frühmorgens kamen zwei andere zur Ablösung.«
»Gut«, sagte sie, schon weniger sicher. Wenn wirklich zwei Polizisten mit seiner Überwachung rund um die Uhr beauftragt waren, hätte er allen Grund gehabt, sich so unvernünftig zu benehmen. Aber sie hielt es dennoch für höchst unwahrscheinlich. »Fahren wir!« Und Roberto fuhr an.
Es war spät in der Nacht. Sie saß allein mit einem Mann in dessen Auto. Niemand wußte, daß sie das Haus verlassen hatte, weder Papa noch Al. Der Gedanke an Al stimmte sie besonders traurig. Er war bei ihrem letzten Wiedersehen so glücklich gewesen. Keiner Frau konnte verborgen bleiben, daß er sie liebte. Aber Robertos Nähe, die rasende Fahrt durch die Nacht, die silbern im Mondlicht glänzende Straße vertrieben ihre traurigen Gedanken sofort.
»Nur noch eine Minute, dann sind wir da«, sagte Roberto. Bald darauf verlangsamte er das Tempo, bog in den nicht asphaltierten Weg ein, und nach einer erneuten Abbiegung rollte er langsam über den Feldweg auf die Baumreihe zu, hinter der das Haus von Irene Prasin lag. »Da drüben waren die Männer

gestern. Bei dem Zaun, in der Nähe der Bäume.«
Aber es war niemand zu sehen. Michela ermutigte ihn noch, die Scheinwerfer aufzublenden, und die hellen Lichtkreise erfaßten die Baumreihe, den Zaun, dahinter das Haus und das flache Land. Niemand hätte sich hier verstecken können.
»Sie werden uns gehört und sich hinter dem Haus versteckt haben«, sagte Roberto, noch nicht ganz überzeugt.
»Fahren wir doch eine Runde ums Haus, damit wir uns endgültig überzeugen können.« Michela war siegessicher. Roberto würde nach Hause zurückkehren und nicht wieder fortgehen. Er hatte es ihr in die Hand versprochen, und er würde sein Versprechen halten.
Roberto zögerte. In diesem Hause schlief Irene, vielleicht war sie vom Motorengeräusch und von den Scheinwerfern schon geweckt worden. Und es wäre ihm unangenehm gewesen, wenn sie plötzlich herausgekommen wäre und ihn mit einer anderen Frau angetroffen hätte. Dann aber wischte er alle Bedenken beiseite und fuhr langsam um das Haus herum.
Es dauerte weniger als eine Minute, und sie sahen niemanden. Roberto bog wieder in den Weg ein, der zur Straße zurückführte. Er schwieg, bis sie die Zufahrt zur Villa erreicht hatten. Er hielt kurz an, um dann, noch unsicher, in die Zufahrt einzubiegen und vor dem geschlossenen Tor zu halten.
»Gut, Sie haben gewonnen. Haben Sie den Schlüssel?«
Sie gab ihm schweigend den Schlüssel, um nicht mit überflüssigen Worten ihren Erfolg im letzten Moment zunichte zu machen. Sie wußte, daß er nur mitgekommen war, weil er sein einmal gegebenes Wort nicht brechen wollte.
Roberto sperrte das Tor auf, fuhr hindurch und ließ den Wagen im Garten stehen.
»Wir müssen den Hintereingang benutzen«, sagte sie errötend. »Ich bin vorhin heimlich hinausgeschlichen . . .«
Er schien gar nicht zuzuhören. Er zündete sich eine Zigarette an und schwieg. Er wirkte nervös und ängstlich. Als sie den Kücheneingang erreichten, kam der Hund schwanzwedelnd heraus und beschnupperte Robertos Beine. Roberto kniete sich zu ihm nieder und kraulte ihn hinter den Ohren.
»Du elender, alter Drecksköter«, murmelte er mit ungewohnt zärtlicher Stimme. In der Küche sahen sie sich zum erstenmal an diesem Abend in hellem Licht. Seit über einer Stunde waren

sie stets im Halbdunkel des Autos zusammengewesen. Er wirkte müde, aber nicht mehr ängstlich. Sein Gesichtsausdruck wandelte sich von Sekunde zu Sekunde, und zuweilen lag auch ein wenig Bewunderung für sie in seinem Blick.
Schließlich sagte er, ganz ohne Boshaftigkeit, aber auch ohne innere Genugtuung: »Da wird sich mein Vater morgen freuen, daß ich wieder da bin.« Sie standen am Fuße der Treppe. »Und Sie freuen sich sicher auch?« flüsterte er.
»Ja, ich freue mich«, sagte sie glücklich.
Er wollte Licht machen, aber sie hielt ihn zurück. »Lieber nicht«, sagte sie, »sonst wecken wir das ganze Haus auf. Wir können auch im Dunkeln hinaufgehen.« Wieder spürte sie, wie sie errötete; dabei waren alle ihre Begegnungen so unschuldig, so wenig sentimental, sie hatten kaum über etwas anderes gesprochen als Polizisten. Dann, als sie den schmalen Lichtstreifen unter Als Tür sah, kehrten ihre Gedanken wieder zu Al zurück, und sie kam sich vor wie eine ertappte Sünderin.
Al war also noch wach, und sie kannte sein überaus empfindliches Gehör. Sie waren zwar sehr leise gewesen, aber vielleicht hatte er sie schon gehört. Jeden Moment könnte er aus seinem Zimmer auf den Flur kommen, um nachzusehen, was dort vor sich ging, dachte sie voller Bestürzung.
»Gute Nacht!« flüsterte sie Roberto zu. Sie wollte sich so schnell wie möglich in ihr Zimmer verkriechen.
Roberto spürte ihre Erregung, denn auch er hatte den Lichtschein unter der Zimmertür gesehen. »Wohnt dort Ihr Freund?« fragte er beinahe ängstlich. »Es tut mir leid, Michela.« Sein Zimmer lag unmittelbar neben der Tür mit dem Lichtschein. »Gute Nacht.«

Alberto hatte sie schon auf den untersten Treppenstufen gehört. Er hätte das Licht löschen können, um Michela nicht auf sich aufmerksam zu machen. Aber dann hatte er sich dagegen entschieden. Es war besser, wenn sie wußte, daß ihm ihr heimliches Verschwinden aus dem Haus nicht verborgen geblieben war. Es würde die Situation vereinfachen und ihr umständliche Erklärungen ersparen.
Dann hatte er zusammen mit Michelas Schritten auch die Schritte eines Mannes vernommen. Das konnte nur Roberto sein. Er saß in voller Kleidung auf dem Bett und klappte das

dicke Astronomiebuch zu, in dem er zu lesen versucht hatte. Das Weltall steckte voller Wunder, aber das hieß nicht, daß es hier auf der Erde nicht auch oft merkwürdige Dinge gab. Diese seltsame Geschichte mit Roberto zum Beispiel. Und Michela. Nun war Roberto also nach Hause zurückgekehrt, nachdem er sich lange dagegen gesträubt hatte und aus Angst vor der Polizei sinnlos in der Gegend herumgeirrt war. Hatte er jetzt etwa plötzlich keine Angst mehr? Oder war er vielleicht nur für diese Nacht zurückgekommen? Für ein paar Stunden nur? Womöglich gar, um bei Michela zu bleiben?

Ausgeschlossen. Er kannte Michela; er wußte, daß sie sich nie so vergessen konnte. Aber wer kennt schon die Frauen? Oder die Männer?

Seine plötzliche Niedergeschlagenheit schwand, als er hörte, wie sich die Tür des Nachbarzimmers leise öffnete und ein Mann mit vorsichtigen Schritten, um keinen Lärm zu machen, durchs Zimmer ging. So weit war es also noch nicht gekommen. Roberto war allein in seinem Zimmer, und er war zurückgekehrt, weil Michela ihn zur Vernunft gebracht hatte. Klar. Sehr klar sogar, dachte er, indem er sich erleichtert eine neue Zigarette anzündete. Niemand außer Michela hätte diesen übernervösen jungen Mann zur Vernunft bringen können.

Er hörte, wie Roberto im Nebenzimmer leise das Fenster öffnete. Im Haus und rund um das Haus herrschte eine fast unwirkliche Stille. Und auf einmal hatte er Verständnis für die nervliche Belastung, die es für diesen jungen Mann bedeuten mußte, in diesem Haus stillsitzend auf die Polizei zu warten. Obwohl er jetzt nicht mehr allzu lange zu warten brauchte.

10

Der Karabiniere sah seinen Maresciallo hinter dem Schreibtisch an. Dessen Blick wanderte von ihm zu dem Zettel, den er in der Hand hielt. Jetzt, am frühen Morgen, war es noch frisch, und durchs offene Fenster wehte ein sanfter Wind herein.

»Er muß aus einer Bar angerufen haben«, sagte der Karabiniere. »Im Hintergrund hörte man die Musik aus einem dieser Automaten.«

»Musikbox, nennen sie das«, sagte der Maresciallo, ein hagerer,

kleiner Mann, dessen Augen, wenn er im Dienst war – und das war er vierundzwanzig Stunden am Tag –, immer böse funkelten. »Dann werden wir ihn ja bald gefunden haben«, spöttelte er, »denn von diesen Bars mit Musikautomaten kann es in unserer Gegend höchstens ein paar Millionen geben.«
Er las noch einmal den Zettel: Roberto Arrighi aus Latisana. Und er dachte, wohl zum tausendsten Male, warum ein bisher noch unbekannter Halunke diesen armen Giannuzzo ausgerechnet in seinem Zuständigkeitsbereich umbringen und ihm damit alle diese Unannehmlichkeiten aufladen mußte. Andererseits, dachte er weiter, wäre es eine große Genugtuung, wenn er diesen Halunken festnehmen könnte. Die Spur, die er in der Hand gehabt hatte, war sehr vielversprechend gewesen, und nun flatterte ihm dieser Zettel auf den Tisch und zwang ihn zum Umdenken.
Über die Bewohner seines Bereiches war er bestens informiert, besonders über die, die etwas im Rampenlicht standen. Und zu diesen gehörten die Arrighi – ganz abgesehen von der Tatsache, daß sie die Lizenzen für zwei Jagdgewehre und zwei Revolver in seinem Büro hatten ausstellen lassen. Der junge Arrighi war bekannt wegen seines amerikanischen Autos und wegen eines anderen Details, das ihm erst jetzt wieder einfiel: Er war seit etlichen Jahren mit Romeo Prasins Tochter liiert, und auf eben diesen Romeo Prasin hatte er seit seiner Entlassung aus dem Gefängnis stets ein Auge gehabt. Allerdings hatte er sich seither nichts zuschulden kommen lassen.
Es war zwar nicht die besonders feine Art, daß ein junger Mann aus gutem Hause sich mit der Tochter Prasins abgab, aber wenn man sich Irene Prasin vorstellte, fand man es durchaus erklärlich, daß sich ein junger Mann Hals über Kopf in sie verliebte. In der Gegend wurde sogar gemunkelt, daß die beiden verlobt seien und heiraten wollten.
»Was hat dieser Witzbold am Telefon nun genau gesagt?« fragte er seinen Untergebenen gereizt.
»Er hat gesagt, wenn wir was über den Mordfall Giovanni Masetta wissen wollten, sollten wir uns an den Mann da wenden.«
Welche Verbindung konnte zwischen dem Sohn des Professors Arrighi und diesem jungen Mann aus Sizilien bestehen? Diese Frage hatte er sich vergeblich zu beantworten gesucht.

»Hat er Dialekt gesprochen?«
»Nicht die Spur.«
Nach der Theorie des Maresciallo mußte es ein Mann aus der Gegend gewesen sein, der dem feinen Herrn mit dem amerikanischen Schlitten eins auswischen wollte. Wenn der Mann jedoch keinen Dialekt sprach, mußte er aus denselben Kreisen stammen wie die Familie Arrighi. Der Maresciallo nahm ein Formular und begann es mit dem Namen und der Adresse des Arrighi Roberto auszufüllen: eine Vorladung. Er unterschrieb und stempelte das Blatt und reichte es seinem Untergebenen.
»Das muß zugestellt werden«, sagte er.
»Jawohl.« Der Karabiniere schob das Blatt in die Tasche. »Jetzt sofort?«
»Nein, nächstes Jahr, verdammt noch mal!« Der Maresciallo benutzte die Gelegenheit dankbar, um etwas Dampf abzulassen. »Daß du mir bloß nicht im Stehen einschläfst! Schick mir dieses Frauenzimmer herein! Sie wartet draußen.«
Kurz darauf ließ der Karabiniere Maruzza Masetta ins Büro eintreten und entzog sich mit einem erleichterten Aufatmen den Blicken seines gereizten Vorgesetzten.
Der Maresciallo nahm wortlos und ohne aufzusehen die Akte »Masetta, Giovanni« aus der Tischlade – nach dreißigjähriger Berufstätigkeit verfügte er noch immer nicht über einen ordentlichen Schreibtisch. Er blätterte in dem schon ziemlich dicken Bündel und schlug das Vernehmungsprotokoll der »Masetta, Maria« auf, das er ohnehin bereits auswendig kannte. Zwar ärgerte ihn, wie bei ihrer ersten Begegnung, das aufdringlich grüne Kleid des Mädchens, aber sie stammte wie er aus Sizilien, und sie tat ihm leid, und Mitleid war etwas, das er sich in seinem Beruf am wenigsten leisten konnte.
»Setz dich!« sagte er schroffer, als nötig gewesen wäre.
Maruzza setzte sich. Ihr Gesicht war verschlossen, wie versteinert von Haß.
»Hast du darüber nachgedacht, was ich dir am Donnerstag gesagt habe?« fragte er sie. In der vorausgegangenen Woche war sie zum erstenmal hier im Büro gewesen und hatte ihm den Namen des Mörders ihres Bruders ins Gesicht geschrien.
»Darüber brauche ich nicht nachzudenken. Was ich gesagt habe, gilt«, antwortete sie in ihrem südlichen Dialekt, sicher, daß er sie verstehen würde.

»Zum Teufel!« Der Maresciallo schlug mit der Faust auf den Tisch. »Das will aber genau überlegt sein!« Er vermied nach bestem Vermögen den Heimatdialekt, um die nötige Distanz zu wahren. »Wir sind nicht da, um für euch den Hanswurst zu spielen! Ich kenne euch doch. Zuerst redet ihr, und wenn es dann zum Prozeß kommt, packt euch die Angst, und ihr nehmt alles zurück und stellt euch dumm: ›Ich? Ich weiß von nichts. Ich habe nichts gesagt.‹« Er nahm sich das Vernehmungsprotokoll vor. »Das, was hier geschrieben steht, hast du gesagt und unterschrieben. Und wehe dir, wenn du beim Prozeß alles zurücknimmst und uns für dumm verkaufen willst! Ich würde dich dein Leben lang nicht mehr zur Ruhe kommen lassen, und du würdest den Tag bereuen, an dem deine Mutter dich in die Welt gesetzt hat!«

Maruzza zeigte keine Angst. Ihre Augen verdunkelten sich noch mehr, und mit einem verächtlichen Zug um den Mund sagte sie: »Was ich gesagt habe, habe ich gesagt, und ich werde es immer und überall wiederholen, auch vor dem Teufel!«

Genau das wollte der Maresciallo, diese Entschlossenheit bis zum Tode, aber um sicherzugehen, mußte er sie noch einmal auf die Probe stellen. Er verfiel in einen ruhigen, väterlichen Ton. »Du weißt, was passieren wird, wenn ich diesen elenden Halunken festnehme?« Maruzza zuckte die Achseln. »Zuerst schickt man dir einen, der sagt, daß du alles zurücknehmen mußt, was hier geschrieben steht; du hättest das alles nur aus Haß gesagt, die Anzeige sei falsch und unwahr; und dann bietet er dir einen hübschen Batzen Geld. Du sagst natürlich nein, du nimmst kein Geld für den Mord an deinem Bruder, und schickst den Mann weg. Aber dann schicken sie dir einen anderen, der sagt, wenn du die Anzeige nicht zurückziehst, könnte deiner Mutter oder deiner kleinen Schwester etwas Schlimmes zustoßen. Und was machst du dann?«

Maruzzas Gesicht hatte sich immer mehr verfinstert. Ihre Nasenflügel bebten. »Ich werde sagen, daß sie mich umbringen können, mich und meine Mutter und meine Schwester und meine beiden Tanten, aber dieser Kerl muß bei lebendigem Leibe in der Zelle verfaulen. Das werde ich sagen!«

Genau das wollte der Maresciallo – Haß, Haß bis zur Weißglut. Nur so konnte der Gerechtigkeit zum Sieg verholfen werden. »Das sagt sich so leicht. Aber dann entführen sie deine kleine

Schwester und lassen dir bestellen: wenn du sie lebend wiedersehen willst, mußt du die Anzeige zurückziehen. Was dann?«
»Nichts. Ich werde die Anzeige nie zurückziehen – niemals«, lautete ohne Zögern die Antwort.
Nun war der Maresciallo sicher, daß sie standhaft bleiben und auch vor dem Richter bei ihrer Aussage bleiben würde. Jetzt galt es, das Mädchen wieder aufzurichten, ihr Mut zu machen.
»Wir werden dich beschützen, Maruzza. Die Polizei in deiner Heimat ist bereits benachrichtigt, daß sie die Augen offenhält. Den Deinen wird nichts passieren, und du darfst dich von irgendwelchen Drohungen nicht schrecken lassen. Du mußt sofort zu mir kommen und mir helfen, diese Verbrecher hinter Gitter zu bringen.«
Maruzza nickte zustimmend.
»Und nun werden wir deine Aussage noch einmal gemeinsam durchgehen, denn sie darf nicht den kleinsten Irrtum enthalten, nur die reine Wahrheit, nicht mehr und nicht weniger. Denn wenn sie nur den geringsten Fehler entdecken, wird es heißen, die ganze Anzeige sei falsch. Also, nichts aus Rache oder Haß hinzufügen und nichts verschweigen, Maruzza, merk dir das!«
»Ich beschwöre alles, Wort für Wort.«
»Dann hör zu! Du hast vor zwei Jahren einen gewissen Salvatore Stavardone kennengelernt. Ihr habt euch angefreundet, und eine Zeitlang ist alles gutgegangen.«
»Stimmt.« Maruzza nickte.
»Dann«, er las weiter, »hat dir dieser Salvatore einen merkwürdigen Vorschlag gemacht: Du bist viel zu schön, hat er gesagt, zu schade für dieses Land, und wenn du willst, schicke ich dich nach Amerika, zu Freunden, die dir helfen würden. Du könntest Fotomodell werden, in New York oder in Hollywood.«
»Verkaufen hat er mich wollen!«
»Genau. Und du hast gemerkt, daß etwas faul war an der Sache, und hast abgelehnt.«
»Stimmt.«
»Inzwischen hatte dieser Salvatore sich aber mit deinem Bruder Giannuzzo angefreundet und ihm Geld geliehen.«
»Geschenkt!« entfuhr es ihr. »Giannuzzo hat von nichts gewußt. Nie hätte er sich von diesem Dreckskerl Geld geben lassen. Er selbst hat es ihm angeboten, und mein Bruder – naiv, wie er

war – hat es angenommen. Aber es war geschenkt, nicht geliehen. Giannuzzo hätte es ohnehin nie zurückzahlen können.«
»Gut. Aber dann ist dieser Salvatore eines Tages zu dir gekommen und hat gesagt, er habe deinem Bruder eine halbe Million geliehen und die brauche er jetzt wieder. Aber wenn du bereit seist, nach Amerika zu gehen, würde er auf die Rückzahlung verzichten.«
»Stimmt.«
»Wenn du aber nicht nach Amerika gehst, und dein Bruder ihm das Geld nicht zurückzahlt, würde er ihm die Knochen brechen.«
»Stimmt.«
»Du hast deinem Bruder geraten, in den Norden zu fliehen und sich hier zu verstecken, wo ihm Salvatore nichts tun kann. Und Salvatore ist zu dir gekommen und hat gesagt, er lasse sich von Giannuzzo nicht zum Narren halten und werde sich nun, da er geflohen ist, nicht damit begnügen, ihm die Knochen zu brechen, sondern er werde ihn suchen und finden und ihm das Messer bis zum Heft in den Bauch stoßen.«
»Stimmt.«
»Du hast es mit der Angst bekommen und wolltest ihm das Geld, wenn er sich ein bißchen gedulde, nach und nach zurückzahlen. Aber Salvatore hat davon nichts hören wollen. Es ginge ihm jetzt nicht mehr ums Geld. Die einzige Möglichkeit, die Sache in Ordnung zu bringen, sei, daß du nach Amerika gehst und sich seinen Anordnungen fügst, weil sonst seine Freunde drüben sagen würden, er habe das Gesicht verloren, und ihn wie eine heiße Kartoffel fallenlassen würden.«
»Stimmt. Aber ich habe nein gesagt.«
»Genau. Du hast gesagt, nach Amerika gehst du nicht, so weit sei es mit dir noch nicht gekommen. Und dann hat er gesagt: ›Entweder du gehst nach Amerika, oder du kannst dir gleich ein schwarzes Trauerkleid für deinen Bruder kaufen.‹«
»Hat er gesagt. Und so ist es auch gewesen. Er hat ihn umgebracht. Aber jetzt kommt er ins Zuchthaus. Lebenslänglich!«
»Dieser Salvatore Stavardone ist, wie angekündigt, hierher, in den Norden gekommen. Vor drei Wochen war er noch in einem Hotel in Venedig. Und Venedig ist nicht weit vom Tatort entfernt. Bis vor drei Tagen war er noch in Venedig, und wenn wir auch im Moment nicht wissen, wo er sich aufhält, werden

wir ihn doch bald zu fassen kriegen. Aber du darfst deine Anzeige nicht zurückziehen, nie, was auch passiert!«
»Niemals!«
»Und nun müssen wir noch von etwas anderem sprechen, Maruzza«, fuhr er väterlich fort. »Du mußt mir sagen, wie du hier bei uns deinen Lebensunterhalt bestreitest. Arbeitest du?«
Ihre Augen sprachen Bände: Wie sollte sie arbeiten? Und was? Und wer würde ihr schon Arbeit geben?
»Maruzza, wir müssen auf der Hut sein. Diese Leute werden versuchen, deine Anzeige als wertlos hinzustellen, weil du – so werden sie sagen – eine liederliche Person bist. Sie werden deine Ehre in den Dreck ziehen, um deiner Anzeige die Wirkung zu nehmen. Was du in Sizilien getan hast, davon wollen wir schweigen ...«
»Ich habe gar nichts getan!« fuhr sie auf.
»Gut, Maruzza, du hast nichts getan, aber sie werden trotzdem versuchen, dir etwas anzuhängen.« Der Polizeibericht aus Maruzzas Heimat war bereits eingetroffen. Viel lag gegen sie nicht vor, aber immerhin hatte sie für Mutter, Schwester und Tanten zu sorgen, und sie war auch nicht eben ein unbeschriebenes Blatt. »Du mußt mich verstehen, Maruzza. Wenn es ihnen gelingt nachzuweisen, daß du einen schlechten Lebenswandel führst, werden sie sagen: Seht ihr, daher weht also der Wind! Und dann ist deine Aussage im Wert gleich Null. Weißt du, gewissen Frauen glaubt man nun mal kein Wort, auch wenn sie die Wahrheit sagen.« Sein Blick wurde durchdringend. »Wie bestreitest du deinen Unterhalt?«
Zum ersten- und einzigenmal zögerte Sie mit der Antwort. Dann sagte sie: »Ich habe einen Mann.«
Dem Maresciallo klappte der Unterkiefer herunter. Genau das hatte er nämlich nicht hören wollen. »Hör zu, Maruzza, du hast hier keine Aufenthaltsberechtigung. Um weiter hier bleiben zu können, mußt du nachweisen, daß du dich allein unterhalten kannst, mit eigenen Mitteln oder mit Arbeit oder auf eine andere, ehrbare Weise. Andernfalls sehe ich mich gezwungen, dich auszuweisen und nach Hause zurückzuschicken.«
»Ich habe einen Mann, einen redlichen, rechtschaffenen Mann.«
»Maruzza!« Der väterliche Ton wich einem wütenden Aufbrausen. »Ein Mädchen kann nicht einfach sagen: ›Ich habe

einen Mann!‹ Wie soll ich dir das klarmachen, muß ich dir etwa eine Skizze anfertigen? Eine Frau ist entweder verheiratet oder sie lebt im Hause ihrer Eltern oder sie arbeitet. Und bei dir trifft nichts von allem zu.«

Ein zärtlicher Schleier legte sich über ihre Augen. »Wir werden heiraten.«

Der Maresciallo wußte nicht recht, wie er reagieren sollte. Sollte er sie anbrüllen? Mit der Faust auf den Tisch schlagen? Sie beschimpfen? Statt dessen sah er sie mit halb offenem Mund an. »Maruzza«, sagte er, nachdem er sich einigermaßen gefaßt hatte, »du bist eine Frau, die sich bei den Männern auskennt. Wer ist denn dieser Mann, der dich heiraten will?«

»Ein Mann halt.« Sie zuckte die Achseln.

»Gut, ein Mann also. Und du glaubst, daß er dich heiratet?«

»Ja.«

»Und warum?«

»Darum.«

Der Stempelhalter hüpfte von der Wirkung des Faustschlages auf die Tischplatte und flog zu Boden. »Eine solche Antwort, Maruzza, lasse ich mir nicht bieten! Ich habe schon genug Straßendirnen in meinem Bezirk, ohne daß ich sie mir von außerhalb importieren muß! Und diese Geschichten, daß euch einer heiraten will, die könnt ihr – du und deinesgleichen – eurer Großmutter erzählen, nicht mir!«

»Sie dürfen mich nicht beleidigen, Maresciallo.«

Der Maresciallo hatte seinen Wutanfall ein wenig übertrieben, um an ihrer Reaktion abzulesen, ob sie die Wahrheit sagte. Nach einer Pause fuhr er fort: »Also gut, da ist einer, der dich heiraten will. Du bist demnach verlobt. Und wann hast du ihn kennengelernt?«

»Als ich hier angekommen bin, noch am selben Tag.«

Also vor knapp einer Woche. Er biß die Zähne zusammen. Er schätzte es nicht, wenn man sich über ihn lustig machte. »Ach, so lange kennt ihr euch schon?! Und er – was weiß er von dir?«

Maruzza hielt seinem Blick stand. »Alles.« Dann senkte sie den Blick. »Auch das, was niemand weiß, nicht einmal meine Mutter.«

Machte sie sich vielleicht doch nicht über ihn lustig?

»Und er heiratet dich trotzdem? Und wann gedenkt er es zu tun?«

»Sobald die Trauer um den Tod meines Bruders beendet ist.«
»In einem Jahr also«, sagte er kopfschüttelnd. »Maruzza, ich bin selbst kein Heiliger, aber dieser Mann wird dich in spätestens vierzehn Tagen sitzenlassen. Dann suchst du dir einen anderen, und so geht das weiter. Und jedes Mal sagst du, daß du mit ihm verlobt bist und daß er dich heiraten wird. Und damit ist deine ganze Aussage weniger wert als dieser Stummel hier im Aschenbecher. Ich werde dich mit dem nächsten Zug nach Hause schicken!«
»Er wird mich nicht sitzenlassen.« Sie zog einen Zettel aus ihrem Täschchen. »Ich wohne nicht mehr im Hotel, weil mir das Geld ausgegangen ist und es nicht einmal mehr zum Essen reichte, und da hat er mich in sein Haus genommen. Ich wohne jetzt hier ...« Und sie zeigte ihm den Zettel, auf dem nur die Adresse stand: Lignano, Via Tolmezzo.
»Du hast den Wohnsitz geändert. Das hättest du mir melden müssen.«
»Was ich hiermit getan habe. Er selbst hat mir aufgetragen, es Ihnen zu melden.«
Der Maresciallo spielte nervös mit dem Zettel. Allmählich begann er einzusehen, daß sie ihm keine Komödie vorspielte. Sie schien wirklich einen Verlobten zu haben. Aber nun reizte es ihn, den Mann, der Maruzza heiraten wollte, von Angesicht zu Angesicht zu sehen. Es konnte nur ein Amerikaner sein oder ein Deutscher, einer von den vielen Touristen am Strand.
»Und wer ist dieser Mann, der dich heiratet?« fragte er. »Wie heißt er?«
»Er heißt Giovanni, genau wie mein Bruder.« Ihr Blick verklärte sich von neuem.
Also kein Amerikaner und kein Deutscher.
»Ist er ein Landsmann, den du hier getroffen hast?« Es gab zahlreiche Sizilianer in der Gegend. Aber es war unwahrscheinlich, daß ein Südländer eine wie Maruzza heiraten würde.
»Nein, er stammt aus Venedig und arbeitet hier.«
Aha, einer aus der Gegend also. »Und was arbeitet er?«
»Er ist Busfahrer.« Maruzza warf einen sehnsüchtig verklärten Blick zur Tür. »Er wartet draußen auf mich.«
Der Maresciallo überlegte einen Moment. »Ich muß mit ihm sprechen. Ich muß sicher sein, daß du guten Umgang gehabt hast, seit du hier bist.«

»Dann sprechen Sie mit ihm«, sagte sie stolz. »Er selbst hat auch mit Ihnen sprechen wollen. Er will für mich bürgen, hat er gesagt.«
Was so alles passiert, dachte der Maresciallo. Dann rief er den Posten herein. »Draußen steht ein Mann, die Signorina wird ihn dir zeigen. Bitte ihn für einen Moment herein!«
Der Posten führte Maruzza und einen jungen Mann in etwas zu kurzen Hosen herein. Der Maresciallo schickte den Posten hinaus und sagte dann zu Maruzza: »Laß uns bitte einen Augenblick allein, ja?«
Der junge Mann nahm Maruzzas Hand. »Sei ganz ruhig, Marieta. Alles wird gut.« Er sprach vor Aufregung seinen venezianischen Dialekt, aber sie verstand ihn sofort.
Diese Geste genügte dem Maresciallo, um die Situation richtig einzuschätzen. Der junge Mann war hoffnungslos in Maruzza verliebt.
»Wie heißen Sie?« fragte er, indem er hinter seinem Tisch Platz nahm, ohne dem jungen Mann einen Platz anzubieten.
»Pierandola, Giovanni«, sagte der junge Mann, um dann mit beinahe kindlicher Feierlichkeit hinzuzufügen: »Ich verbürge mich für die junge Dame.«
»Können Sie sich ausweisen?«
»Jawohl, Signore.« Er schien bestens vorbereitet. Er zog zwei Ausweise aus der Hosentasche. »Mein Paß und der Führerschein«, sagte er. »Ich bin seit drei Jahren bei der hiesigen Busgesellschaft beschäftigt.«
Der Maresciallo studierte die Ausweise und gab sie ihm zurück.
»Seit wann kennen Sie Maria Masetta?«
Der junge Mann errötete. »Seit fast einer Woche.«
»Sie behauptet, Sie hätten ihr versprochen, sie zu heiraten.« Der Maresciallo kostete die Verlegenheit des jungen Mannes weidlich aus.
»Jawohl, Signore, das habe ich.« Er bemerkte den spöttisch lächelnden Blick des Maresciallo gar nicht.
»Und wann werden Sie sie heiraten?«
»Signor Maresciallo, von mir aus sofort, aber sie muß die Trauerzeit um ihren Bruder einhalten. Ich habe gleich den kirchlichen Dispens beantragen wollen, für die Trauung, aber sie will nicht, sie sagt, sie muß wenigstens ein Jahr lang Schwarz tragen ... Und wir gehen noch heute morgen zur Schneiderin,

weil das schwarze Kleid für sie schon fertig ist. Wissen Sie, sie ist ja so unglücklich über den Tod ihres Bruders, aber sie ist anständig, dafür verbürge ich mich . . .«

Der Maresciallo ließ den Wortschwall ungerührt über sich ergehen.

». . . für mich ist es, als ob wir schon verheiratet wären, ich habe sie in mein Haus aufgenommen, weil sie so arm war und sonst nach Hause zurück gemußt hätte, und das wollte ich nicht, und da habe ich sie gefragt, ob sie zu mir ziehen will, ich lebe allein mit meinem Onkel, er ist Invalide und hat eine kleine Pension, und wir brauchen ohnehin eine Frau fürs Haus, und jetzt kann ich sie vielleicht überreden, mich zu heiraten, noch bevor die Trauerzeit abgelaufen ist, denn es ist doch unnütz, ein ganzes Jahr lang zu warten . . .«

Der Maresciallo hob eine Hand – er hatte genug gehört –, und der junge Mann brach plötzlich ab.

»Diese Dinge interessieren mich nicht. Für mich kommt es darauf an, daß das Mädchen hier keinen Wohnsitz und keine Arbeit hat, und sie muß den Nachweis liefern, daß sie sich auf anständige Weise unterhalten kann. Alles andere interessiert mich nicht. Aber sollte ich erfahren, daß sie nicht mehr bei Ihnen wohnt, sei es, daß sie von selbst gegangen ist, sei es, daß Sie sie hinausgeworfen haben, dann besorge ich ihr selbst die Ausweisung und schicke sie in ihre Heimat zurück.« Er versank einen Moment in nachdenkliches Schweigen. »Wenn Sie sie natürlich heiraten, um so besser. Aber beim geringsten Anlaß schicke ich sie nach Hause.«

»Es wird keinen solchen Anlaß geben.« Der junge Mann schüttelte heftig den Kopf.

»Um so besser. Dann gehen Sie jetzt und sagen ihr, sie möchte in drei Tagen wieder hier erscheinen, weil ich ihr dann etwas mitzuteilen habe.«

»Jawohl, Signore.« Fast hätte der junge Mann militärisch gegrüßt, ehe er das Büro verließ.

Draußen wartete Maruzza auf seinem Motorrad. Giovanni nahm noch einmal ihre Hand, wie er es drinnen beim Maresciallo getan hatte. »Es ist alles gutgegangen, Marieta.«

Und sie drückte ihm fest die Hand, denn das Wissen um seine Nähe war das einzige, das den Haß, der in ihr wühlte, überwinden konnte. »Danke, Giovanni.« Sie nannte ihn Giovanni,

nicht Giannuzzo, wie sie ihren Bruder genannt hatte, aber sie legte soviel Zärtlichkeit in dieses Wort, dessen Aussprache ihr noch Mühe bereitete, daß es wie eine Liebkosung war.
Als sie rittlings hinter ihm auf dem Motorrad saß, sagte sie: »Und nun bringst du mich zur Schneiderin, ja?«
»Ja, Marieta.«
Von nun an würde sie das schwarze Trauerkleid tragen.

11

Vom Fenster seines Zimmers aus sah Alberto den jungen Karabiniere näherkommen und vor dem geschlossenen Tor stehenbleiben. Michela und ihr Vater saßen mit Roberto und Sebastiano Arrighi auf der Veranda, wo er sie fünf Minuten zuvor verlassen hatte.
Die ersten fünf Minuten mit Michela an diesem Morgen waren ein wenig schwierig gewesen: Er hatte so getan, als wisse er nichts von ihrem nächtlichem Ausgang mit Roberto, und sie hatte mit keinem Wort auf den Lichtschein unter seiner Zimmertür angespielt. Dann war Roberto in den Mittelpunkt der Szene gerückt; nicht, weil er das Wort an sich gerissen hätte, sondern weil sein Vater vor Glück über die Rückkehr des verlorenen Sohnes nicht aus noch ein wußte, und weil Silvestro Loré dem jungen Arrighi klarmachen wollte, daß seine Rückkehr ins väterliche Haus das Vernünftigste gewesen war, das er hätte tun können. Roberto schien inzwischen selbst davon überzeugt, aber Alberto hatte dennoch gewisse Zeichen innerer Unruhe an ihm bemerkt, wie sie sich bei nervenschwachen Menschen immer wieder zeigen. Nach dem Mittagessen und der Mittagsruhe hatten sich alle auf der Veranda zusammengefunden, weil sie einen gemeinsamen Spaziergang am Fluß planten.
Aus dem nun wahrscheinlich nichts werden würde, dachte Alberto. Der Karabiniere vor dem Tor drückte auf die Klingel, und die Haushälterin kam aus dem Haus, ging durch den Garten und sprach mit dem Besucher. Die Frau ließ den Polizisten ein, schloß das Tor hinter ihm und verschwand mit ihm im Haus.
Alberto trat vom Fenster zurück und setzte sich aufs Bett. Er wußte, was nun geschehen würde, zündete sich eine Zigarette

an und wartete ab. Die Zigarette war noch nicht ganz zu Ende geraucht, als er draußen auf dem Flur Michelas Schritte hörte. Auf ihr Klopfen rief er: »Herein!« ohne sich vom Bett zu erheben.
»Ein Karabiniere hat soeben dies überbracht«, sagte sie.
Alberto stand auf und las das Papier. Er glaubte Michelas Herz klopfen zu hören. »Was hat dein Vater dazu gesagt?«
»Er hat den jungen Polizisten über seine Position aufgeklärt und ihm gesagt, daß Roberto sich unverzüglich auf dem Polizeirevier einfinden würde.« Michela versuchte die Besorgnis in ihrer Stimme zu unterdrücken.
»Und was hat Roberto gesagt?«
»Daß er wieder fortgehen will.« Sie biß sich auf die Lippe und wurde abwechselnd blaß und rot. »Papa meint, du müßtest ihn zunächst begleiten, später würde er sich dann selbst einschalten.«
Alberto trat ans Fenster. Roberto war dabei, das Garagentor zu heben. Bei ihm waren sein Vater und Silvestro Loré, die beide auf ihn einredeten. Alberto hörte ihre Stimmen, aber er verstand nicht, was sie sagten.
»Ich will versuchen, ihn aufzuhalten, sonst macht er sich wieder davon«, sagte er. Er legte eine Hand auf Michelas Schulter. »Sei ganz ruhig! Es ist nichts weiter als eine Vorladung zur Polizei. Wenn sie ihn verhaften wollten, würden sie ihn holen kommen, statt ihm diese Vorladung zu schicken.«
Michela konnte nur nicken.
Unten saß Roberto bereits hinter dem Lenkrad und hatte den Motor angelassen, während Silvestro Loré ihn an einem Arm festhielt und Sebastiano stumm vor dem Auto stand, um es an der Ausfahrt aus der Garage zu hindern.
Alberto lief auf das Auto zu und stieg neben Roberto ein. Michela, die gleichzeitig mit Al gekommen war, sah, wie Roberto zusammenzuckte, wie dicke blaue Adern auf seiner Stirn hervortraten.
»Steigen Sie aus!« schrie er. »Ich wußte, daß es so kommen würde, jetzt brauche ich kein Kindermädchen!«
»Lassen Sie doch die albernen Szenen vor Ihrem Vater!« sagte Alberto. »Fahren wir auf die Straße, da können wir uns in Ruhe unterhalten.«
»Nein! Sie steigen sofort aus! Sonst werfe ich Sie hinaus!«

Alberto flüsterte mit kaum hörbarer, aber beängstigend ernster Stimme: »Sie fahren jetzt sofort los, sonst schlage ich Sie zusammen und trage Sie hinaus.«

»Gut«, zischte Roberto zurück, »fahren wir hinaus, dann lade ich Sie mitten auf der Straße aus.«

Sebastiano stand, bleich und verstört, vor dem Auto. Alberto rief ihm zu: »Lassen Sie uns vorbei, bitte, wir drehen nur eine Runde und unterhalten uns.«

Sebastiano trat beiseite, und Roberto jagte den Wagen bis vor das geschlossene Tor zur Straße. Michela kam hinterher gelaufen.

»Bitte, mach das Tor auf, Michela!« sagte Alberto lächelnd.

»Mach keine Dummheiten, Roberto!« sagte Silvestro Loré, der nun ebenfalls herangekommen war. »Hör auf Alberto!«

Roberto sah schweigend zu, wie Michela das Tor öffnete, um dann mit einem wütenden Aufheulen des Motors davonzubrausen. Am Ende der Ausfahrt, den Blicken der Zurückgebliebenen entzogen, hielt er an und fiel über Alberto her.

»Hinaus mit Ihnen! Genau das haben Sie gewollt, daß sie mich holen kommen. Das könnte Ihnen so passen!«

»Wenn ich Ihnen übelwollte, würde ich Sie einfach davonlaufen lassen«, gab Alberto mit betonter Ruhe zurück. »In zwei Tagen würde man Sie fassen, und dann hätten Sie wirklich Mühe, Ihre Unschuld zu beweisen. Also los, wir fahren gemeinsam zur Polizei. Ich werde zuerst mit dem Maresciallo reden, dann werden Sie vernommen, Sie unterschreiben Ihre Aussage, und in zwei Stunden sind wir wieder zu Hause, und alles ist vergessen. Begreifen Sie doch endlich, daß Sie ein Nichts zu einer albernen Tragödie aufgebauscht haben!«

Roberto ließ sich von der Logik der Worte umstimmen. Er kannte den Weg zum Polizeirevier, er war wegen der Waffenscheine für seinen Revolver und sein Jagdgewehr bereits mehrmals dortgewesen. Alberto beobachtete ihn während der Fahrt. Sein Wutanfall war so plötzlich verklungen, wie er gekommen war; er wirkte jetzt nur noch müde und niedergeschlagen.

»Sie können wirklich ganz beruhigt sein«, sagte Alberto. »Ich bin ja bei Ihnen, und dann ist da ja auch noch Michelas Vater. Ich sehe ein, daß es für Sie eine lästige Mühe ist, aber danach sind Sie von allem befreit.« Roberto hielt vor dem Revier. Alberto öffnete seine Tür und sagte: »Ich verlasse mich auf Sie.

Warten Sie hier draußen, während ich mit dem Maresciallo spreche.«
Roberto nickte, ohne ihn anzusehen. Alberto stieg aus und betrat das kleine Haus, ohne sich noch einmal umzudrehen.
Alberto stellte sich dem wachhabenden Karabiniere als Angehöriger des Innenministeriums vor, der den Maresciallo zu sprechen wünsche, und wurde sofort ins Büro eingelassen. Der Maresciallo war gerade dabei, seine Jacke anzuziehen, die er wegen der Hitze abgelegt hatte. Er musterte Alberto argwöhnisch. Ein Beamter des Innenministeriums im schwarzen Trikothemd war schon merkwürdig genug, ganz abgesehen von der Tatsache, daß einem vom Ministerium immer nur Ärger beschert wurde.
»Nehmen Sie Platz«, sagte er höflich, aber kalt.
Alberto setzte sich und erklärte, wer er sei. Er sei zwar Mitglied der Abteilung Interpol im Innenministerium, aber der Grund seines Kommens sei rein privater Natur; ein Bekannter seines Freundes – hier nannte er den Namen Silvestro Loré – habe eine Vorladung erhalten.
»Ich habe niemanden vorgeladen«, sagte der Maresciallo, den der Name des Commendatore Silvestro Loré nervös machte.
»Es handelt sich um Roberto Arrighi aus Latisana.« Alberto sprach bewußt ruhig und höflich, um die Empfindlichkeit des Maresciallo nicht unnötig zu verletzen.
»Ach ja, das hätte ich fast vergessen.«
Alberto zündete sich eine Zigarette an und begann von Roberto zu erzählen. Der Maresciallo hörte ihm ungeduldig zu. Er war der absolute Herrscher in seinem Bereich, niemand konnte ihm in seine Arbeit dreinreden, außer seine direkten Vorgesetzten in Udine. Wenn die Kollegen in Zivil glaubten, sie könnten ihm angst machen, dann hatten sie sich geirrt.
Aber als Alberto zu Ende war, siegte sein Pflichtgefühl über seine Empfindlichkeit, und er nahm die Akte »Masetta, Giovanni« heraus. »Ich habe Signor Arrighi Roberto vorgeladen, weil ich durch einen anonymen Telefonanruf auf seinen Namen aufmerksam gemacht wurde. Sie werden als Kollege verstehen, daß ich jedem Hinweis nachgehen muß.« Alberto nickte. »Im Verlauf meiner Untersuchungen bin ich von keiner anderen Seite auf diesen Namen gestoßen.«
»Auf jeden Fall wartet er jetzt draußen«, sagte Alberto, »und

Sie können ihn vernehmen, wie Sie es für nötig halten. Commendatore Loré läßt lediglich bitten, daß Sie ihn über die weitere Entwicklung auf dem laufenden halten.«
»Ich werde ihn sofort zur Sache vernehmen, wenn er schon hier ist«, entschied der Maresciallo. Die Herren sollten sich nur nicht einbilden, sie könnten ihn beeinflussen.
Alberto hatte die ganze Zeit gelauscht, aber kein Motorengeräusch gehört. Der Junge mit den schwachen Nerven wartete also noch draußen, aber es wäre ratsam, ihn nicht zu lange warten zu lassen.
»Ich befürchte, der Junge ist ein wenig mit den Nerven herunter«, sagte Alberto, indem er sich erhob. »Aber wir kennen das ja: sobald jemand mit der Polizei zu tun bekommt, wird er nervös.«
»Und dann ist mit seiner Mitarbeit nicht mehr zu rechnen«, pflichtete ihm der Maresciallo bei. Dieser junge Mann im schwarzen Hemd war ihm trotz allem nicht unsympathisch. Er schien etwas von seinem Metier zu verstehen; mit einem solchen Mann hätte er den Fall Giovanni Masetta vielleicht längst geklärt. Der Wunsch, sich mit jemandem, der ihn verstand, zu unterhalten, wurde plötzlich stärker als das Mißtrauen gegen die Kollegen in Zivil. »Sie sind über dieses Verbrechen informiert?« fragte er, indem er ebenfalls aufstand.
»Erst gestern habe ich sämtliche Zeitungen gelesen, die seitdem erschienen sind.« Alberto verfiel in einen leicht schmeichelnden Ton: »Aber Sie wissen bestimmt mehr darüber, als Sie den Zeitungen mitgeteilt haben. Richtig so, man soll der Presse nie alles erzählen. Sie erschwert uns nur unsere Arbeit.«
»Die Presse wird von mir informiert, wenn ich den Mörder gefaßt habe und er gestanden hat«, sagte der Maresciallo. »Und möglicherweise handelt es sich nur noch um Stunden. Ich erwarte einen Funkspruch aus Venedig.« Er mußte diesen Akademikern aus dem Ministerium einmal zeigen, daß auch sie, ohne wissenschaftliche Hilfsmittel, zum Erfolg kamen. »Es handelt sich hier, wie Sie wissen, um ein Delikt, das mit dem Messer begangen wurde, und wenn ein Südländer mit dem Messer ermordet wird, dann ist der Täter in neun von zehn Fällen auch ein Südländer. Die Schwester des Ermordeten war hier bei mir und hat geredet. Diese Leute, wissen Sie, reden nur aus Rache. Es scheint, als ob eine faule Sache – Mädchenhandel

oder dergleichen – dahinter steckt, aber ich kenne bereits den Namen des Mannes, der den Mord entweder selbst begangen oder angeordnet hat.«
Alberto nickte. Er hatte noch immer nicht das Geräusch eines davonfahrenden Autos gehört. Dann sagte er, fast beiläufig, das, weswegen er eigentlich hergekommen war: »Commendatore Loré hält sich augenblicklich hier im Urlaub auf, in der Villa des Vaters dieses jungen Mannes, und wenn Sie nichts dagegen hätten, den Fall mit ihm zu besprechen, würde er sicher gern einmal bei Ihnen hereinschauen.«
Der Besuch eines so hohen Tieres war zwar immer lästig, aber er konnte auch vorteilhaft sein. »Es wird mir eine Ehre sein«, sagte der Maresciallo, nach Abwägen der Vorteile und Nachteile.
Er begleitete seinen Gast hinaus, und draußen vor dem Haus wartete noch immer Roberto am Steuer seines Wagens.
»Da ist er, Roberto Arrighi, ich liefere ihn Ihnen auf Gnade und Ungnade aus«, sagte Alberto scherzhaft.
Der Maresciallo lächelte gutgelaunt. Alberto trat an den Wagen heran. »Kommen Sie«, sagte er zu Roberto. »Und seien Sie ganz ruhig, es ist wirklich nur eine Formalität.« Dann, etwas leiser: »Wahrscheinlich ist der Mörder schon gefaßt, aber lassen Sie sich nicht anmerken, daß ich es Ihnen gesagt habe.«
Roberto folgte ihm steif und wortlos, wie ein Tier in der Falle, zum Maresciallo, der sie an der Tür erwartete.
»Ich lasse Sie mit ihm allein, Maresciallo«, sagte Alberto. »Der Commendatore wird Sie bald anrufen.« Und zu Roberto gewandt: »Es macht Ihnen doch nichts aus, wenn ich Ihren Wagen benutze? Ich hole Sie dann später hier ab.«

Der Maresciallo wischte sich den Schweiß aus dem Nacken und trat vom Fenster zurück. Dann setzte er sich wieder auf seinen Platz hinter dem Tisch und ließ seinen Blick auf Roberto ruhen, der ihm gegenüber neben dem Protokollführer saß.
»Zwei Dinge müssen genauestens geklärt werden«, sagte er. Seit über einer Stunde war er nun damit beschäftigt, Dinge zu klären, die in seinen Augen längst klar waren – aber in seinem Beruf mußte man eben besonders pingelig sein. »Genauer gesagt: drei. Als Sie dieses Mädchen in Sizilien kennenlernten, da muß Ihnen doch aufgegangen sein, daß sie nicht eben ein

Muster an Häuslichkeit war. Oder haben Sie sie für ein Mädchen zum Heiraten gehalten?«
»Nein«, antwortete Roberto entschieden. Er schwitzte nicht mehr. In der ersten halben Stunde hatte er geschwitzt, vor Hitze und Angst. Aber jetzt war er nur noch resigniert. »Ich hatte gleich begriffen, daß . . .«
»Was hatten Sie begriffen?«
»Daß sie in puncto Männern Erfahrung besaß.«
»Woran haben Sie das erkannt?«
»Ich habe sie vormittags kennengelernt, und am Abend war ich schon bei ihr.«
»Und wieso haben Sie dann ihrem Bruder nicht die Meinung gesagt? Wieso haben Sie seinen Forderungen nachgegeben, als er verlangte, Sie sollten sie heiraten?«
»Ich habe versucht, ihm klarzumachen, wie ich darüber denke. Aber man kann doch nicht einfach einem Mann ins Gesicht sagen, daß seine Schwester . . . nun, sagen wir, ein unsolides Mädchen ist. Er schrie mich an, ich hätte seine Schwester entehrt, und ich wußte nicht, was ich ihm antworten sollte.«
Der Maresciallo diktierte dem Protokollanten in die Maschine: »›Obwohl ich wußte, daß es sich bei der besagten Masetta, Maria um eine Frau von zweifelhaftem Ruf handelte, hatte ich nicht den Mut, die Forderungen ihres Bruders, Masetta, Giovanni, zurückzuweisen, und gab ihm Geld.‹ Damit ist der erste Punkt geklärt«, der Maresciallo mußte die Stimme heben, um das Geklapper der alten Schreibmaschine zu übertönen. »Der zweite betrifft das Geld. Wieviel Geld haben Sie besagtem Giovanni Masetta an diesem letzten Abend, am Abend des Verbrechens, gegeben?«
Roberto fuhr sich mit der Zunge über die Lippen. »Es waren vielleicht etwas mehr als hunderttausend Lire. Ich erinnere mich nicht mehr genau. Es war alles, was ich hatte, und dazu das, was mein Vater zum Begleichen von Rechnungen in der Kassette aufbewahrte.«
Der Maresciallo beugte sich ungläubig über den Tisch. »Mehr als hunderttausend?« fragte er kopfschüttelnd. »Sind Sie da ganz sicher?«
»Ganz sicher.« Roberto wischte sich mit der Hand über die heiße Stirn. »Ich war außer mir. Wir hatten uns gestritten, laut und handgreiflich, und ich hatte Angst, daß mein Vater auf-

wachen könnte. Seit Wochen bedrängte mich dieser Mann, ich hätte ihm alles gegeben, nur um vor ihm Ruhe zu haben.«
»Sie behaupten also, daß er, als Sie ihn am Abend des Verbrechens nach Hause brachten, über hunderttausend Lire in der Tasche hatte?«
»Natürlich, ich selbst hatte sie ihm ja eine halbe Stunde vorher gegeben.«
Der Maresciallo blätterte rasch in der vor ihm liegenden Akte »Masetta, Giovanni«. Sie enthielt ein Blatt mit der Aufstellung aller Gegenstände, die in den Taschen des Toten gefunden worden waren, eine sehr kurze Liste: 1 Packg. Zigaretten, Inh. 4 Stck.; 1 schmutziges Taschentuch; Kennkarte des Toten, ausgestellt im Heimatort; 230 Lire in Münzen (1 à 100, 2 à 50, 1 à 20 und 1 à 10); 1 Telefonmünze; 1 Schusterahle. Sonst nichts. Wenn der Ermordete hunderttausend Lire bei sich gehabt hätte, wären sie hier aufgeführt gewesen. Was bedeutete das? Es bedeutete entweder, daß Giannuzzos Mörder die hunderttausend Lire an sich genommen hatte (sei es, daß sie ihm gelegen kamen, sei es, daß er einen Raubmord vortäuschen wollte), oder daß jemand anders die Leiche gesehen hatte (sie lag ja immerhin die ganze Nacht am Strand), sie durchsucht und das Geld mitgenommen hatte. Der Maresciallo schüttelte den Kopf und schrieb an den Rand der Liste: In diesem Zusammenhang wichtig: Aussage Arrighi, Roberto. Dann wandte er sich an den Protokollanten und diktierte: »›Am Abend des Verbrechens gab ich besagtem Masetta, Giovanni, um seinen ständigen Drohungen zu entgehen, alles Geld, das ich im Hause auftreiben konnte; es müssen über hunderttausend Lire gewesen sein.‹ Stimmt es so?« fragte er Roberto.
Roberto nickte.
»Kommen wir nun zu Punkt drei: das Messer. Sie haben gesagt, Giannuzzo habe sich mit dem Messer auf Sie gestürzt, aber Sie hätten es ihm aus der Hand gewunden, und es sei zu Boden gefallen. Sie waren im Garten Ihres Hauses, demnach hätte das Messer dort früher oder später gefunden werden müssen. Hat es jemand in Ihrem Garten gefunden?«
»Nein.«
»Und Sie haben nicht gesehen, daß Giannuzzo es aufhob?«
»Nein«, antwortete Roberto zögernd. »Aber es war dunkel im Garten.«

»Sie werden doch darauf geachtet haben, daß er es nicht aufhob, um Sie erneut anzugreifen?«
»Nein, denn gleich nachdem ich ihm das Messer entwunden hatte, fing er ja an zu weinen, und da war ihm jede Lust vergangen, mich von neuem anzugreifen.«
Eben, dachte der Maresciallo. Ein interessanter Punkt: der Verbleib des Messers. Aus zwei Gründen konnte es Giannuzzo nicht wieder an sich genommen haben: zum ersten, weil man es nicht in seiner Tasche gefunden hatte; zum zweiten, weil er, hätte er es bei sich gehabt, es sicherlich gezogen hätte, um sich gegen den Überfall seines Mörders zur Wehr zu setzen. Andererseits war es durchaus möglich, daß Giannuzzo das Messer sehr wohl bei sich gehabt hatte, daß er sich mit ihm gegen den Angreifer gewehrt hatte, daß dieser ihn trotzdem getötet und das Messer, zusammen mit dem Geld, mitgenommen hatte.
»Schreiben Sie!« sagte er. »›Nachdem ich das Geld besagtem Masetta, Giovanni ausgehändigt hatte, bat er mich in Anbetracht seines schlechten Zustandes nach dem Streit, ihn mit meinem Auto nach Hause zu fahren.‹ War es so?«
Roberto nickte.
»›. . . ihn mit meinem Auto nach Hause zu fahren, Punkt. Ich fuhr mit ihm bis ans Ende der Straße zum Strand von Lignano.‹« Er wandte sich an Roberto: »Hat er irgend etwas Besonderes gesagt, als Sie sich von ihm trennten?«
»Nein, aber ich erinnere mich nicht mehr genau. Er sagte eigentlich immerzu dasselbe: Daß er seine Mutter aus Sizilien nachkommen lassen wollte, seine Schwestern, die Tanten . . .«
»Er schien also mit sich und der Welt zufrieden?«
»Durchaus.«
»Haben Sie jemanden in der Nähe gesehen, auf der Straße oder im Wald, als er ausstieg?«
Roberto schüttelte kraftlos den Kopf.
»Erinnern Sie sich an die Uhrzeit?«
»Nicht genau, aber es war schon spät, nach elf sicher.«
Der Maresciallo diktierte: »›Dort ließ ich ihn aussteigen. Besagter Masetta, Giovanni machte einen ruhigen Eindruck und ging in Richtung seiner Wohnung davon, während ich nach Hause zurückkehrte.‹ Dann das übliche Bla-bla und Unterschrift.« Zu Roberto gewandt, fuhr er fort: »Sie unterschreiben das jetzt, und das wär's für den Augenblick. Möglicherweise

werden Sie beim Prozeß noch einmal gehört, aber bis dahin ist ja noch Zeit.«
Roberto schien den aufmunternden Ton des Maresciallo zu überhören. Er unterschrieb seine Aussage, ohne sie noch einmal durchzulesen, und der Maresciallo begleitete ihn an die Tür. Dort sagte er unvermittelt: »Wissen Sie eigentlich, daß Giannuzzos Schwester hier in Latisana ist?« Robertos überraschtes Gesicht war ihm Antwort genug. »Vielleicht war sie schon bei Ihnen? Vielleicht, um Geld zu verlangen?«
»Nein, davon wußte ich nichts, und sie war auch nicht bei mir.« Roberto blinzelte nervös und erschöpft.
»Keine Angst. Ich glaube nicht, daß sie kommen wird. Sie hat im Moment andere Dinge im Kopf.«
Er sah die Situation nun schon viel klarer. Dieser Giannuzzo Masetta war auch nicht gerade ein Chorknabe gewesen. Er war in den Norden gekommen, war bei seinem Freund Pappalettera untergekrochen, um sich vor diesem Salvatore Stavardone, der ihm ans Leben wollte, zu verstecken. Da es sich so ergab, daß dieser Naivling Roberto Arrighi hier in der Nähe wohnte, hatte er diesen erpreßt unter dem Vorwand, er habe seiner Schwester die Ehre geraubt. Aber die arme Maruzza wußte nur zu gut, daß ihr niemand etwas rauben kann, was sie nicht mehr besitzt. Der beste Beweis dafür war, daß es ihr gar nicht in den Sinn gekommen war, Roberto Arrighi aufzusuchen, obwohl sie wußte, daß er hier in der Gegend wohnt.
Für gewöhnlich verabschiedete er sich von den Leuten, die er vernommen hatte, nicht mit einem Händedruck, aber der so lebensuntüchtige junge Mann aus bestem Hause hielt ihm naiv die Hand hin, und so nahm er sie denn.
Draußen stand Alberto vor dem Auto und wartete auf Roberto. Robertos aschgraues Gesicht bestätigte wieder einmal seine Erfahrung, daß stundenlange Polizeiverhöre wahrlich kein Kinderspiel sind. »Gehen wir etwas trinken!« sagte er.
Roberto stieg auf der Beifahrerseite ein. »Bitte, fahren *Sie!*« sagte er, und der Wagen hatte sich kaum in Bewegung gesetzt, als er plötzlich in Tränen ausbrach.
Alberto schlug ihm verständnisvoll mit der Hand aufs Knie. Nervöse Spannung, dachte er. »Weinen Sie sich ruhig aus, dann fühlen Sie sich wieder besser.«
»Danke«, sagte Roberto unter Tränen. »Aber Sie haben ja

keine Ahnung, was ich in diesen Tagen durchgemacht habe.«
»Aber nun sind Sie doch sicher endlich überzeugt, daß niemand Sie ins Zuchthaus bringen will. Was ist schon ein Verhör? Oder hat man Sie etwa schlecht behandelt?«
»Nein, nein. Vielleicht wären sie weniger zuvorkommend gewesen, wenn Sie nicht gewesen wären. Jedenfalls bin ich mir da drinnen, allein mit dem Maresciallo, reichlich kindisch vorgekommen.«
»Das ist durchaus nicht ungewöhnlich.« Alberto hielt vor der Bar. »Bei uns haben die Leute eben Angst vor der Polizei. Kommen Sie, darauf trinken wir einen!« Er legte ihm eine Hand auf die Schulter. »Eines muß ich Ihnen noch sagen, und das wird Ihnen sicher nicht gefallen. Mir war klar, daß Sie keine Ruhe finden würden, ehe Ihre Lage nicht vor der Polizei bereinigt wäre.« Er lächelte. »Und da habe ich die Dinge ein wenig beschleunigt. Kurz, ich habe die Polizei anonym angerufen und sie auf Sie aufmerksam gemacht. Damit ist nun alles erledigt. Hätten wir gewartet, bis die Polizei endlich auf Ihren Namen stößt, wären Sie womöglich in der Irrenanstalt gelandet.«
Roberto hatte wieder zu schwitzen begonnen. Er fand keine Worte. Der Junge war von einer stets wachen Empfindsamkeit, wie man sie so leicht bei keinem anderen Menschen fand. Vielleicht hatte er gerade darum sofort Michelas Gefallen gefunden.
»Vielen Dank«, sagte Roberto schwer schluckend, während er die Tür öffnete. »Das haben Sie richtig gemacht.«
Während sie gemeinsam an der Bar tranken, dachte Alberto für einen Moment, ob er mit seinem Anruf bei der Polizei wirklich nur zum Wohle Robertos hatte handeln wollen. Ob nicht doch der geheime Wunsch dahintergesteckt hatte, Roberto könne wirklich der Schuldige sein und sie würden ihn, zumindest bis zum Prozeß, einsperren, während er selbst mit Michela allein geblieben wäre? Doch rasch verdrängte er diese Gedanken wieder. Lebwohl, Michela! dachte er, während er austrank.

Lebwohl, Michela! dachte er in den nächsten drei Tagen noch oft. So, als sie am Abend nach dem Verhör gemeinsam zum Essen in ein Restaurant am Strand gingen. Alle waren befreit und glücklich, und alle – vielleicht auch er selbst – atmeten ein wenig leichter. So, wenn er in den nächsten Tagen Michela mit Roberto zusammen sah, und das geschah ziemlich oft. So auch immer, wenn er sie miteinander sprechen hörte; zwar benutzten sie noch immer die Anrede »Sie«, aber man spürte, wie das Eis immer mehr schmolz und das vertrautere »Du« bald das »Sie« verdrängen würde. Besonders, wenn er sah, wie es Michela, fast von Stunde zu Stunde, gesundheitlich besser ging, dachte er: Lebwohl, Michela! Und schließlich hatte er beschlossen, ihr nicht nur in Gedanken Lebwohl zu sagen, sondern tatsächlich. Er sah, daß er überflüssig geworden war, und am liebsten hätte er gesagt: »Wie ich sehe, brauchst du mich nun nicht mehr . . .«, aber das hätte vielleicht zu bitter geklungen, auch wenn er es in scherzhaftem Ton gesagt hätte.
Und so hatte er ihr ganz einfach gesagt, er wolle fortgehen, ohne einen besonderen Vorwand zu suchen. Er spürte, daß sie der Grund gar nicht interessieren würde, vielleicht nicht einmal die Tatsache, daß er überhaupt gehen wollte. Die gleiche Erfahrung hatte er auch damals gemacht, als sie sich in den anderen verliebt hatte; damals war er einfach von der Bildfläche verschwunden. Michela hatte natürlich sofort verstanden und war rot geworden. Natürlich wußte sie, wie sehr er enttäuscht war, aber sie konnte die Dinge nicht ändern, und sie war viel zu klug, um zu versuchen, ihn zum Bleiben zu bewegen.
»Oh, das tut mir aber leid, Al«, hatte sie aufrichtig gesagt.
»Ich finde dieses Haus, abgesehen natürlich von deiner erlesenen Gesellschaft, sterbenslangweilig«, hatte er scherzhaft erklärt, und sehr viel mehr hatten sie sich nicht zu sagen gehabt, weil dann auch Sebastiano Arrighi gekommen war mit der Mitteilung, daß Roberto sie suche, um mit ihr zum Baden nach Lignano zu fahren. Dieser abstruse Professor mit seinen abstrusen Sprachen konnte einem schon auf die Nerven gehen, fand Alberto. Er strahlte vor Glück, wenn er seinen Sohn mit Michela zusammen sah. Alberto kannte die Geschichte mit Irene – Silvestro Loré hatte sie ihm erzählt – und verstand,

daß der Professor seinen Sohn lieber mit Michela als mit Irene sah, aber er konnte sich nicht helfen, die kindliche Euphorie des alten Mannes ging ihm auf die Nerven.
Und so war er aus dem Haus gegangen, hatte in der nahen Bar einen Brief an Tatjana geschrieben. Zwei Zeilen nur: Liebe Tatjana, ich komme in ein paar Tagen wieder in Deine Gegend. Kann ich Dich sehen? Alberto.
Zum zweitenmal würde er sich wie ein Verbrecher vorkommen. Weißt du, Tatjana, die Frau, für die ich lebe, hat sich einem anderen zugewandt und mich abgehängt, und da ich nicht wußte, wo ich mein müdes Haupt betten soll, bin ich wieder zu dir gekommen ... So oder ähnlich würde seine Erklärung lauten – ein ganz und gar nicht angenehmer Gedanke.
Er hatte den Brief eingeworfen, und am Abend, nach dem gemeinsamen Fernsehen mit Michela, Roberto, Silvestro und Sebastiano, war er auf sein Zimmer gegangen und hatte in fünf Minuten seinen Koffer gepackt. Nun wollte er hinuntergehen und sich verabschieden.
Er warf einen letzten Blick durchs Zimmer, als es plötzlich an der Tür klopfte. Noch ehe er »Herein!« rufen konnte, stand Loré im Zimmer. Er sah den Koffer, den offenen Schrank. »Ich höre gerade von Michela, daß du fort willst.«
»Ja«, sagte Alberto. Unten lief der Fernsehapparat, die Haushälterin mußte wohl als einzige Zuschauerin vor dem Gerät übriggeblieben sein.
»Davon hattest du mir nichts gesagt.«
»Ich wollte es gerade tun.«
»Hör zu, Alberto, mir liegt sehr daran, daß du bleibst. Es könnte jeden Augenblick Arbeit aus Rom anfallen, und da möchte ich lieber einen Mann wie dich dahaben, statt mir telefonisch einen aus Rom herbeizuzitieren.«
Alberto sah ihn spöttisch an; er hatte das Gefühl, daß er nicht die Wahrheit sagte. »Und wenn ich ablehne, wirst du böse, ja?«
Er war, vielleicht in ganz Italien, der einzige, der seinen Vorgesetzten, den allseits gefürchteten Loré, so spitz abfertigen konnte. Natürlich profitierte er von der Tatsache, daß er der Sohn seiner Herzdame war, obwohl die beiden inzwischen längst zu alt geworden waren, um ihre Träume Wirklichkeit werden zu lassen.
»Jawohl, dann werde ich böse.«

»Ich habe seit drei Jahren keine Woche Urlaub mehr gehabt.«
»Hier bist du im Urlaub.«
»Es gefällt mir aber nicht. Ich bin bereits anderweitig engagiert.« Alberto hatte kaum Hoffnung, ihn umstimmen zu können, er wollte nur herausfinden, warum Loré ihn hier zu halten versuchte. Ein schwieriges Unterfangen, denn wenn Loré etwas verbarg, vermochte niemand es ihm gegen seinen Willen zu entlocken.
»Dann löst du dieses Engagement eben!«
»Ist das ein Befehl, Chef?«
»Laß das!« Er wechselte das Thema. »Ich habe mit dem Maresciallo gesprochen. Ich glaube, er würde es nicht ungern sehen, wenn du ihm zur Hand gingest.«
»In welcher Angelegenheit?«
»Im Mordfall Masetta.«
Dies konnte nicht der wahre Grund sein, warum Loré ihn hier zu halten versuchte. Dieses Verbrechen kümmerte ihn nun, da der Sohn seines Freundes zur Sache vernommen worden war, nicht mehr.
»Soll das meine Hausaufgabe für den Urlaub sein? Ich möchte mir mit einem hübschen Mädchen zwei schöne Wochen machen, und du beschäftigst mich hier mit solchen Kinkerlitzchen.«
»Setz dich! Wir müssen darüber sprechen.« Loré war nicht mehr zu Scherzen aufgelegt. »Ich habe die Unterlagen studiert. Es gibt viele Spuren, zu viele. Der Maresciallo verfolgt nur eine, vielleicht die beste, aber wir dürfen die anderen nicht vergessen.«
»Und was soll ich dabei tun?«
»Die Spur, die der Maresciallo verfolgt, ist sicher die nächstliegende, schon weil die Anzeige von Giannuzzos Schwester vorliegt. Salvatore Stavardone hat Giannuzzo gedroht, ihn umzubringen. Giannuzzo ist nach Norden entwischt. Wenig später trifft auch Stavardone hier ein, in Venedig nämlich, und kurz darauf wird Giannuzzo am Strand von Lignano ermordet. Worauf es jetzt ankommt, ist, diesen Stavardone zu fangen – eine Frage von Tagen, vielleicht nur von Stunden –, dann wissen wir, ob diese Spur die richtige war. Aber darüber dürfen wir die anderen nicht vergessen.«
»Und welche wären das?«
»In einem Mordfall sucht man bekanntlich nach Personen, die

ein Motiv zum Mord hatten. Giannuzzo hatte abgesehen von Stavardone keine Feinde, aber ich weiß aus den Akten, daß er ein Verhältnis zu einer deutschen Touristin hatte.« Er zog ein Notizbuch aus der Tasche und blätterte darin. »Gertrud Leuter, eine Ingenieurin. Nach Aussage des Campingplatzwarts in Lignano . . .« – er las in seinem Notizbuch – ». . . Mattia heißt er, hat Giannuzzo diese Deutsche in letzter Zeit oft sehr schlecht behandelt, sogar mit Fußtritten soll er sie traktiert haben, und zwar, weil er Geld von ihr wollte.«

Alberto nickte. »Und du glaubst, daß dieses Mädchen ihm aus Ärger den Garaus gemacht hat? Sicher nicht leicht für ein Mädchen, einen Mann zu töten, der ein Messer hat.«

»Für irgendein Mädchen sicher nicht, aber diese Gertrud Leuter soll – wiederum nach Mattias Aussage – eines Abends im Wald einen Angreifer zu Boden gestreckt und für vier Tage krankenhausreif geschlagen haben. Das allein besagt sicher nicht viel, aber am Morgen nach dem Verbrechen hat Gertrud Leuter den Campingplatz im Morgengrauen Hals über Kopf verlassen. Am Abend zuvor, noch vor Giannuzzos Tod, hat sie ihre Rechnung an den Platzwart bezahlt, und dann ist sie, nachdem sie die ganze Nacht abwesend gewesen war, mit dem ersten Bus abgereist.«

»Und nun soll ich wegen meiner guten Beziehungen zu Interpol mich dieser Gertrud Leuter annehmen? Ist es das?«

»Genau.«

Aber auch das konnte nicht der wahre Grund sein, warum Loré ihn hier behalten wollte. »Gibt es noch andere Spuren?«

»Giannuzzo hatte vor seinem Tode über hunderttausend Lire in der Tasche, und nachher hat man nur ein paar Münzen bei ihm gefunden. Da stimmt doch etwas nicht! Nehmen wir als Mordmotiv Vendetta oder Haß an, dann wird der Mörder nach der Tat sofort das Weite suchen, ohne ihm die Taschen zu durchstöbern. Überhaupt – er konnte ja gar nicht ahnen, daß Giannuzzo eine solche Summe in der Tasche hatte; wer vermutet das schon bei einem Habenichts wie Giannuzzo? Wenn es aber so ist, wer hat dann das Geld genommen? Da gibt es zwei Möglichkeiten: Entweder einer, der *wußte*, daß er das Geld besaß, oder ein zufälliger Passant am Strand, der den Toten gesehen und ihn gefilzt hat . . .« Die Fahndungsmaschinerie hinter Lorés Stirn arbeitete lautlos und intensiv. »Und

was ist das für ein Mensch, der über eine Leiche stolpert und ihr die Taschen durchsucht? Ein normaler Mensch, der einen Mann blutend am Boden liegend findet und feststellt, daß er tot ist, läuft los und holt Hilfe. Giannuzzo hat aber bis zum Morgengrauen am Strand gelegen, und gefunden haben ihn die Karabinieri bei ihrem Kontrollgang.«
»Vielleicht war es irgendein armer Teufel, ein Betrunkener vielleicht, der glaubte, daß Giannuzzo nur bewußtlos sei, und als er ihm helfen wollte, fand er das Geld. Natürlich hat er es da gleich behalten und sich gehütet, die Polizei zu benachrichtigen.«
»Möglich, aber es wäre schon verständlicher, wenn wir annehmen, daß der Leichenfledderer ein einschlägig Vorbestrafter war. Ein normaler Mensch, ein unbeschriebenes Blatt hat meist nicht den Mut zu so was. Und wer treibt sich sonst schon nachts am Strand herum? Höchstens Liebespärchen, die beim Anblick eines Toten gleich davonrennen, um nicht als Zeugen aussagen zu müssen, und ansonsten Ganoven, denen es nichts ausmacht, einen Toten zu filzen. Das ist für mich der Schlüssel zur ganzen Geschichte: Wenn es uns gelingt, das Verschwinden der hunderttausend Lire aufzuklären, wissen wir die Wahrheit.«
Alberto hörte von Zeit zu Zeit die Fernsehmusik von unten, die Musik des Melodramas in Fortsetzungen, das Millionen Frauen zu Tränen rührte. »Ist dir schon der Gedanke gekommen, daß dieser Stavardone genau der Typ sein könnte, der seinen Opfern in aller Seelenruhe die Taschen durchsucht und das Geld abnimmt?«
»Natürlich habe ich daran gedacht. Aber solange Stavardone nichts zugegeben hat, müssen wir auch die anderen Lösungen ins Auge fassen.«
Alberto stand auf. »Warum interessiert dich dieser Fall so sehr?«
»Tu, was ich dir sage!« beschied ihm Loré trocken. »Setz dich mit dem Maresciallo zusammen und sieh zu, daß du vor allem die Sache mit dem verschwundenen Geld aufklärst.«
Sie gingen hinunter. Vor dem Fernsehapparat saß die alte Haushälterin mit dem schlafenden Hund zu ihren Füßen – genau wie Alberto vemutet hatte – und neben ihr Michela, was seinen Erwartungen durchaus nicht entsprach.
»Ich werde Sebastiano Gesellschaft leisten«, sagte Silvestro Loré.

»Gut«, sagte Alberto.
Michela hatte sich umgedreht. »Willst du dir das Stück etwa auch ansehen?« fragte sie.
Alberto hörte aus dem Garten das Geräusch eines davonfahrenden Autos – Roberto, dachte er. Er mußte Sekunden zuvor das Haus verlassen haben, der Sessel neben Michela war leer.
»Aber natürlich, ich bin ganz verrückt darauf.« Alberto setzte sich in den Sessel. Der Aschenbecher zu seinen Füßen war randvoll mit Zigarettenstummeln: Roberto mußte viel geraucht haben, bevor er gegangen war. »Aber ich warne dich, Michela ...«, sie Chela oder Cheletta zu nennen, wie früher, wollte ihm nicht mehr gelingen, »... länger als drei Minuten halte ich das nicht aus, dann bin ich eingeschlafen. Ich werde nicht schnarchen.«
Sie lachte, ein wenig zu laut und nervös, wie er fand. »Wie wär's dann mit einem kleinen Spaziergang, ehe dir die Augen zufallen?«
»Das wäre mir schon lieber.«
Draußen wehte ein warmer Wind, aber das fluoreszierende Licht der Straßenlaternen war kalt und feindlich.
»Tut mir wirklich leid, daß du gehst«, sagte sie. Sie waren stehengeblieben, unsicher, wohin sie gehen sollten.
»Dann kann ich dir jetzt eine überaus freudige Mitteilung machen: Ich bleibe nämlich doch«, sagte er spöttisch.
»Wirklich? Oh, das freut mich!« Sie nahm seinen Arm. Offenbar meinte sie es ehrlich.
»Dein Vater hat mir Arbeit beschafft«, sagte er bitter. Er spürte, daß sie Schutz suchte, und er wußte auch, warum. Roberto war ausgegangen, und Michela wußte so gut wie er, wohin er gegangen war. Eine Frau, besonders eine Frau wie Irene, vergißt man nicht, wie man eine ausgelesene Zeitung auf seinem Platz im Zug vergißt. Es würde noch einige Zeit vergehen, ehe Roberto sich von dieser Frau losgemacht hätte.
Sie näherten sich der Bar an der Straße. »Hören wir ein bißchen Musik?« fragte er.
»Ja, Al«, murmelte sie, ohne sich des traurigen Untertons in ihrer Stimme bewußt zu sein.
Geschieht mir recht, dachte er. Er dachte bei Tatjana an Michela, und Michela dachte bei ihm an einen anderen. Auge um Auge, Zahn um Zahn. Und nun würde er gleich einen neuen Brief an

Tatjana schreiben müssen, daß er nun doch nicht käme.
Die Bar war an diesem Abend – einem Werktag – leer, nur draußen saß ein Pärchen vor zwei Biergläsern am Tisch.
»Da!« Alberto gab Michela hundert Lire für die Musikbox. Dann ging er an die Bar und bat um ein Stück Papier und einen Briefumschlag. Stehend schrieb er rasch Tatjanas Adresse, dann zwei Zeilen: »Leider muß ich die Abreise ein wenig verschieben. Tut mir leid. Brief folgt. Alberto.« Während er den Umschlag verschloß, begann die Musikbox zu spielen: *Morgen ...*
Beim erstenmal dachte er nichts. Er bestellte zwei Bier und trug die Gläser zu Michela, die in ihrem hübschen roten Kleid an der Box stand. Als die Musikbox zum zweitenmal dasselbe Lied spielte – *Morgen* –, sagte er nichts. Aber beim drittenmal sah er Michela an. Sie lachte nervös wie vorher vor dem Bildschirm; er sollte glauben, sie habe sich einen Scherz erlaubt, als sie dreimal dasselbe Lied wählte.
»Mit welcher Phantasie du das Programm zusammenstellst!« sagte er, nur um endlich etwas zu sagen.
Natürlich hätte er sie fragen können, an wen oder an was sie dieses Lied erinnerte, aber er wußte, daß man gewisse Fragen einfach nicht stellt, weil sie überflüssig sind.
Er gab ihr ein neues Hundertlirestück und ging mit seinem leeren Glas an die Bar.
»Magst du Mina?« fragte sie.
Ohne sich umzudrehen, sagte er: »Ja.« Und auf die Bartheke gestützt hörte er Mina die ersten Takte von *Tintarella di luna* singen.

13

Der Mond stand hoch am Himmel, als Irene und Roberto aus dem Haus traten und unter dem Schild TISCHLEREI stehenblieben.
»Gute Nacht«, sagte sie.
Zwei Stunden lang hatte er ihr zu erklären versucht, daß aus ihrer Verbindung nichts werden könnte, daß sein Vater dagegen sei, und nun sagte sie einfach: »Gute Nacht.« Nicht: »Lebwohl!« Nein: »Gute Nacht!« So wie man sagt: »Du brauchst nur herzukommen, wann du willst, ich warte auf dich.«

»Lebwohl«, sagte er und stieg in sein Auto. Er ließ den Motor an, hob noch einmal winkend den Arm und fuhr ab.
Irene sah ihm lange nach, dann drehte sie sich mit einer wüsten Verwünschung um und ging ins Haus.
Sie sah den Zettel auf dem Tisch in der Küche und begann laut zu lachen. Neben dem offenen Fenster, auf dem Boden, stand eine Flasche Wein. Sie schenkte sich ein Glas ein, trank es, immer noch lachend, aus und knallte es auf den Tisch, genau auf den Zettel.
»Bist du betrunken?« schrie eine Stimme, und dann stand auch schon ihr Vater in der Küche. Mit seinen langen, tätowierten Armen und dem schmutzigen Unterhemd sah er fast aus wie ein Orang-Utan.
Sie nahm den Zettel vom Tisch und hielt ihn dem Vater dicht vor die Augen. »Da! Kannst du lesen? Nein? Aber ich. Zweihunderttausend italienische Lire! Das ist meine Abfindung.« Sie warf den Scheck wieder auf den Tisch.
»Steck ihn weg!« sagte er. »Es sind immerhin zweihunderttausend Lire.«
»Ja, aber ich will mehr als das!« schrie sie, indem sie den Scheck in die Blusentasche steckte. »Ich will raus aus diesem Dreckstall, hörst du?! Ich will, daß er mich zur Signora Irene Arrighi macht. Glaubst du, ich bin ihm all die Jahre umsonst nachgelaufen wie ein räudiger Köter . . .«
»Aber der heiratet dich nie, besonders jetzt nicht, wo er das Verhör hinter sich hat . . .«
»Welches Verhör?«
»Ah, siehst du, davon hat er dir nichts gesagt . . .« Romeo Prasin schenkte sich schon zum zweiten Male ein. »Der Maresciallo hat ihn verhört und ihn wieder laufen lassen. Bangemachen gilt nicht mehr!«
»Woher weißt du das?«
»Von meinen Freunden, die sind bestens informiert.«
Irene setzte sich auf die Tischkante. »Deshalb also ist er gekommen, um mir die Abfindung zu geben.«
»Klar. Jetzt weiß er, daß seine Angst unnötig war, und damit ist alles aus.«
»Nichts ist aus, du wirst schon sehen!« Irene ging ins Nebenzimmer, um Zigaretten zu holen. Auf dem Plattenteller lag noch die Platte *Morgen* – der feine Herr hatte wie immer ge-

wollt, daß sie sie auflegte. Sie zündete sich eine Zigarette an und kehrte in die Küche zurück. Ihr Vater war beim vierten Glas Wein.
»Wir werden unseren alten Plan weiterverfolgen«, sagte sie.
»Glaubst du, daß er sich davon jetzt noch schrecken lassen wird?«
»Natürlich wird er. Ich kenne ihn doch. Er ist kein Mann, er ist ein Waschlappen. Man braucht ihn nur böse anzusehen, und er erschrickt wie ein kleines Mädchen.«
»Aber dazu müßte ich Lison und die anderen einweihen, denn meine Stimme am Telefon kennt doch jeder. Und wenn die erst dahinterkommen, glauben sie, wir ziehen Millionen aus dieser Sache, und dann verlangen sie eines Tages ihren Anteil.«
»Sag ihnen, wenn ich erst verheiratet bin, werden sie königlich von mir beschenkt. Nur zwei Telefonanrufe, zwei oder drei genügen schon, und du wirst sehen, wie ihm die Knie zu schlottern anfangen.«
Romeo sah seine Tochter aus seinen engen Augenschlitzen an. Sein vom Alkohol getrübter Blick war voll Bewunderung für sie. Sie war ihm überlegen, sie wußte, was richtig war. Nur ein paar Telefonanrufe und . . .
»Gleich morgen«, sagte Irene und ging schlafen.
Romeo trank noch eine Weile weiter, ehe auch er sich auf die Pritsche in der Werkstatt legte.
Erst gegen Mittag des nächsten Tages riß ihn eine harte Stimme aus dem Schlaf und zwang ihn, die Augen zu öffnen.
»Polizei! Los, aufwachen!«
Vor ihm stand ein junger Mann, graues Jackett und schwarzes Hemd, dem man den Polizisten schon von weitem ansah, wenn man ein so geübtes Auge hatte wie Romeo Prasin.
»Was ist los?« stammelte er mühsam und erhob sich von seiner Pritsche. In Sekundenschnelle legte er sich die Rolle zurecht, die er vor dem Polypen zu spielen gedachte.
»Nichts. Setz dich!« sagte Alberto barsch. Es war sicher kein Vergnügen, sich an einem so strahlenden Tag mit einem so miesen Kerl unterhalten zu müssen. Aber irgend etwas mußte er ja tun. Loré hatte ihm den Befehl gegeben, Michela war wieder einmal mit Roberto unterwegs – nach Lignano, zum Strand –, und da hatte er eben dem Maresciallo einen Besuch abgestattet. Maresciallo Varnicaro war zwar keine so ange-

nehme Gesellschaft, wie es Michela gewesen wäre, aber man mußte sich halt bescheiden. Er hatte die Akte »Masetta, Giovanni« studiert, und Varnicaro hatte beiläufig den Namen Romeo Prasin erwähnt, einen Mann, der, ganz gleich ob es sich um Hühnerdiebstahl oder Mord handelte, immer als erster in Verdacht geriet, aber natürlich konnte man ihm nicht einfach alles anhängen.
Alberto hatte sich intuitiv auf diesen Romeo Prasin versteift, hatte sich seine Adresse geben lassen, und nun saß er ihm hier gegenüber.
»Name?« fragte er.
»Prasin, Romeo.« Wie ein Gorilla beäugte er seinen Feind aus schmalen Augenschlitzen. Nur nicht reizen, dachte er.
»Du hast eine Strafe von zehn Jahren wegen Totschlags abgesessen?«
»Ja.«
»Beruf?«
»Tischler.«
»Wieviel verdienst du?« Alle diese Fragen – das hatte Alberto im Psychologischen Institut gelernt – zielten darauf ab, das Eis aufzutauen und den Verdächtigen in Sicherheit zu wiegen.
»Kommt drauf an.« Auch Prasin hatte die zehn Jahre gut genutzt und Erfahrungen im Umgang mit Polizisten gesammelt.
»Das heißt gar nichts. In der Kneipe gibt's dafür keinen Schluck zu trinken.«
Romeo Prasin zog den Kopf ein. Diese ruhigen Typen waren weit gefährlicher als die ständig losbrüllenden Kommissare auf den Polizeiwachen. »Grad' soviel, daß ich mein Auskommen habe. Sie sehen ja das Elend hier. Wer gibt schon einem Vorbestraften Arbeit? Es reicht fürs Essen.«
»Und den Whisky«, sagte Alberto.
»Den Whisky?«
»Ja, den Whisky. Drei oder vier leere Flaschen liegen hier herum, und eine ist sogar noch halbvoll.«
Dreckskerle! Sogar die leeren Flaschen sehen sie! »Den trinkt meine Tochter.«
»Und woher nimmt sie das Geld?«
Die Antwort: »Ich weiß nicht«, lag ihm auf der Zunge. Im Zweifelsfall war es bei diesen Kerlen immer die richtige Antwort. Aber in diesem Fall würde sie ihn nicht weiterbringen,

soviel hatte er schon begriffen. Er hatte keine Ahnung, warum sie ihn diesmal verhörten, obwohl er es gewohnt war, von der Polizei behelligt zu werden. »Ihr Verlobter bringt ihr die Flaschen mit«, sagte er.

»Deine Tochter ist verlobt?« Alberto fixierte ihn scharf.

»Ja.«

»Mit wem?«

»Mit einem Herrn aus Latisana.«

»Und wie heißt dieser Herr?«

»Signor Roberto Arrighi.«

»Was macht er beruflich?«

»Sein Vater ist Professor, und er selbst hat auch an der Universität studiert.«

»Sind sie wirklich verlobt, oder kommt er nur ab und zu hierher, zu deiner Tochter?«

»Sie kennen sich seit drei Jahren«, verteidigte sich Prasin. »Und er hat gesagt, daß er sie heiraten wird.«

»Und auch du bekommst Geld von ihm?«

»Hin und wieder etwas für ein Glas Wein.«

»Sag die Wahrheit! Ihr laßt euch von ihm aushalten, du und deine Tochter?«

»Er macht ihr Geschenke, das ist alles.«

»Das heißt, daß du selbst nichts für deine Tochter tust.«

»Ich? Was verdiene ich denn schon?!«

»Richtig. Und was kümmert es dich, was deine Tochter so treibt?! Wie viele andere ›Verlobte‹ empfängt sie denn hier?«

»Nein, nein.« Prasin schüttelte heftig den Kopf. »Sie ist ein anständiges Mädchen. *Ich* habe im Knast gesessen, aber *sie* ist anständig.«

»Das wird sich herausstellen, und du weißt ja, was dir blüht.« Alberto stand auf, um seiner Drohung sichtbar Nachdruck zu verleihen. »Ausbeutung eines nahen Verwandten. Verkuppelung der eigenen Tochter. Fünf Jahre bringt das gut und gern.« Die Drohung war aus der Luft gegriffen; Irene Prasin würde sich, solange sie hoffen durfte, Roberto Arrighis Verlobte zu sein, benehmen wie eine höhere Tochter, die schon bei dem Gedanken an einen Mann zart errötet. Aber Romeo Prasin sollte wissen, daß sie sehr wohl einen Vorwand hatten, ihn einzusperren. »Darum bin ich nämlich hier, und ich wünsche eine Erklärung, wie ihr zwei euch hier über Wasser haltet.«

»Sie brauchen sich doch nur unsere Behausung anzusehen.«
»Stimmt schon, aber in ihrem Zimmer sind Lederkoffer und elegante Kleider und ein Plattenspieler, der sicher fünfzigtausend Lire gekostet hat.«
»All das Zeug hat sie von ihrem Verlobten. Oder glauben Sie etwa, ich könnte ihr so was schenken ...?« Bei aller Angst rang sich Romeo Prasin ein Lächeln ab.
»Aufstehen!« befahl Alberto trocken, ohne die Stimme zu heben.
Prasin stand auf, Alberto durchsuchte seine Taschen. Eine völlig zerknitterte Packung Zigaretten und ein schmutziges Taschentuch in einer, in der anderen ein silbernes Feuerzeug, ein Zehntausendlireschein, ein paar Tausender; in einer der Gesäßtaschen ein Zettel, auf dem in ungelenker Handschrift geschrieben stand: Erhalten 18 500 Lire. Dann der Teil einer Unterschrift: Renato S ... 23. Juni. Das war genau der Tag nach dem Mord an Giannuzzo Masetta – Albertos Zahlengedächtnis täuschte sich nie.
»Wer ist dieser Renato S ...?« Alberto spürte, daß er der Wahrheit auf der Spur war.
»Was weiß denn ich?«
»Nun hör mir mal gut zu, du Strolch!« Alberto stieß ihn auf den Rand der Pritsche zurück. »Das hier ist eine Empfangsquittung über achtzehntausendfünfhundert Lire, unterschrieben von einem gewissen Renato. Und du bist kein Krösus, der sich nicht erinnert, an wen er so viel Geld gezahlt hat.«
Romeo Prasin hatte in zehnjähriger Lehrzeit die Erfahrung gemacht, daß man sich diese Leute nur mit der Wahrheit vom Hals schaffen konnte. Aber er hatte Angst, denn es war eine gefährliche Wahrheit, und wenn dieser Dreckskerl es erst merkte, wäre er erledigt. »Ach ja«, sagte er, während er die Gegenstände, die Alberto auf die Liege geworfen hatte, langsam und umständlich wieder in die Taschen steckte, »das ist eine Rechnung, die ich bezahlt habe.«
»An wen?«
»An einen Gastwirt.«
Achtzehntausendfünfhundert Lire für Wein. Du lieber Himmel! dachte Alberto. »An welchen Gastwirt?«
»Unten am Fluß.«
»Hör zu!« Alberto beherrschte sich nur mühsam. »Der Taglia-

mento ist hundertsiebzig Kilometer lang, da wird es zu beiden Seiten schätzungsweise eine Gastwirtschaft pro Kilometer geben. Soll ich mir die richtige zu Fuß heraussuchen, oder willst du mir lieber gleich sagen, welche?«

Prasin erkannte an dem drohenden Unterton in Albertos Stimme, daß er allmählich mit der Sprache heraus mußte. »In Lignano-Pineta, nicht weit vom Campingplatz am Fluß.«

»Und wie heißt der Wirt?«

»Renato Soldin.«

»Warum hat er dir diese Quittung ausgestellt?«

»Ich hatte vorher bei ihm anschreiben lassen.«

»Anschreiben? Was denn? Wein? Hast du etwa in Wein gebadet?«

»Mal ein Glas Wein, mal ein Glas Schnaps. Und außerdem war ich selten allein, ich habe auch meine Freunde eingeladen.«

»So, so. Und das ergibt dann einen solchen Betrag? Und nun erklär mir noch eins: Du wohnst hier in Latisana, und auch hier gibt es Kneipen genug. Wieso besuchst du dann eine Kneipe, die zwanzig Kilometer entfernt unten am Meer liegt?«

»Ich hatte da unten zu arbeiten?«

»Zu arbeiten?«

»Ja, ein Deutscher hat sich ein Ferienhaus bauen lassen, und da brauchte er einen Schreiner, und da bin ich hin.«

»Wie lange hat diese Arbeit gedauert?«

»Vier oder fünf Tage.«

»Ich wünsche präzise Angaben über Beginn und Ende der Arbeit, hast du mich verstanden?«

»Angefangen habe ich am 16. Juni und aufgehört am 21.«

»Dann warst du also vom 16. bis zum 21. Juni in Lignano?«

»Ja.«

»Und nach dem 21. bist du wieder hierher zurückgekehrt?«

»Nein, nicht sofort.« Es war eine gefährliche Antwort, aber noch gefährlicher wäre es gewesen zu lügen.

»Warum nicht?«

»Ich bin bei einem Freund untergekommen, weil es in Lignano schon eher was zu arbeiten gibt, wo doch so viel gebaut wird. Nach Hause bin ich dann erst am 23. Juni.«

Alberto zündete sich eine Zigarette an und rekapitulierte. Er war seinem Ziel sehr nahe gekommen. Auf der Quittung stand

das Datum des 23. Juni. Am 22. Juni war Giannuzzo ermordet worden. Und an diesem 22. Juni war Prasin in Lignano-Pineta gewesen, nicht weit vom Tatort. Nur eines war noch unklar: Wieso hatte Prasin nicht gelogen, sondern gleich zugegeben, daß er bis zum 23. Juni in Lignano gewesen war?
»Du hast also bis zum 21. im Haus eines Deutschen gearbeitet, sagst du. Dann hat er dich wohl auch am 21. bezahlt. Was hast du für deine Arbeit bekommen?«
Diesmal blieb Prasin gar keine Zeit zu lügen. »Zweiundzwanzigtausend Lire«, sagte er wahrheitsgemäß, obwohl er ahnte, daß es Ärger geben würde. »Ich hatte fünfundzwanzigtausend verlangt, aber nicht gekriegt.«
Alberto hielt ihm die Quittung unter die Nase. »Hier steht, daß du am 23. Juni eine Rechnung über achtzehntausendfünfhundert Lire an Renato Soldin bezahlt hast. Am 21. hast du zweiundzwanzigtausend Lire kassiert. Wieso hast du die Rechnung nicht am gleichen Tag beglichen?«
»Weil ich weniger verdient hatte, als ich erwartete, die Deutschen handeln einen immer herunter. Aber Soldin hatte natürlich erfahren, daß ich Geld verdient hatte, und da bestand er schließlich darauf, daß ich zahle. Aus Ärger habe ich mir dann von ihm diese Quittung geben lassen.«
Das klang durchaus einleuchtend. »Und nun noch eine letzte Frage, dann lasse ich dich in Ruhe. Wo warst du am Abend des 22. Juni, ab zehn Uhr?«
»Am 22. Juni?« fragte Prasin zögernd.
»Ja, am 22. Juni, dem Tag, an dem dieser Sizilianer ermordet wurde, unten am Strand, gar nicht weit von der Wirtschaft, in der du dich aufgehalten hast.«
Nun hielt Prasin den Moment für gekommen, wo er seine wohl einstudierte Szene spielen mußte. Er sprang auf und baute sich, fast in strammer Haltung, vor dem dreckigen Polypen auf. »Nichts da!« sagte er, die Unschuld in Person. »Ich habe meine zehn Jahre abgesessen, weil ich im Streit und in betrunkenem Zustand einen umgebracht habe. Aber ich habe meine Strafe verbüßt, und seitdem kümmere ich mich nur noch um meine eigenen Angelegenheiten. Ich lasse mir von keinem was anhängen. Jedesmal, wenn hier ein krummes Ding passiert, kommen sie zu mir. Und jetzt wollen Sie mir den Mord in die Schuhe schieben . . .«

»Setz dich!« sagte Alberto ruhig. »Kein Mensch hat behauptet, daß du ihn umgebracht hast, obwohl du ein Motiv hattest.«

»Aber ich habe den Mann nie gesehen!« schrie Prasin in ehrlicher Entrüstung.

»Aber du wußtest, wer er war. Wir wissen genau Bescheid über dich. Deine Tochter möchte Roberto Arrighi heiraten, aber Roberto Arrighi kann sie nicht heiraten, weil dieser Sizilianer verlangt, daß er seine von ihm entehrte Schwester heiratet. Da könnte es doch sein, daß du diesen Sizilianer beiseite räumst, damit du deine Tochter unter die vornehme Haube bringen kannst.«

»Meine Tochter kann von mir aus aus dem Fenster springen. Was kümmert es mich, ob sie unter die Haube kommt oder nicht! Ich bin doch nicht so blöd, und gehe für sie in den Knast.«

»Reg dich ab! Sag mir lieber, wo du am 22. Juni gewesen bist, und zwar von zehn Uhr abends bis zum Morgen. Und erzähl mir keine Märchen, sonst gibt's Ärger.«

»Ich habe gearbeitet, in Lignano-Pineta.«

»Wo genau?«

»In einem Laden. Ein Fotoladen mitten im Ort. Die Besitzer kennen mich, sie stammen von hier, aus Latisana. Morassini heißen sie.«

»Um wieviel Uhr hast du mit der Arbeit begonnen?«

»Gegen neun. Die Arbeit mußte noch in der Nacht fertig werden.«

»Und wann warst du mit ihr fertig?«

»Nach zwei Uhr.«

»Du hast also bis um zwei Uhr morgens gearbeitet?« Nach dem Sachverständigengutachten war Giannuzzos Tod zwischen frühestens elf und spätestens ein Uhr eingetreten. »Und du hast den Laden zwischendurch nicht verlassen?« Albertos Blick schweifte durch die offene Tür; von weitem sah er eine blaugekleidete Frauengestalt auf das Haus zukommen.

»Nein. Um halb zwölf haben wir eine kurze Imbißpause gemacht, und nach Mitternacht sind wir zweimal auf ein Gläschen in die nahegelegene Bar gegangen.«

»Wie lange braucht man für den Weg zur Bar und zurück?«

»Ein paar Minuten, es ist ganz in der Nähe.«

Solche nächtlichen Arbeiten waren während der Hochsaison

durchaus üblich. Prasins Alibi war also glaubwürdig und darüber hinaus nachprüfbar.
»Alle haben mich gesehen, auch der Nachtwächter auf seinem Rundgang. Gegen zwei Uhr habe ich mir von ihm sogar noch eine Zigarette geben lassen, weil ich keine mehr hatte und der Tabakladen geschlossen war.«
Alberto sah ihn scharf an. Die Präzision dieses Details machte ihn mißtrauisch. »Wer sind diese Leute, die dich gesehen haben?«
Romeo Prasin zählte sie an den Fingern ab: »Signor und Signora Morassini – ihr Kind zähle ich nicht mit; der Elektriker, der Fahrer, der die neuen Lampen gebracht hat, der Lackierer, der mir ein bißchen zur Hand ging, und der Nachtwächter, der mindestens dreimal vorbeigekommen ist. Dann noch der Wirt der Bar, in der wir gewesen sind . . .«
»Das reicht.« Alberto stand auf. Die Dame in Blau war fast am Haus angelangt. Er hatte sie noch nie gesehen, aber er wußte, es konnte nur Irene Prasin sein. »Wie lange, glaubst du, braucht man zu Fuß von dem Laden bis zum Strand?«
»Bis zur nächstgelegenen Stelle des Strandes sind es vielleicht fünf Minuten, kann sein etwas mehr.«
»Ich meine aber die Stelle, wo man den Sizilianer gefunden hat«, sagte Alberto. Irene Prasin stand jetzt in der Tür; sie hatte den letzten Satz mit angehört.
Romeos Augen glitten zu seiner Tochter und wieder zu Alberto zurück. »In der Zeitung habe ich gelesen, daß man diesen Sizilianer nahe der Mündung des Tagliamento gefunden hat . . .«
»Genau.« Irene hörte ihnen schweigend zu; sie hatte offenbar sofort begriffen, warum der fremde junge Mann mit ihrem Vater sprach. »Und ich möchte wissen«, fuhr Alberto fort, »wie lang der Fußweg von dem Laden zu der Stelle ist, wo sie den Sizilianer tot gefunden haben.«
»Wenn diese Stelle in der Nähe der Flußmündung ist, braucht man sicher eine halbe Stunde.«
»Gut«, schloß Alberto. »Wir werden jetzt nachprüfen, ob du die Wahrheit gesagt hast. Inzwischen rührst du dich möglichst nicht von der Stelle, und sollte dir die Idee kommen, uns zu entwischen, schlag sie dir aus dem Kopf!«
»Warum sollte ich weglaufen?« wehrte sich Prasin. »Ich hab' nichts getan.«

Alberto ging, ohne zu antworten, zur Tür, und Irene trat beiseite, um ihn vorbeizulassen. »Auch Sie halten sich bitte zur Verfügung«, sagte er zu ihr. Er hielt es für überflüssig, ihr zu erklären, daß er von der Polizei kam. Sie gab ihm keine Antwort, und er ging zu seinem Auto und fuhr davon.
An Romeo Prasin und Giannuzzo Masetta verschwendete er keinen Gedanken mehr; er dachte an Michela. Er glaubte zu wissen, wo sie in diesem Moment war. Er hatte gehört, wie sie sich mit Roberto zu einer Fahrt nach Lignano-Pineta verabredet hatte, und er kannte Lignano und seine verschwiegenen Plätze für Verliebte, er hatte sich dort am Strand, besonders an der Stelle, wo Giannuzzo ermordet worden war, genau umgesehen.
An der Einbiegung in die Hauptstraße hielt er einen Augenblick an, um sich die Jacke auszuziehen. Er wollte gerade wieder anfahren, als er einen jungen Mann sah, der mit raschen Schritten auf ihn zukam und ihm winkte. Er wartete.

14

»Können Sie mich ein Stück mitnehmen?« fragte der junge Mann.
Alberto öffnete ihm wortlos die Tür, und der junge Mann stieg ein. Sein Gesicht, ein strenges, edles Profil, das der Ärmlichkeit seiner Kleidung widersprach, zeigte keine Spuren von Schweiß.
»Wohin möchtest du?« fragte Alberto. In der Gegend gab es viele Südländer, die hart arbeiteten, und dieser junge Mann schien einer von ihnen zu sein.
»Nach Lignano-Sabbiadoro.«
»Dahin will ich auch«, log Alberto. Er hatte im Moment kein Ziel, und es machte ihm Spaß, dem armen Kerl einen noch längeren Fußmarsch zu ersparen; seinen Schuhen sah man an, daß er schon stundenlang marschiert sein mußte. »Suchst du Arbeit?« fragte er nach einer Weile.
Der junge Mann wandte ihm müde den Kopf zu. »Nein, ich habe schon Arbeit.«
Alberto merkte, daß seine Fragen dem jungen Mann lästig waren, aber Neugier gehörte nun einmal zu seinem Beruf.

»Was arbeitest du?« fragte er.
»Ich bin Schuhmacher«, murmelte der Fremde und dachte bei sich: Schuhmacher, das war einmal. Giuliano Pappalettera, Schuhmacher, damit ist es nun vorbei.
Sie hatten die Strandstraße erreicht. Die Menschen strömten vom Strand zum Essen in ihre Hotels und Pensionen zurück.
»Sagst du mir, wo ich halten soll?«
Bei Maruzza, dachte Giuliano Pappalettera. Dann sagte er: »Bei dem Platz mit dem Brunnen.«
Alberto hielt neben dem Brunnen. »Danke. Entschuldigen Sie die Störung«, sagte der junge Mann artig, fast feierlich, ehe er ausstieg und sich mit schnellen Schritten zielbewußt entfernte.
Er hatte herausgefunden, wo Maruzza wohnte, so wie er in Venedig schnell herausgefunden hatte, in welchem Luxushotel Salvatore Stavardone abgestiegen war. Den ganzen Nachmittag hatte er vor dem Hotel versteckt gewartet, und erst am Abend war Salvatore Stavardone herausgekommen, in einem weißgelben Flanellanzug, mit blauem Hemd und gelben Schuhen, zu mindestens zwanzigtausend Lire, neben ihm sein Leibwächter, das Pockengesicht, wie sie ihn in der Heimat genannt hatten.
Vor einem Haus in der Via Tolmezzo hielt Giuliano Pappalettera kurz an und stieg dann die Treppe hinauf. Er las die Namensschilder an den Türen und klingelte an der Tür mit dem Namen Pierandola. So hieß der Mann, mit dem sich Maruzza eingelassen hatte; der Busfahrer, der erstbeste Mann, dem sie hier begegnet war, nachdem sie aus dem Zug ausgestiegen war, und wer weiß, wie vielen Männern sie sich noch an den Hals werfen würde, ehe sie mit der Zeit verblühte und niemand sie mehr wollte.
Die Tür ging auf, und ein glatzköpfiger älterer Mann sah durch den Spalt zu ihm hinaus.
»Ich möchte Maria Masetta sprechen«, sagte Giuliano.
Der Mann drehte sich um und rief: »Marieta! Hier ist einer, der dich sprechen will!«
Giuliano hörte ihre schlurfenden Schritte nahen, dann stand sie vor ihm, während der Mann sich ins Zimmer zurückzog.
»Maruzza, ich muß mit dir sprechen«, sagte er.
Maruzza, ganz in Schwarz gekleidet, sah ihn in Erinnerung an

ihre letzte Begegnung verächtlich an und schleuderte ihm entgegen: »Aber ich nicht mit dir!« Mit einem Feigling, der zusieht, wie man seinen besten Freund umbringt, ohne einen Finger zu rühren, redete man nicht.
Giuliano Pappalettera schwankte zwischen dem Wunsch, sie zu töten, und dem, sich ihr weinend an den Hals zu werfen. Er bezwang beide Gefühle und zog aus der Innentasche seines Jacketts ruhig sein Messer hervor. »Damit habe ich Salvatore Stavardone getötet. Behalte es als Erinnerung, Maruzza.« Und er erlebte noch einmal die Szene auf dem kleinen Platz vor dem Hotel in Venedig: Es war dunkel, kein Mensch in der Nähe, als Stavardone mit seinem Gorilla zum Hotel zurückkehrte. Er hatte hinter seinem Rücken gepfiffen, Stavardone hatte den Pfiff erkannt und sich umgedreht, und Sekunden später, noch bevor sein Leibwächter begriffen hatte, was da vorging, lag er mit durchgeschnittener Kehle tot am Boden. Und er hatte dem Pockengesicht zugezischt: »Sag deinen Leuten, Giuliano Pappalettera hat ihn umgebracht, und rühr dich nicht, sonst erwischt es dich auch!« Dann war er gegangen, und das Pockengesicht hatte wie angenagelt dagestanden.
»Und jetzt bin ich hier, um dir zu sagen, daß ich mich stellen werde«, sagte er zu Maruzza. Und als Maruzza, bestürzt, das ihr angebotene Messer nicht annahm, ließ er es ihr vor die Füße fallen und ging.
Maruzza hob das Messer auf und starrte es an, als ob es noch Spuren der Rache für ihren Bruder tragen müsse. Aber sie brauchte keine weiteren Erklärungen; Giulianuzzo wäre nicht zu ihr gekommen, wenn Salvatore Stavardone nicht wirklich tot gewesen wäre.
»Marieta!« rief eine Stimme aus der Wohnung hinter ihr. Es war Giovanni Pierandolas Onkel, dem die Wohnung gehörte. Aber Maruzza lief, das Messer zur Hälfte im langen Ärmel ihres schwarzen Kleides verborgen, die Treppe hinunter, Giulianuzzo hinterher.
»Giulianuzzo!« rief sie ihm auf der Straße nach, aber er ging weiter, ohne sich umzudrehen. »Giulianuzzo, verzeih mir!« sagte sie, als sie ihn eingeholt hatte. Und auch diesmal antwortete er nicht. Ihre bittende Stimme nahm einen drohenden Unterton an: »Giulianuzzo, du darfst nicht zur Polizei gehen! Du mußt fliehen!« Er ging weiter. »Giulianuzzo, wenn du dich

stellst, stoße ich mir dieses Messer in die Brust.« Sie streckte den Arm vor seinen Augen aus, und das halb in ihrem Ärmel versteckte Messer blitzte in der Sonne.

Er blieb stehen, weil er wußte, daß sie ihre Drohung wahr machen würde. »Geh zu deinem Bräutigam!« stieß er voll höhnischer Verachtung hervor. Er versuchte, ihr das Messer zu entwinden, aber sie war darauf vorbereitet und zog den Arm zurück. Sie sahen sich in die Augen, und er mußte bei allem Stolz und aller Verachtung erkennen, daß sie stärker war als er.

»Ich habe doch niemanden, Giulianuzzo.« Sie verlegte sich wieder aufs Bitten, weil auch sie erkannt hatte, daß sie die Stärkere war. »Du mußt fliehen, und ich komme mit dir. Du darfst nicht ins Gefängnis gehen.«

Ich komme mit dir. Giulianos Stolz zerschmolz angesichts dieser unwahrscheinlichen Hoffnung, sie könne ihm bleiben. »Jetzt sagst du es«, murmelte er bitter. »Du hast mich nie für einen richtigen Mann gehalten. Für dich war ich immer nur ein Hanswurst, ein Waschlappen. Was willst du denn mit einem Hanswurst und einem Feigling anfangen?«

»Verzeih mir, Giulianuzzo. Ich war außer mir, ich habe nicht mehr denken können, nachdem du mir gesagt hattest, daß sie meinen Bruder umgebracht haben . . .« Sie wagte es sogar, seinen Arm leicht zu berühren.

»Und auch jetzt kannst du noch nicht klar denken«, sagte er traurig, aber entschlossen. »Erstens verzichte ich auf eine Frau, die mir sagt, was ich zu tun habe, ob ich mich stellen soll oder nicht. Zweitens, wenn ich die Absicht hätte, zu fliehen, würden sie mich mit einer Frau zusammen viel schneller erwischen. Und drittens, wenn du mit mir zusammen ins Gefängnis wanderst, werden sich Stavardones Genossen ins Fäustchen lachen, weil sie mit einem Streich Giannuzzo um die Ecke und dich hinter Gitter gebracht haben.« Er lächelte bitter.

»Sie werden uns nicht erwischen, Giulianuzzo. Ich werde Geld auftreiben, und wir können aus Italien fliehen. Wenn du zur Polizei gehst und dich stellst, ist es mein Tod.«

Er versuchte ihr zu widerstehen. Sie hatte ihn zu tief verletzt. Sie sollte nicht glauben, daß sie mit drei, vier Worten allen Schmerz vergessen machen konnte, den sie ihm angetan hatte, alle die Männer, mit denen sie zusammengewesen war, wäh-

rend sie ihm nicht einmal einen Blick gegönnt hatte. »Und wo willst du das Geld auftreiben?« Seine Frage sollte beleidigend sein, aber es wollte ihm nicht recht gelingen.
»Ich habe es schon«, log Maruzza. Sie hätte alles getan, um ihn vor dem Gefängnis zu bewahren. »Ich habe ein wenig gespart, um es Stavardone zu geben, damit er Giannuzzo in Ruhe läßt. Aber er braucht es ja nun nicht mehr.«
Sie hatte die richtigen Worte gefunden, um ihn zu überzeugen, vielleicht weil er nichts anders wollte, als sich überzeugen zu lassen. Aber nun ergriff ihn eine neue Befürchtung, die Angst, sie könne ihm zuliebe ihr ganzes Leben ruinieren und den braven jungen Mann verlassen, bei dem sie wohnte und der sie auch heiraten wollte.
»Maruzza, bleib, wo du bist!« sagte er endgültig entschlossen. »Denk an deine Mutter, an deine Schwester. Bei mir besteht für dich keine Hoffnung.« Er deutete mit dem Kopf zu einem Zeitungskiosk. »Lies die Zeitungen, dann siehst du's.«
»Steht dein Name schon darin? Suchen sie dich?«
»Noch nicht«, sagte er. Von Stavardones Leibwächter würde die Polizei nicht erfahren, daß sein Boss von Giuliano Pappalettera umgebracht worden war. Die Polizei läßt man bei gewissen privaten Auseinandersetzungen aus dem Spiel. Stavardones Freunde würden die Rechnung mit Giuliano Pappalettera selbst begleichen, und zwar gründlich. Trotzdem würde es der Polizei keine großen Schwierigkeiten bereiten herauszufinden, wer Salvatore Stavardone getötet hatte.
»Sie werden dich nicht schnappen«, sagte Maruzza. »Wir werden uns schon durchschlagen.« Vielleicht war es nicht so, aber auch Giuliano konnte nicht ohne Hoffnung leben. Er sah sie wortlos an, und seine Augen verrieten ihr, daß er ihr verziehen hatte und sie mitnehmen würde. »Warte hier auf mich, Giulianuzzo, ich bin gleich wieder da.«
Sie lief ins Haus zurück. In der Wohnung sagte der Alte zu ihr: »Giovannino ist noch nicht da.«
Ehe sie ins Schlafzimmer huschte, sagte sie: »Er kommt heute später. Ich muß für einen Moment fort, eine Freundin von mir aus Sizilien ist gekommen, ihrer Mutter geht's nicht gut.«
Sie schloß die Schlafzimmertür hinter sich ab und begann sich schnell umzuziehen. Das schwarze Kleid, das auf der Flucht vor der Polizei zu gefährlich gewesen wäre, tauschte sie gegen

das grüne, das einzige andere, das sie besaß. Dann suchte sie im Kleiderschrank die kleine Stahlkassette, die ihr Giovanni gleich in der ersten Liebesnacht stolz und glücklich gezeigt hatte. Das einfache Schloß widerstand ihren Bemühungen nicht lange. Sie nahm alles Geld an sich und zwang sich, nicht an Giovanni zu denken, den einzigen Mann, der je Vertrauen zu ihr gehabt hatte. Statt dessen dachte sie nun an Giulianuzzo, ihren Racheengel, der dafür gesorgt hatte, daß ihr Bruder in Frieden ruhen konnte. Von nun an würde sie ihm ihr Leben lang helfen müssen.

»Ich bin gleich wieder zurück. Das Essen ist fertig«, beruhigte sie den alten Mann, als sie aus dem Schlafzimmer kam. Der Alte begriff ohnehin sehr schlecht, was um ihn herum vorging. Sie lief die Treppe hinunter auf die Straße und drückte ihre Handtasche fest an sich, um ein Klimpern der Silbermünzen zu verhindern. An der Ecke wartete Giulianuzzo; er hatte sich keinen Zentimeter von der Stelle bewegt.

Ohne ein Wort gingen sie gemeinsam weiter. Sie bogen von der Hauptstraße nach Lignano-Pineta in einen Feldweg ein, und als sie weit genug von der Ortschaft entfernt waren, öffnete sie ihre Handtasche. »Da, Giulianuzzo, nimm, es ist alles für dich.«

Er steckte das Geld langsam in seine Tasche. »Du machst einen Fehler, Maruzza, aber noch kannst du umkehren, wenn du willst, ich werde dich nicht halten ...« Er wußte, daß es vergebliche Worte waren: Sie war nicht die Frau, die sich zur Umkehr bewegen ließ.

15

In Hamburg ging an diesem Morgen um vier Uhr vierzig die Sonne auf. Gertrud Leuter hatte die ganze Nacht nicht geschlafen. Der Gedanke an Giannuzzo und an die Vorladung zur Polizei, um neun Uhr an diesem Morgen, hatten sie nicht zur Ruhe kommen lassen. Bis gegen ein Uhr hatte sie zusammen mit Ludwig die Lage sondiert. Ludwig, Rechtsanwalt von Beruf, hatte ihr minuziös auseinandergelegt, wie sie zu antworten habe, was sie zugeben dürfe und was sie verschweigen müsse. In jedem Falle, hatte er gesagt, bedurfte es zu ihrer Verhaftung

einer offiziellen Anschuldigung durch die italienischen Regierungsbehörden, und auch dann bliebe noch abzuwarten, ob die deutschen Behörden einer Auslieferung zustimmten. Darüber würden Monate, vielleicht sogar ein ganzes Jahr ins Land gehen. Nach Italien zu gehen und sich einem Prozeß unter der Anklage des Totschlages auszusetzen, war nicht ratsam. Statt dessen empfehle sich notfalls ein Flug nach Mexiko: Die Gesetze dieses Landes würden ihr für einige Jahre, wenn nicht für immer, Ruhe verschaffen. Dann, gegen ein Uhr, hatte Ludwig angefangen, sie auf den Hals zu küssen, und um zwei Uhr war er, wie immer nach ihren intimen Begegnungen, gähnend gegangen. Dem Grund dieses Gähnens würde sie, bevor sie sich endgültig an ihn band, noch nachgehen müssen, aber das war im Moment nicht ihre größte Sorge.
Vier Stunden sollte sie nun noch bis zu ihrem Erscheinen bei der Polizei mit ihren Gedanken allein sein. Während die Geräusche der erwachenden Stadt draußen immer lauter wurden, legte sie sich aufs Bett und ließ die Ereignisse von ihrer ersten Begegnung mit Giannuzzo bis zu jenem letzten Moment noch einmal Revue passieren. Sie erinnerte sich mühelos an jedes Detail, an jede seiner Gesten, jedes seiner Worte, an jeden Ort, den sie gemeinsam besucht hatten, an das Messer, mit dem er ihr so oft gedroht hatte, lachend, beinahe hysterisch ... Sie hatte auf ihren früheren Reisen nach Italien andere Italiener kennengelernt, Männer, die sanft und brutal zugleich sein konnten – und gerade das hatte sie immer so sehr fasziniert –, aber niemals waren sie bösartig gewesen. Giannuzzo dagegen war bösartig gewesen oder, vielleicht noch schlimmer: verrückt ...
Um acht Uhr ging sie, unzufrieden mit sich und der Welt, ins Bad und blieb zehn Minuten unter dem kalten Strahl der Dusche stehen. Dann bereitete sie sich ein Frühstück, und um halb neun Uhr holte sie ihren Wagen aus der Garage. Das dunkelgrüne Kostüm stand ihr sehr gut. Es herrschte starker Verkehr, so daß sie für den Weg bis zur gar nicht weit entfernten Polizeizentrale fast zwanzig Minuten brauchte. Um eine Minute vor neun händigte sie einem uniformierten Polizisten ihre Vorladung aus, und pünktlich um neun Uhr betrat sie das Büro des Leiters der Abteilung Interpol bei der Hamburger Polizei – Dr. Hermann Klugen.

Dr. Klugen stand hinter seinem Schreibtisch, neben ihm ein junger Mann, den sie trotz seiner blonden Haare und blauen Augen an dem Schnitt seines eleganten Anzugs und an den Gesichtszügen als Italiener einordnete.
Dr. Klugen stellte vor: »Dr. Silvano Colli von der Abteilung Interpol des italienischen Innenministeriums – Frau Diplomingenieur Gertrud Leuter.« Ehe er ihr einen Platz anbot, fuhr er fort: »Wir haben Sie auf Wunsch unserer italienischen Kollegen hergebeten, weil Dr. Colli Ihnen einige Fragen in Zusammenhang mit einem in Italien begangenen Mord stellen möchte.« Er blickte kurz auf einen Zettel auf seinem Schreibtisch. »Das Verbrechen wurde in der Nacht des 22. Juni in der Gegend von Lignano verübt. Ich darf Sie jedoch, in Ermangelung einer offiziellen Anschuldigung gegen Sie, darauf hinweisen, daß es Ihnen völlig freisteht, gegen Ihre Vernehmung Einspruch zu erheben oder auf einzelne Fragen die Antwort zu verweigern. Sie können auch, falls Sie es wünschen, einen Rechtsbeistand Ihres Vertrauens hinzuziehen.«
Es waren fast dieselben Worte, die Ludwig ihr vorausgesagt hatte, und sie verfuhr nach seinem Ratschlag: »Ich bin in Lignano gewesen, jawohl, aber von einem Verbrechen weiß ich nichts. Ich bin jedoch gern bereit, auf alle mir gestellten Fragen zu antworten.« Und nach einer Pause: »Einen Anwalt brauche ich nicht.«
Dr. Klugen wies auf einen Stuhl vor seinem Schreibtisch, und alle drei setzten sich. »Ich darf Sie ferner darauf aufmerksam machen, daß Ihre Aussagen durch zwei Tonbandgeräte aufgenommen werden. Eine der Aufnahmen wird von Dr. Colli nach Italien mitgenommen, die andere verbleibt in unserem Archiv.«
Erst jetzt sah Gertrud Leuter das über dem Schreibtisch hängende Mikrophon. »Herr Dr. Colli beherrscht unsere Sprache perfekt und wird die Fragen an Sie stellen. Ich werde Ihrem Gespräch beiwohnen und darüber wachen, daß unsere gesetzlichen Bestimmungen eingehalten werden.«
Dr. Collis blaue Augen richteten sich auf sie, und ihre anfängliche Angst wuchs.
»Verehrte Frau Leuter«, begann der Italiener, »stimmt es, daß Sie am 2. Juni in Lignano, Provinz Udine, angekommen sind?«
»Ja.«
»Trifft es auch zu, daß Sie am frühen Morgen des 23. Juni

von Lignano-Pineta abgereist sind?« Silvano Colli gehörte zu den besten Männern von Interpol, und Alberto hatte in seinem Telefongespräch mit Bonn ausdrücklich ihn mit dieser Aufgabe betraut. Wenn Gertrud Leuter irgend etwas zu verbergen hatte, würde Colli es ihr entlocken.
Der Ausdruck »am frühen Morgen« war von Colli mit Bedacht gewählt worden und stimmte Gertrud Leuter nachdenklich. Offenbar hatte die italienische Polizei bereits Nachforschungen angestellt und wußte, daß sie den Zeltplatz in aller Frühe verlassen hatte. Es wäre also falsch gewesen zu lügen.
»Ja, auch das trifft zu«, sagte sie.
Silvano Colli zog einen Zettel mit Albertos Angaben aus der Tasche. »Stimmt es, daß Sie sich mit einem jungen Mann namens Masetta in Lignano angefreundet haben?«
»Ich habe einen Jungen kennengelernt, der sich Giannuzzo nannte«, lächelte sie. »Ich glaube nicht, daß er mir seinen Nachnamen gesagt hatte, jedenfalls erinnere ich mich nicht daran.«
Colli zögerte nur kurz, dann nahm er aus einer Ledertasche auf einem leeren Stuhl ein Foto, das er zunächst verdeckt in der Hand behielt. »Ich werde Ihnen ein Funkbild dieses Giovanni Masetta zeigen. Bitte, sagen Sie mir, ob Sie in der abgebildeten Person den besagten Giannuzzo wiedererkennen.« Er hielt ihr das Foto hin, während seine stahlblauen Augen sie scharf beobachteten.
Das Polizeifoto stellte den toten Giannuzzo am Strand liegend dar, sie erkannte ihn an vielen Einzelheiten sofort. Entschlossen hob sie den Kopf. »Das ist der junge Mann, den ich kennengelernt habe. Aber was soll dieses Foto? Ist er tot?«
»Genau.« Silvano Colli hatte Gertrud Leuter vor wenigen Minuten zum erstenmal gesehen, aber er hätte nichts Sonderbares daran gefunden, wenn diese sportlich gestählte junge Frau den Sizilianer erstochen hätte. »Dieser junge Mann, Giovanni Masetta, wurde am Abend des 22. Juni getötet. Wußten Sie das nicht?«
»Nein, das wußte ich nicht«, antwortete sie im Ton unterdrückter Regung.
Silvano Colli ließ sich seine zeitweilige Unsicherheit nicht anmerken. Er griff wieder zu seinem Notizzettel und sagte schnell: »Bitte, entschuldigen Sie, aber für unsere Ermittlungen ist es unumgänglich zu wissen, welcher Art die Beziehungen zwischen

Ihnen und diesem jungen Mann waren.«
Dr. Klugen wandte sich mit erhobenem rechten Zeigefinger an Gertrud Leuter: »Ich darf Sie daran erinnern, daß es Ihr gutes Recht ist, die Aussage zu verweigern.«
Silvano Colli gab sich ungerührt. Er lebte seit vielen Jahren in Deutschland und wußte, wie er sich zu verhalten hatte, aber seine Augen nahmen einen ironischen Ausdruck an. Gertrud Leuter, der dieser Ausdruck nicht entgangen war, erwiderte seinen Blick mit einem nachsichtigen Lächeln. Zu Dr. Klugen gewandt sagte sie: »Ich danke Ihnen sehr, Herr Dr. Klugen, aber ich habe nichts zu verbergen und möchte diese Frage gern beantworten.« Dann zu dem wartenden Dr. Colli: »Meine Beziehungen zu diesem Jungen möchte ich als eine Art sentimentaler Freundschaft bezeichnen.«
»Dieser Junge war ein armer Arbeitsloser aus dem Süden, ein Mensch ohne jede Kultur, der sich mit Hilfsarbeiten von Zeit zu Zeit etwas Geld verdiente. Sie dagegen sind Akademikerin, kultiviert und aus wohlhabender Familie.« Seine Kälte sollte sie irritieren.
Gertrud Leuter errötete leicht gereizt. »Ich sehe keinen Nutzen in dieser psycho-soziologischen Gegenüberstellung«, sagte sie ebenso kalt wie er. »Jeder wählt sich seine Freunde, wie er es für gut und richtig hält, nicht nach irgendwelchen polizeilichen Vorschriften.«
Dr. Klugen hielt es für nötig, sich noch einmal einzuschalten. »Ich muß Sie bitten, verehrter Kollege, keine Fragen zu stellen oder Bemerkungen einzuflechten, die nicht in engem Zusammenhang mit dem Zweck der Vernehmung stehen.«
»Meine Bemerkung steht sehr wohl in Zusammenhang mit dem, was Sie den Zweck dieses Gesprächs nennen«, sagte Colli mit einer höflichen Verbeugung zu Klugen. »Der Grund, warum ich von den sozialen Unterschieden zwischen dem Ermordeten und Frau Leuter gesprochen habe, sind gewisse Tatsachen, die für die Ermittlungen sehr wohl relevant sein können.« Mit einer erneuten Verbeugung, diesmal zu beiden, fuhr er fort: »Erste Tatsache: Am 14. Juni befand sich Frau Leuter in Gesellschaft einer Bekannten vom Campingplatz, einer Holländerin namens Erika Mastaart, in einer Bar, als der erwähnte Giovanni Masetta zu ihr trat und sie nach kurzer Diskussion in aller Öffentlichkeit ohrfeigte und in seinem Dialekt grob

beschimpfte. Zweite Tatsache: Nach Aussage des Platzwarts vom Camping Tagliamento, eines Mannes namens Mattia, der die Szene mit eigenen Augen verfolgte, wurde Frau Leuter eines Abends von Giovanni Masetta mit dem Messer bedroht. Frau Leuter rief erschreckt um Hilfe, und als der Platzwart hinzulief, sagte der junge Mann zu ihm, es sei nur ein Scherz gewesen. Dritte Tatsache: Am 20. Juni abends, in einer hauptsächlich von deutschen Urlaubern besuchten Bar in Lignano-Sabbiadoro, versetzte Masetta Frau Leuter einen Fußtritt gegen das Bein, anscheinend weil sie mit einem anderen Mann getanzt hatte; Frau Leuter, die vor Schmerz fast ohnmächtig wurde, mußte noch am selben Abend einen Arzt, Dr. Rodolfo Enzieri, aufsuchen, der durch eine Röntgenaufnahme feststellte, daß glücklicherweise nichts gebrochen war.«

Gertrud Leuter hatte Collis Ausführungen die ganze Zeit ruhig zugehört. An einer bestimmten Stelle des Berichts hatte sie ein Bein über das andere geschlagen.

Nach kurzem Schweigen fragte Colli: »Räumen Sie ein, daß die von mir angeführten Tatsachen zutreffen, Frau Leuter?«

»Es trifft alles zu«, sagte sie ernst, aber mit einem Lächeln in den Augen. Sie deutete mit dem Finger auf einen dunklen Fleck an ihrem Bein. »Die Spuren des Fußtritts sind noch zu sehen, obwohl das alles inzwischen fast einen Monat zurückliegt.«

Die beiden Männer mußten ihre von keiner Angst getrübte Ruhe bewundern. Colli erwies ihr seine Anerkennung, indem er einen sanfteren Ton anschlug, aber auch das war wohlüberlegt und sollte nur den Schlag mildern, den er als nächsten auszuteilen gedachte.

»Ich danke Ihnen für Ihre bereitwilligen Antworten auch auf so unangenehme Fragen, aber meine Pflicht zwingt mich leider, Ihnen eine noch peinlichere Frage zu stellen. Ich habe Sie nämlich mit einer vierten Tatsache zu konfrontieren, und diesmal möchte ich Ihnen selbst mein volles Verständnis zusichern, wenn Sie darauf nicht antworten wollen.«

Gertrud Leuter bezwang ihre Furcht vor dieser noch unbekannten Tatsache. »Ich denke, ich werde weiter wie bisher antworten«, sagte sie äußerlich völlig ruhig.

»Vielen Dank.« Colli nahm erneut seinen Zettel zur Hand. »Ein Freund des Ermordeten, Giuliano Pappalettera, von Beruf Schuhmacher, hat nach dem Tode seines Freundes ausgesagt, daß dieser in den letzten Wochen vor seinem Tode es nicht mehr nötig gehabt hatte zu arbeiten, da er stets über Geld verfügt hatte, das er angeblich von einer Deutschen, von der er nur den Vornamen Gertrud nannte, bekam. Ich frage Sie nun – und es steht Ihnen frei zu antworten oder nicht –, ob Sie diese Gertrud sind und ob es zutrifft, daß Sie Giovanni Masetta Geld gegeben haben.«

Dr. Klugen fühlte sich immer unbehaglicher in seiner Haut. Daß ein Mädchen aus guter Hamburger Familie eine Liebesaffäre in Italien hat – gut, das mag angehen. Auch daß sie den Kopf über einen Kerl verliert, der sie mit Fußtritten traktiert und mit dem Messer bedroht. Aber daß sie diesen Kerl dann auch noch mit Geld aushält, das überstieg seine Vorstellungskraft.

Gertrud Leuter blickte nur kurz zu Boden. So unangenehm diese Erinnerung war, so wenig fürchtete sie sich vor dieser Frage. Wenn der Italiener sie mit diesen Geschichten einschüchtern wollte, so irrte er sich. »Ich glaube, ich bin diese Gertrud«, sagte sie lächelnd, »obwohl ich nicht ausschließen kann, daß ein gutaussehender Italiener an ein und demselben Badestrand eine zweite deutsche Gertrud auftreibt oder auch eine dritte. Aber eine von ihnen bin ich. Es trifft auch zu, daß ich ihm von Zeit zu Zeit Geld gegeben habe. Wir gingen gemeinsam in die Bar oder ins Restaurant oder zum Tanzen, und da er so ziemlich mittellos war, bestritt eben ich diese kleinen Ausgaben.«

»Der Aussage von Giuliano Pappalettera ist aber zu entnehmen, daß Sie Giovanni Masetta einmal dreißigtausend Lire gegeben haben. Wenn das zutrifft, könnte man es wohl kaum noch als ›kleine Ausgabe‹ bezeichnen«, sagte Colli, ein wenig gereizt von ihrer Gelassenheit.

»Ich erinnere mich nicht mehr genau, aber es könnte stimmen, daß ich ihm einmal dreißigtausend Lire gegeben habe.«

»Vielleicht erinnern Sie sich, wieviel Geld Sie dem jungen Mann insgesamt gegeben haben?«

»Das kann ich nur annähernd schätzen. Ich glaube, es waren alles in allem nicht mehr als sechzig-, siebzigtausend Lire.«

»Ich darf daran erinnern, daß Sie als Ausländerin in Italien Geld nicht über einen bestimmten Betrag hinaus nach Lignano-Pineta mitnehmen durften. Sie haben sich zwanzig Tage in Italien aufgehalten; sie werden wahrscheinlich mindestens dreitausend Lire pro Tag für ihr eigenes Auskommen benötigt haben. Das macht sechzigtausend. Hinzu kommen die sechzigtausend, die Sie Giovanni Masetta gegeben haben. Das sind dann insgesamt schon hundertundzwanzigtausend, und wenn wir noch einmal mindestens dreißigtausend für laufende Ausgaben hinzurechnen, kommen wir auf einhundertundfünfzigtausend. Dann noch die Reisekosten und unvorhergesehene Ausgaben, und wir sind bei hundertachtzig- bis hundertundneunzigtausend Lire. Darf ich Sie bitten, mir Ihren Reisepaß zu zeigen, ich möchte sehen, wieviel Geld Sie nach Italien eingeführt haben.«

Gertrud Leuter war in die Enge getrieben. In ihrem Reisepaß mußten die Geldbeträge, über die sie bei ihrer Einreise verfügt hatte, eingetragen sein. Jedwede Unstimmigkeit würde gleich Verdacht erregen. Sie ließ sich ihre Angst jedoch nicht anmerken. Sie hatte eine vage Ahnung von dem, worauf der Italiener hinaus wollte, aber sie mußte an Ludwigs Worte denken: »Du darfst auf keinen Fall den Anschein erwecken, als hättest du etwas zu verbergen, sonst ist es aus.« Sie nahm ihren Paß aus der Handtasche und gab ihn dem Italiener.

Silvano Colli blätterte aufmerksam und fand den gesuchten Kontrollabschnitt. Der darauf vermerkte Betrag in Mark ergab einen Gegenwert von etwas über hunderttausend Lire. Er reichte den Abschnitt zu Dr. Klugen hinüber. »Aus diesem Vermerk geht hervor, daß Frau Leuter am 2. Juni mit einem Geldbetrag in Höhe von umgerechnet etwa hunderttausend Lire nach Italien eingereist ist. Wir haben soeben festgestellt, daß sie in Italien jedoch fast das Doppelte ausgegeben hat. Mich würde nun interessieren zu erfahren, wie Frau Leuter den Unterschied von einhunderttausend Lire erklärt.«

Dr. Klugens Gesicht war zur Maske erstarrt. Die Situation war – gelinde gesagt – ärgerlich. Entweder hatte Frau Leuter weniger Geld deklariert, als sie besessen hatte, das wäre eine fiskalische Unkorrektheit gewesen; oder aber sie hatte – jung und überaus attraktiv, wie sie war – andere Wege gefunden, um zu Geld zukommen, und das wäre eine moralische Unkorrektheit gewesen. Beides mochte er vor einem Ausländer nur ungern zugeben.

»Sie werden meine Offenheit verzeihen, verehrter Herr Kollege«, sagte er, nachdem er den Paß aufmerksam studiert hatte, »aber ich kann nicht einsehen, was dieses Herumkramen in

Frau Leuters Geldbörse mit Ihren eigentlichen Ermittlungen zu tun haben soll.«
Auf diesen Moment hatte Colli nur gewartet. »Die Ausgaben von Frau Leuter sind im Gegenteil das Hauptanliegen unserer Untersuchungen. Es ist nämlich festgestellt worden, daß Giovanni Masetta zum Zeitpunkt seines Todes über hunderttausend Lire bei sich trug, die er kurz vorher bekommen hatte.«
»Wollen Sie Frau Leuter beschuldigen, diesen Mann getötet und das Geld an sich genommen zu haben?«
»Ich will niemanden beschuldigen. Wollte ich das, hätte ich formell Anzeige bei der deutschen Polizei erstattet. Ich bitte Frau Leuter lediglich, mir zu erklären, wie sie in Italien zweihunderttausend Lire ausgeben konnte, wo sie doch nur hunderttausend besaß.« Und ironisch fügte er hinzu: »Natürlich ist sie nicht verpflichtet zu antworten.«
Gertrud Leuter begriff allmählich, daß sie an einem ernsten Punkt angelangt waren – ernster, als sie gedacht hatte. Alle Polizisten der Welt legen die Samthandschuhe ab, wenn sie anfangen, jemand zu verdächtigen. »Ich wäre wirklich versucht, nicht zu antworten«, begann sie mutig. »Die Situation ist mir ziemlich peinlich. Aber ich möchte Ihnen weiterhelfen. Etwa eine Woche vor meiner Abreise aus Lignano fehlten mir plötzlich die Mittel, um meinen Urlaub fortzusetzen, weil ich mein ganzes Geld diesem jungen Mann gegeben hatte. Da ich nicht wußte, was ich tun sollte, wandte ich mich an einen Landsmann, einen Hamburger, mit dem ich schon vorher gelegentlich ein paar Worte gewechselt hatte. Er wohnte im *Grand Hotel Palace Pineta*. Ich erklärte ihm meine Situation, und er lieh mir hunderttausend Lire.«
Eine glaubwürdige Erklärung, gegen die auch Colli nichts einwenden konnte. »Würden Sie mir den Namen dieses Landsmannes nennen?« fragte er.
»Natürlich. Aber es handelt sich um einen verheirateten Mann, und ich möchte Sie bitten, bei der Nachprüfung meiner Aussage mit der nötigen Diskretion zu verfahren. Er heißt Johannes Neumann und wohnt in Hamburg, in der Alpenstraße 27. Erst vor zwei Tagen war ich bei ihm und habe ihm die geliehene Summe zurückgegeben.«
Colli notierte sich Namen und Adresse und schwieg einen Moment, während Dr. Klugen, für dessen Begriffe sich das Ge-

spräch allzu sehr in die Länge zog, mit den Fingerspitzen auf die Tischplatte trommelte.
»Wir sind fast am Ende«, sagte Colli. »Ihre Erklärungen zwingen mich jedoch, Ihnen einige weitere Fragen zu stellen. Die Tatsache, daß Sie also für die Hälfte Ihres geplanten Aufenthalts in Lignano-Pineta ohne Geld waren, führt mich zu der Annahme, daß Sie diesem Giovanni Masetta nicht immer nur freiwillig Geld gegeben haben. Mit anderen Worten: Ist es vorgekommen, daß er unter Androhung von Gewalt Geld von Ihnen gefordert hat?«
Gertrud Leuter neigte den Kopf. »Ich bejahe das nur höchst ungern – nicht um meinetwillen, sondern weil der Junge auf so tragische Weise ums Leben gekommen ist. Aber zweimal ist es tatsächlich so gewesen.«
»Wie, genau, hat es sich abgespielt?«
»Das erstemal waren wir zusammen in eine kleine Trattoria zum Essen gegangen. Ich hatte nur fünftausend Lire mitgenommen, weil ich das für ausreichend hielt. Als ich sie ihm gab, begann er zu streiten. Das sei viel zuwenig, und ein Mann könne nicht dauernd mit abgezähltem Geld herumlaufen. Ich ärgerte mich sehr. Nicht genug, daß ich ihm immer das Geld gab, mußte ich mir nun auch noch seine Klagen anhören. Ich verlangte wütend mein Geld zurück und wollte mit meiner holländischen Freundin auf dem Campingplatz essen gehen. Er ohrfeigte mich und stieß mich zu Boden; ich sollte sofort mehr Geld holen, sagte er, sonst würde ich was erleben.« Sie machte eine Pause. »Wenn ich es gewollt hätte, hätte ich mich wehren können. Ich mochte ihn, er tat mir leid, und ich dachte, wenn ich ihn mit Geld bei Laune halten könnte, lohnte sich darüber kein Streit. Ich ging also zum Campingplatz und holte weitere fünftausend Lire.«
»Und beim zweitenmal?«
»Das war, als er mich nach dem Tanz zum Zeltplatz begleitete. Er wohnte ganz in der Nähe des Platzes. Als wir allein im Wald waren, sagte er, er müsse einem Freund Geld zurückzahlen und brauche zwanzigtausend Lire. Ich sagte, ich hätte nur wenig Geld von Deutschland mitgebracht und müsse wenigstens für die Rückreise genug behalten. Er wurde wütend und drohte, wenn ich ihm das Geld nicht bis zum nächsten Morgen beschaffte, würde er mein Gesicht ganz übel zurichten.

Damit drohte er mir übrigens oft.«
»Und was taten Sie am nächsten Morgen?«
»Ich brachte ihm das Geld.« Ihre Stimme klang beinahe traurig. »Wenn er nicht wütend war, war er ein so lieber Kerl, daß ich vieles getan hätte, um ihn bei Laune zu sehen.«
Erst jetzt stellte Colli die wichtigste Frage: »Können Sie mir sagen, was Sie am 22. Juni in der Zeit von 21 Uhr bis zu Ihrer Abreise am Morgen des 23. Juni getan haben?«
»Daran erinnere ich mich noch sehr gut.« Jetzt mußte sie aufpassen. »Er war in den letzten Tagen sehr nervös gewesen, er hatte mich geohrfeigt, mir diesen Fußtritt versetzt und immer wieder Geld von mir verlangt. Mir war klargeworden, daß es falsch gewesen war, mich mit ihm anzufreunden, und ich entschloß mich zur Abreise. Als ich es ihm an dem Morgen sagte, flehte er mich an zu bleiben. Ich muß gestehen, daß ich mich geschmeichelt fühlte, und willigte ein, mich abends um neun Uhr noch einmal mit ihm zu treffen. Ich ließ auch durchklingen, daß ich meine Abreise vielleicht verschieben würde. Am Abend wartete ich dann bis zehn Uhr auf ihn. Wir hatten uns, wie üblich, in der Nähe des Zeltplatzes, am Strand verabredet. Daß er nicht kam, ärgerte mich. Sie werden es vielleicht komisch von mir finden, daß ich ihm seine Brutalitäten verzeihen konnte, nicht aber seine Unpünktlichkeit. Ich ging dann zu einem Tanzlokal, wo ich meine holländische Freundin zu finden hoffte. Aber sie war nicht da. Ich tanzte bis gegen ein Uhr und traf dann auf dem Heimweg diesen Landsmann, von dem ich bereits gesprochen habe . . .«
»Johannes Neumann?«
»Ja.« Gertrud hielt seinem durchdringenden Blick stand; alles konnte davon abhängen, ob sie diesem Blick standhielt oder nicht. »Es war eine sehr warme Nacht, und er fuhr in seinem offenen Wagen, um noch ein wenig frische Luft zu schnappen. Ich stieg zu ihm ins Auto ein und fuhr mit ihm.«
»Wie lange?«
»Bis zum Morgengrauen.« Soviel besagten die Worte, aber ihr Ton und ihr Ausdruck sagten mehr, viel mehr. Sie sagten, daß sie sich sehr geärgert hatte, von Giannuzzo versetzt worden zu sein, und daß sie sich, typisch weiblich reagierend, gerächt und mit einem anderen getröstet hatte. Möglicherweise setzte sie sich mit ihren Männergeschichten vor den beiden Polizisten

nicht eben als Muster an Tugend ins Bild, aber dieses Urteil war es nicht, das ihr angst machte.
Silvano Colli stand auf. »Das wäre alles. Ich danke Ihnen. Ich hoffe, daß Ihre heutige Aussage genügt und ich Sie nicht mehr belästigen muß.« Zu Dr. Klugen gewandt: »Ich bin Ihnen für Ihre Mitarbeit sehr verbunden, verehrter Dr. Klugen.«
Auch Dr. Klugen bedankte sich bei Gertrud Leuter. Er gab ihr die Hand und begleitete sie zur Tür. Wenn sie schon kein Modell der Tugend war, so war sie doch eine Perle der Schönheit.
Zehn Minuten später verließ Silvano Colli mit der Tonaufnahme des Gesprächs das Büro. Am nächsten Morgen ging das Band, begleitet von einem Brief, per Luftpost ab und war noch am gleichen Vormittag in Rom, im Büro von Silvestro Loré im Innenministerium. Dort machte der Sekretär eine Kopie und schickte sie per Kurier nach Latisana, wo sie um 17 Uhr 30 bei Alberto eintraf. Es war ein glühendheißer Nachmittag, und Alberto öffnete schläfrig das Päckchen und las den Brief seines Kollegen Silvano Colli.

16

Michela überraschte ihn in seinem Zimmer, als er sich gerade – zum drittenmal – die Aufzeichnung von Gertrud Leuters Aussage anhörte.
»Was ist das?« fragte sie. Sie war der deutschen Sprache nicht mächtig.
»Eine langweilige Geschichte«, sagte Alberto. Er war im völlig durchgeschwitzten Unterhemd und merkte gleich, daß es mit ihr nicht zum besten stand. Er schaltete das Tonbandgerät ab. »Ist Roberto nicht da?« fragte er.
Michela lächelte, ein leicht verlegenes Lächeln. Natürlich hatte er die Frage nicht in dieser Absicht gestellt, aber es stimmte schon: Sie kam immer nur dann zu ihm, wenn Roberto nicht da war. »Er ist mit seinem Vater nach Udine gefahren. Und was mein Vater ist, der schläft bei dieser Hitze. Und ich bin mit mir allein.«
»Dem kann abgeholfen werden.« Alberto zog sein Hemd wie eine Jacke über. »Gehen wir! Zuerst ein Auslandsgespräch und

dann zum Baden nach Lignano. Möchtest du?«
»Ja, gern!«
In Albertos kleinem Auto, die Korbtasche mit dem Badezeug auf den Knien, schwieg sie lange.
»Ist etwas nicht in Ordnung?« fragte Alberto. Er spürte, ohne sie anzusehen, daß sie etwas bedrückte.
Michela zögerte. Sie kam wirklich nur zu ihm, wenn sie ihn brauchte. In den letzten Tagen hatte sie, obwohl sie doch mit ihm in einem Haus wohnte, nur bei den Mahlzeiten, bei denen sie sich zwangsläufig trafen, mit ihm gesprochen. Die übrige Zeit verbrachte sie mit Roberto. Er hatte sicher auch schon bemerkt, daß sie und Roberto sich seit neuestem duzten. Aber ihr Vertrauen zu ihm überwog schließlich alles, und sie sagte: »Roberto erhält immer noch diese anonymen Anrufe.«
Alberto bog in eine stille Nebenstraße ein und stellte den Motor ab. »Erzähle!« sagte er.
»Jeden Tag ruft ihn ein Mann an, immer zu verschiedenen Zeiten. Und was er sagt, ist immer das gleiche.«
»Was?«
»Daß es besser für ihn wäre, wenn er verschwindet«, murmelte sie. »Er solle nur nicht glauben, daß man ihn so leicht davonkommen ließe; die Polizei beobachte ihn weiter ständig, und wenn er nicht verschwinde, würden sie ihn früher oder später holen kommen.« Sie sah Alberto ins Gesicht. »Du weißt doch, wie Roberto ist. Gerade hatte er sich nach seiner Vernehmung ein wenig beruhigt, da geht es wieder los mit diesen Anrufen. Er ist nervös, obwohl er es vor mir verbergen will, und wenn es so weitergeht, wird er sich schließlich nicht mehr in der Gewalt haben ...«
»Das ist merkwürdig«, sagte Alberto kopfschüttelnd. »Höchst merkwürdig. Ich kann veranlassen, daß Maresciallo Varnicaro das Telefon überwacht. Ich wollte ohnehin gerade zu ihm ...« Er verzog seine Stirn in nachdenkliche Falten. »Aber ich glaube zu wissen, wer hinter diesen Anrufen steckt.«
»Wer?«
»Hör zu, Cheletta«, sagte er aufgeräumt, indem er einen Arm um ihre Schultern schob. »Die Sache mit den anonymen Anrufen – ich will's dir erklären. Was tat Roberto, solange er befürchtete, von der Polizei des Mordes beschuldigt zu werden? Er lief zu Irene Prasin, die ihn verhext hatte ...« Er sah

Michela erröten. »Du kennst sie nicht. Bildschön, wenn auch nicht aus bestem Hause, aber raffiniert! Irene hat Robertos Angst ausgenutzt und ihn zur Flucht angestachelt. Natürlich wären sie gemeinsam geflohen, und am Ende hätte sie sich von ihm heiraten lassen. Aber dann wird Roberto vom Maresciallo verhört und braucht nun keine Angst mehr zu haben. Also braucht er auch Irene Prasin nicht mehr. Das wiederum paßt ihr ganz und gar nicht, wahrscheinlich hat sie sogar erfahren, daß er mit einer anderen geht – nämlich mit dir –, und was macht sie? Sie veranlaßt anonyme Anrufe, Drohungen, um ihn einzuschüchtern, damit er wieder zu ihr zurückkommt und mit ihr zusammen flieht. Wer sonst sollte ein Interesse daran haben, Roberto mit diesen Anrufen angst zu machen? Wenn irgend etwas dergleichen passiert, mußt du immer fragen: Wem nützt es? In diesem Falle nur Irene Prasin. Du kannst Roberto beruhigen – und dich auch.«
Diese so banale Erklärung erschien Michela, gerade wegen ihrer Banalität, um so einleuchtender.
»Wir haben ganz andere Dinge im Kopf, der Maresciallo und ich«, sagte Alberto, indem er den Motor wieder startete. »Diese ganze Geschichte ist so kompliziert, daß Varnicaro jedesmal, wenn er die Akte zur Hand nimmt, grün anläuft. Wenn du willst, erzähle ich es dir später.«
Später erzählte er ihr alles. Nachdem sie beim Maresciallo gewesen waren und er mit Silvano Colli in Hamburg telefoniert hatte. Sie hatten im Meer gebadet, und nun saßen sie am Strand von Lignano-Pineta, genau an der Stelle, an der Giannuzzo Masetta ermordet worden war. Er hatte die Stelle mit einer großen Muschel gekennzeichnet und ihr gesagt, daß man hier, am Morgen des 23. Juni, den jungen Sizilianer tot aufgefunden hatte.
»Das Dumme an der Sache ist«, sagte er, während seine Finger seltsame Schnörkel in den Sand zeichneten, »daß es hier im Umkreis von wenigen Kilometern einfach zu viele Personen gab, die ein Motiv hatten, Giannuzzo zu töten. Zunächst waren da zwei Sizilianer: ein kleiner Gangster im Taschenformat, der sich Salvatore Stavardone nannte, und sein würdiger Kumpan mit dem hübschen Spitznamen ›Pockengesicht‹. Stavardone hatte Giannuzzo Geld geliehen, ziemlich viel Geld sogar, nicht aus Großzügigkeit, sondern weil er Maruzza, Giannuzzos Schwe-

ster, dazu bewegen wollte, sich von ihm zu Freunden in die Vereinigten Staaten verkaufen zu lassen. Giannuzzo floh in den Norden, weil er das Geld nicht zurückzahlen konnte, und seine Schwester lehnte es ab, nach Amerika zu gehen. Aber so was läßt ein Typ wie Stavardone nicht mit sich machen. Er machte sich ebenfalls auf in den Norden, um mit Giannuzzo abzurechnen. Wir wissen, daß Stavardone am 18. Juni in einem Hotel in Venedig abgestiegen ist und daß er vom 22. auf den 23. Juni nicht in diesem Hotel geschlafen hat. Wahrscheinlich war er hier am Strand und hat, zusammen mit seinem Kumpan, Giannuzzo erledigt. Allerdings können wir ihn nicht festnehmen; er ist inzwischen selbst ermordet worden, vermutlich von einem Freund Giannuzzos – Vendetta. Dieser Freund heißt Giuliano Pappalettera und ist spurlos verschwunden, wie übrigens auch Maruzza, Giannuzzos Schwester. Beide befinden sich wahrscheinlich gemeinsam auf der Flucht; sie einzufangen, dürfte schwierig sein. Diese Leute kennen sich mit der Polizei aus, sie verschwinden über irgendeine Grenze, und man brauchte ein Heer von Polizisten, um ihrer – irgendwo in Frankreich, Belgien oder sogar in Ostdeutschland – habhaft zu werden. Nichts zu machen.« Alberto löschte mit der flachen Hand die Schnörkel im Sand. »Ferner war in der Mordnacht eine deutsche Urlauberin hier, die Grund hatte, Giannuzzo umzubringen. Sie heißt Gertrud Leuter, ist Ingenieurin von Beruf und war in Giannuzzo verliebt. Sie fand ihn unwiderstehlich, obwohl er ihr gegenüber oft handgreiflich wurde und Geld von ihr verlangte. Er schlug sie, trat sie, drohte ihr mit dem Messer. Möglich, daß sie in der Nacht des 22. Juni mit ihm am Strand war, daß er sie mit dem Messer bedrohte, daß sie es ihm entwand und ihn in Notwehr erstochen hat. Besonders verdächtig ist, daß sie wenige Stunden nach Giannuzzos Tod abgereist ist. Ich habe sie in Hamburg durch einen Kollegen von Interpol vernehmen lassen. Natürlich gab sie an, bei ihrer Abreise nicht gewußt zu haben, daß Giannuzzo tot ist. Sie ist angeblich während der Tatzeit in Gesellschaft eines anderen Mannes – natürlich eines verheirateten – gewesen, was die Ermittlungen besonders peinlich macht. Ich habe gerade mit Hamburg telefoniert: der Plan, den ich mir ausgedacht habe, soll ein wenig Licht in die Sache mit der Deutschen bringen ... Interessiert es dich?« Er brach ab, als er sah, daß Michelas Blick

geistesabwesend aufs Meer hinaus schweifte.
Sie wandte sich ihm lächelnd zu. »Aber Al, du weißt doch, ich höre seit meiner Kindheit nichts anderes als diese Geschichten von Papa.«
Beide lachten. Michela spürte, daß er ihr das alles auseinanderlegte, um sie wegen Roberto zu beruhigen.
»Mein Plan ist also folgender: Mein Kollege in Hamburg wird ihr sagen, es sei dringend notwendig, daß sie sich einem persönlichen Verhör in Italien stellt. Sagt sie nein, wird man ihr klarmachen müssen, daß wir offiziell Anklage wegen Totschlags gegen sie erheben können; in diesem Fall wäre sie gezwungen zu kommen. Was wird also geschehen? Wenn sie Giannuzzo getötet hat, wird sie sich natürlich hüten herzukommen, weil wir früher oder später die Wahrheit aus ihr herausholen. Ist sie aber unschuldig, wird sie, um einer offiziellen Anklage zu entgehen, nach Italien kommen, um ihre Unschuld zu beweisen.«
»Es kann aber sein, daß sie schuldig ist und trotzdem nach Italien kommt, um alle Welt glauben zu machen, sie sei unschuldig.«
»Das wäre ein zu gefährliches Spiel. Wenn sie schuldig ist, ist sie sicher, solange sie in Deutschland bleibt. Um ihre Ausweisung durchzusetzen, müssen wir Schuldbeweise gegen sie liefern, und die haben wir nicht, wir haben lediglich Indizien und Verdachtsmomente, und damit bekommen wir sie nicht vor ein italienisches Gericht.« Alberto fuhr lächelnd fort: »Und dann ist da ja auch noch Roberto. Auch er war an jenem Abend hier am Strand, aber wenn er der Täter wäre, wer weiß, wohin er geflohen wäre. Er wollte ja schon weglaufen aus Angst, die andern könnten glauben, er sei es gewesen, und am liebsten würde er auch jetzt noch weglaufen, nur weil ihn irgendein dummes Ding mit anonymen Telefonanrufen einschüchtern will. Wir von der Polizei kennen diese Typen mit ihren oft unbegründeten Ängsten und Befürchtungen.« Alberto wurde ernster: »Ich möchte, daß du das alles auch Roberto sagst, zur Beruhigung. Nicht daß mir sein Seelenfrieden besonders am Herzen liegt, das sage ich ganz ehrlich, aber wenn er keine Ruhe findet, findest du auch keine.«
Er streckte sich im Sand aus und sah in den Himmel. »Der letzte, der an diesem Abend hier war, ist Romeo Prasin, Irenes

Vater. Ein Mann, der zehn Jahre im Gefängnis gesessen hat und über einschlägige Erfahrungen verfügt, wenn es heißt, jemand umzubringen. Er hatte in jener Nacht hier in der Gegend zu tun, und, was schlimmer ist, er hat ein präzises, wenn auch elastisches Alibi: Er arbeitete in der Nacht in einem Laden, hat aber den Arbeitsplatz von Zeit zu Zeit verlassen, um etwas zu trinken, wie er sagt. Möglicherweise ist er bei einem dieser Ausflüge hierher an den Strand gekommen und hat Giannuzzo getötet. Nicht unmöglich, aber schwer zu beweisen. Auch er hatte ein gutes Motiv, sich Giannuzzo vom Hals zu schaffen: der Junge stand seiner Tochter Irene bei ihren Machenschaften um Roberto im Wege. Solange Giannuzzo Roberto zu einer Heirat mit Maruzza bewegen wollte, war Irene der Weg versperrt. Ohne Giannuzzo hatte sie freie Bahn. Allerdings ist hier ein Punkt, der mich nicht überzeugt: Romeo Prasin ist ein gewöhnlicher Verbrecher, einer, der ohne Plan tötet und sich dann versteckt. Wenn er Giannuzzo getötet hat und nun, zusammen mit seiner Tochter, Roberto angst machen will, dann ist mir dieser Plan für einen gemeinen Totschläger wie Prasin einfach zu intelligent eingefädelt. Unser Romeo ist zwar gerissen, aber nicht intelligent ... Oh, du Ärmste, du hast ja eine Gänsehaut!« Er streichelte ihren Arm. »Findest du meine Geschichten so zum Fürchten?«

»Dummkopf!« Sie lachte.

»Ziehen wir uns an!« Er stand auf und sein Blick fiel auf die Muschel zu seinen Füßen, genau an der Stelle, an der man Giannuzzo gefunden hatte. »Wäre ich ein Sandkörnchen«, sinnierte er, »eines von diesen Sandkörnchen ...« – er bückte sich und nahm eine Handvoll Sand auf – » ... dann wüßte ich, wer Giannuzzo auf dem Gewissen hat.« Er versank in Gedanken. Er war seiner Mutter zuliebe zur Polizei gegangen und weil man schließlich irgendwas im Leben tun mußte, aber sein Beruf machte ihm jetzt Freude. Er hatte begriffen, daß die mächtigste Waffe eines Polizisten sein Verstand ist, daß die kompliziertesten und geheimnisvollsten Fälle sich allein durch Nachdenken lösen lassen. Im Augenblick verfolgte er einen Gedanken, der ihm plötzlich gekommen war: »Der Sand weiß, wer es gewesen ist ...«

»Dann nimm ihn doch ins Verhör«, neckte sie ihn, lachend zu seinen Füßen im Sand kniend.

»Fahren wir zum Essen nach Hause«, sagte er ernst.
Der Abend mit ihr würde lang werden. So viele Stunden allein mit einer Frau, die in einen anderen verliebt ist. Aber er mußte ihr Gesellschaft leisten, bis Roberto zurückkehrte, mit ihr reden, sie unterhalten, zerstreuen, immer wissend, daß sie nur an Roberto dächte. Es würde ein langer, langer Abend werden ...

17

Gertrud Leuter kam an einem verregneten Morgen pünktlich in Latisana an. Alberto, der sie am Zug erwartete, erkannte sie in ihrem grauen Reisekostüm sofort. Hatte ihn schon die Tatsache überrascht, daß Gertrud Leuter überhaupt bereit war, zu einer Vernehmung nach Italien zu kommen, so war er noch mehr überrascht gewesen, als sie ihn wissen ließ, daß sie umgehend von zu Hause abreisen würde. Und nun war sie hier.
Aber sie kam nicht allein. Hinter ihr stieg ein Mann mit einem kleinen Koffer aus dem Zug. Alberto ging auf die beiden zu und sprach sie auf deutsch an: »Ich danke Ihnen, daß Sie gekommen sind. Ich bin Alberto Missaglia, Interpol.«
Sie stellte ihren Begleiter vor: »Ludwig Runge, Rechtsanwalt. Herr Runge ist nicht als Anwalt hier, sondern als mein Freund.«
Dann kam ein Gepäckträger, und Alberto ließ den Koffer zu seinem Auto bringen, das er vor dem Bahnhof geparkt hatte.
»Bevor ich Sie zu Maresciallo Varnicaro bringe, der mit den Ermittlungen beauftragt ist«, sagte er zu Gertrud Leuter, während er sie zum Ausgang führte, »möchte ich selbst gern mit Ihnen sprechen. Ich glaube, das könnte ganz nützlich sein. Ich kann Sie zu einem Hotel fahren, und wir könnten einen Treffpunkt vereinbaren.«
Hier schaltete sich Gertrud Leuters Begleiter ein, der schon vorher auf ihren fragenden Blick zustimmend genickt hatte. »Wir sind Ihnen wirklich sehr dankbar, Signor Missaglia, aber wir haben nicht die Absicht, uns lange aufzuhalten. Wir sind nur zu diesem Gespräch – oder Verhör, wenn Sie so wollen – hergekommen und werden danach sofort nach Deutschland zurückreisen.«

»Wie Sie wünschen«, sagte Alberto. Er dachte an Michelas Worte: Es war sehr wohl möglich, daß die Deutsche gekommen war, obwohl sie schuldig war. Wenn es so wäre, wäre sie eine große Hasardeurin; Maresciallo Varnicaro hatte in dieser Sache die Geduld verloren und beschlossen, endlich jemanden zu verhaften. Noch gestern hatte er zu ihm gesagt: »Wir müssen zu unserm alten System zurückkehren: erst einsperren, dann verhören; Sie werden sehen, wie sie nach einer Nacht in der Zelle anfangen zu reden.« Zwar hatte er sich nicht näher geäußert, wen er verhaften wollte, aber das Tonband mit Gertrud Leuters Aussage, die Alberto ihm übersetzt hatte, hatte ihn ziemlich nachdenklich gestimmt.

Er führte Gertrud Leuter und ihren Begleiter in ein kleines Café auf dem Weg zum Strand. Sie wählten einen Ecktisch, keiner sprach ein Wort, bis die Getränke serviert waren: zwei Cappuccini für sie, ein Bitter für Alberto.

»Ich will keine Zeit verlieren«, begann Alberto. »Wie ich bereits andeutete, soll Ihnen dieses private Gespräch mit mir gewisse Unannehmlichkeiten während der späteren Vernehmung durch Maresciallo Varnicaro ersparen. Es besteht nämlich der dringende Verdacht, daß Sie in Ihrer Hamburger Aussage nicht die Wahrheit gesagt haben, besser: wichtige Tatsachen verschwiegen haben. Ich rate Ihnen, die volle Wahrheit zu sagen, denn sollten Sie auch dem Maresciallo wichtige Fakten vorenthalten, laufen Sie Gefahr, festgenommen zu werden, und dann kann niemand sagen, wann er Sie wieder auf freien Fuß setzen wird.«

Alberto war nicht absolut sicher, daß Gertrud Leuter gelogen hatte; es war nur ein Gefühl, daß ihm beim wiederholten Anhören des Tonbands gekommen war. Wenn sie aber wirklich gelogen hatte, mußten ihr diese harten Worte zu denken geben.

»Ich habe zwar wichtige Details verschwiegen«, sagte sie. »Aber ich habe nicht gelogen. Im übrigen bin ich eigens hergekommen, um meine Aussage zu vervollständigen.«

Alberto bedankte sich mit einem Kopfnicken, ohne seine Genugtuung zu verraten: Er hatte die erste Runde gewonnen.

»Dann brauche ich Ihnen ja nicht einmal Fragen zu stellen«, sagte er.

»Das wird nicht nötig sein. Um so eher sind wir hier fertig.«

Sie saß da, eine Hand flach auf dem Tisch, die andere auf dem Schoß, und sprach ohne jede äußere Bewegung. »Ich habe ausgesagt, daß ich an dem Abend, an dem Giannuzzo getötet wurde, um neun Uhr mit ihm am Strand verabredet war. Das ist die Wahrheit. Ich habe auch gesagt, daß ich bis zehn Uhr vergeblich auf ihn gewartet habe, auch das ist wahr. Dann habe ich verärgert nach einer anderen Möglichkeit gesucht, den Abend zu retten, und habe einen Landsmann von mir getroffen.« Sie sagte dies, ohne Ludwig anzusehen, und auch er zuckte mit keiner Wimper, obwohl ihm diese Tatsache sicher nicht angenehm war. »Auch das ist wahr. Dann jedoch habe ich etwas verschwiegen, und ich muß gestehen: aus Angst. Ich habe verschwiegen, daß ich, nachdem ich mich von diesem Mann gegen Morgen getrennt habe, zum Strand gegangen bin. Ich hatte beschlossen abzureisen und wollte noch einmal das Meer sehen. Was ich an diesem Land liebe, sind nämlich nicht so sehr die Männer, sondern das Meer, aber das glaubt einem ja keiner, wenn man es sagt, nicht einmal du, Ludwig!« sagte sie mit einem Blick auf ihren Freund. »Ich wollte also ein letztes Mal das Meer sehen, aber als ich an den Strand kam, sah ich schon von weitem einen im Sand ausgestreckten Mann. Einen schlafenden Mann, wie ich zuerst dachte, aber dann hatte ich eine dumpfe Ahnung, daß es Giannuzzo sein könnte, und ich ging näher hin. Vielleicht ist er zu spät zu unserer Verabredung gekommen, dachte ich, und hat wütend auf mich gewartet, bis er schließlich eingeschlafen ist. Aber dann sah ich, daß er tot war, und zwar schon seit mehreren Stunden ...« Sie machte eine Pause und fuhr dann mit leiserer Stimme fort: »Ich kniete neben ihm nieder, um besser sehen zu können, und in diesem Moment ergriff mich eine panische, unbegreifliche Angst. Es war nicht der Anblick des toten Giannuzzo, natürlich ein schmerzhafter Anblick, aber was mich so erschreckte, war ...«

»Was war es?« fragte Alberto, als sie zögerte.

»Ein Wort, das jemand in den Sand geschrieben hatte.« Gertrud Leuter befeuchtete ihre Fingerspitze in der Untertasse und schrieb damit etwas auf die Tischplatte. »Ein Wort in meiner Muttersprache, in *gotischer* Schrift – so.«

Alberto hatte das Wort bereits gelesen. Er verharrte jedoch weiter unbewegt, als ob das alles auf ihn keinen Eindruck mache.

»Ich weiß nicht, warum mich dieses eine Wort so erschreckte. Wäre es ein italienisches Wort gewesen, hätte ich mich sicher nicht weiter darum gekümmert. Was schreiben die Menschen nicht alles in den Sand! Aber dieses Wort in meiner Sprache, geschrieben mit Buchstaben, wie man sie nur bei uns kennt, mußte von einem Deutschen geschrieben worden sein – und ich bin nun mal Deutsche, und mir wurde voller Angst bewußt, daß hier jemand den Verdacht auf mich lenken wollte. Meine Freundschaft mit Giannuzzo war vielen Leuten bekannt und würde auch der Polizei nicht unbekannt bleiben . . .«
»Ihr Vertrauen in die italienische Polizei scheint mir nicht sehr groß zu sein«, sagte Alberto. »Aber Ihre Angst ist wirklich unbegründet. Selbst wenn wir das Wort im Sand vorgefunden hätten, wäre es doch kindisch gewesen anzunehmen, daß Giannuzzos Mörder ein Deutscher sei, der – gewissermaßen – seine Visitenkarte neben dem Opfer hinterlegt. Ich verstehe nicht, wie eine vernünftig denkende Frau wie Sie sich derart von diesem Wort verschrecken lassen konnte.« Er verstand es sehr gut; er wollte lediglich Gertrud Leuter reizen, um sie aus der Reserve zu locken, falls sie noch irgendwelche Dinge verschweigen wollte.
»Vielleicht können Sie es auch nicht verstehen«, sagte sie müde. »Aber es ist die Wahrheit. Ich war so verschreckt, daß ich, beinahe ohne es zu merken, das Wort mit der Hand auslöschte. Danach fühlte ich mich ein wenig besser. Wenige Schritte entfernt sah ich ein Messer liegen; es mußte das Messer sein, mit dem Giannuzzo erstochen worden war. Der Gedanke, man könne mich dieses Verbrechens verdächtigen, ließ mich nicht los; also nahm ich das Messer, lief ins Wasser und warf es, so weit ich konnte, ins Meer hinaus.«
»Verzeihen Sie mir, wenn ich auf diesem für Sie so peinlichen Detail beharre«, sagte Alberto, »aber versuchen Sie bitte sich genau zu erinnern: War das Messer, das Sie ins Meer warfen, blutbefleckt oder nicht?«
Eine Falte zeichnete sich auf ihrer Stirn ab. »Es war vollkommen sauber. Ich sehe es noch genau vor mir.«
Alberto nickte. Vollkommen logisch: das Messer *mußte* sauber gewesen sein. Er beugte sich ein wenig über den Tisch vor. »Eine letzte Frage noch, dann sind wir fertig: Giannuzzo hatte zur Tatzeit mehr als hunderttausend Lire in der Tasche, die

man nachher nicht mehr bei ihm gefunden hat. Natürlich haben Sie sie nicht genommen, unnötig, das zu sagen, aber falls Sie irgend etwas von diesem Geld wissen, sagen Sie es mir bitte in aller Offenheit. Ich werde keinem Menschen, vor allem Maresciallo Varnicaro, ein Wort davon sagen. Das verspreche ich Ihnen.«

Gertrud Leuter lächelte. »Sie wissen genau, daß ich nicht imstande bin, einem Toten etwas abzunehmen.«

»Verzeihen Sie mir. Und was haben Sie gemacht, nachdem Sie das Messer fortgeworfen hatten?«

»Nichts. Nur das, was ich bereits in Hamburg gesagt habe. Ich hatte Angst – obwohl ich das vorher nicht zugegeben habe. Ich bin sofort zum Campingplatz zurückgegangen. Die Rechnung hatte ich schon am Abend vorher bezahlt – eine Tatsache, die den Verdacht gegen mich nur verstärken konnte: Es würde so aussehen, als ob ich den Mord an Giannuzzo genauestens vorausgeplant hätte. Ich packte meine wenigen Sachen und wartete vor dem Campingplatz auf den Bus nach Latisana. Meine Angst wuchs, als ich zwei Karabinieri aus dem Bus aussteigen sah, und auch nachdem ich die Grenze nach Deutschland passiert hatte, wurde ich sie nicht los. Die gleiche Angst veranlaßte mich, bei dem Hamburger Verhör zu lügen, und sie hat sich sogar auf meinen armen Freund Ludwig übertragen, so daß wir zeitweilig an eine Flucht nach Mexiko dachten. Als ich dann Ihre Aufforderung erhielt, zu einem neuen Verhör nach Italien zu kommen, war ich aufgebracht, auch gegen mich selbst. Ich bin unschuldig, ich habe nichts getan, und meine Angst war und ist völlig unbegründet. Nun, da ich alles gesagt habe, ist es vorbei mit meiner Angst, auch wenn Sie mich jetzt in Haft nehmen.«

Alberto fuhr sich mit einer bei ihm ungewohnten müden Geste über das Gesicht. »Niemand wird Sie verhaften. Ich werde sogar, um allem Gerede aus dem Weg zu gehen, davon Abstand nehmen, Sie zu Maresciallo Varnicaro zu bringen. Wir können auf alles weitere verzichten. Ich bitte Sie lediglich noch um eins ...« Er wischte sich mit dem Taschentuch den Schweiß von der Stirn.

»Und das wäre?« fragte Ludwig, der bisher geschwiegen hatte. »Wir sind ausdrücklich zu einer offiziellen Vernehmung hergebeten worden. Und das, was wir soeben hier über uns ergehen lassen mußten, kann man wohl kaum eine offizielle Vernehmung nennen. Warum wollen Sie uns nicht zum Maresciallo bringen? Wir legen Wert darauf, daß diese Geschichte ein für allemal ein Ende findet. Bitte, sagen Sie uns, was Sie vorhaben!«

»Regen Sie sich bitte nicht unnötig auf. Ich handle in Ihrem eigenen Interesse. Ich bitte Sie, sich für zwei Tage in einem hiesigen Hotel einzumieten, wo ich Sie jederzeit erreichen kann. Ich brauche nur zwei Tage, vielleicht auch weniger, um die Angelegenheit aufzuklären. Wenn ich Sie zum Maresciallo bringe, wird er Sie aufgrund der Belastungsmomente in Ihrer Aussage sofort verhaften. Versprechen Sie mir, daß Sie nicht vor Ablauf von achtundvierzig Stunden abreisen werden. Mehr verlange ich nicht – in Ihrem eigenen Interesse.«

Beide sahen ihn betreten schweigend an. Seine innere Erregung, das schweißtriefende Gesicht in diesem angenehm temperierten Lokal, seine leise Stimme, der schmerzliche Ton, das alles erfüllte sie mit Befremden.

»Wir bleiben also zwei Tage hier im *Palace Pineta*«, sagte Gertrud Leuter schließlich. »Aber wir werden unwiderruflich abreisen, falls wir nach zwei Tagen nichts von Ihnen hören.«

Alberto wischte mit dem Taschentuch die letzten sichtbaren Spuren des von Gertrud Leuter geschriebenen Wortes vom Tisch. »Danke«, murmelte er.

18

Nachdem Alberto Gertrud Leuter und ihren Begleiter ins Hotel *Palace Pineta* begleitet hatte, fuhr er nach Latisana. Er wußte, was er zu tun hatte, aber er wußte auch, daß es ein schwerer Brocken Arbeit sein würde. Er hatte nur noch einen einzigen Zweifel, und den mußte er so schnell wie möglich beseitigen. Seine innere Spannung war unerträglich geworden.

Die Straße lag zu dieser mittäglichen Stunde zwar verlassen da, aber die Fahrbahn war regennaß und schlüpfrig. Trotzdem legte er die zwanzig Kilometer lange Strecke in scharfem Tempo zurück. Kurz vor Latisana bog er in eine Nebenstraße ab und erreichte über Feldwege die Behausung der Prasins.

Noch ehe er das Auto zum Halten brachte, sah er Irene aus dem Haus treten. Er hielt unmittelbar vor ihr an, sprang hinaus und

schrie sie an: »Ist dein Vater nicht da?«
»Nein . . .«
»Macht nichts. Ich kann das auch mit dir besprechen.« Er nahm sie beim Arm und zerrte sie ins Innere der schäbigen Baracke, wo er sie auf einen Stuhl stieß. »Setz dich!«
Zum erstenmal in seinem Leben hatte Alberto jegliche Selbstbeherrschung verloren. »Wo sind die hunderttausend Lire, die dein Vater Giannuzzo abgenommen hat?« Er stand über sie gebeugt und sein Ton verriet eine Sicherheit, die keinen Widerspruch duldete.
Irene hatte zunächst versucht, seiner Frage mit einem überraschten Gesicht zu begegnen, aber als sie sein Gesicht sah, wußte sie, daß Lügen zwecklos wäre. Sie verstand sich aufs Verlieren und begriff sehr rasch, daß die Partie verloren war. »Wir haben das Geld ausgegeben. Aber mit dem Mord an Giannuzzo hat mein Vater nichts zu tun. Das Geld hat er genommen, aber getötet hat er ihn nicht.«
Albertos letzter Zweifel war fast beseitigt. Er begann wieder zu schwitzen. Er richtete sich auf und wischte sich mit dem Taschentuch über die Stirn. »Wann hat er es ihm abgenommen?«
»In der Nacht«, sagte sie resigniert. »Es war ein Zufall. Er hatte in dem Fotogeschäft gearbeitet und während der Arbeit ziemlich getrunken – wie jeden Abend. Es war heiß, und er hatte keine Lust, bei seinem Bekannten zu übernachten, und so ging er zum Strand, um im Freien zu schlafen – es war nicht das erstemal . . .« Irene stand auf. Nach diesem Geständnis war alles vorbei, der lange Kampf um Roberto verloren. All die Jahre zähen Ringens und geduldigen, nervenaufreibenden Wartens waren vergebens gewesen. »Am Strand fand er Giannuzzo. Er war schon seit mehreren Stunden tot. Mein Vater sah, daß aus seinen Hosentaschen ganze Bündel von Zehntausendern hervorquollen. Natürlich hätte er sie nicht nehmen dürfen, aber er hat es nun mal getan. Und jetzt werden sie ihn wieder ins Gefängnis sperren, aber er hat Giannuzzo nicht umgebracht. Das könnt ihr ihm nicht anhängen. Als Giannuzzo getötet wurde, hat mein Vater gearbeitet, dafür gibt es Zeugen.«
Alberto steckte sein Taschentuch ein. Kein Zweifel mehr. Er wußte, daß Irene Prasin die Wahrheit gesagt hatte. »Ich weiß,

er hat ihn nicht umgebracht«, sagte er matt. »Wenn er heimkommt, soll er zum Maresciallo gehen und ein Geständnis ablegen. Ich werde ein Wort für ihn einlegen, vielleicht kommt er billig davon.« In der Tür drehte er sich noch einmal um. »Und du bleibst für ein paar Tage hier zu Hause und rührst dich nicht vom Fleck! Das ist ein Befehl, verstanden?«
Irene nickte nur. Sie hatte verstanden.
Alberto stieg wieder in sein Auto. Er wußte nicht, wohin er fahren sollte. Eigentlich erwartete man ihn zum Mittagessen bei den Arrighis. Aber er hatte weder Appetit noch Lust, jemanden aus diesem Haus zu sehen. Er fuhr nach Lignano zurück und kreuzte ziellos durch die leeren Straßen. Schließlich ging er in eine Bar am Strand und bestellte einen Kaffee.
Seine Gedanken überschlugen sich. Erinnerungen an frühere, glückliche Zeiten mit Michela wechselten ab mit trüben Spekulationen über die Gegenwart und die unmittelbar bevorstehende Zukunft.
Es regnete unaufhörlich. Die Unruhe trieb ihn wieder hinaus, und er saß fast eine Stunde lang in seinem parkenden Wagen. Zwecklos, die Sache verzögern zu wollen. Vielleicht ließe sich alles um einen oder zwei Tage hinausschieben, aber nicht länger. Und was nützte es? Er ließ den Motor an und fuhr zur Villa der Arrighis zurück.
Im Hause traf er nur Sebastiano Arrighi an. Silvestro Loré, Michela und Roberto hatten den verregneten Nachmittag zu einer Fahrt nach Venedig genutzt. Sie würden erst spät am Abend zurück sein.
Der alte Sebastiano arbeitete in der Bibliothek und freute sich über Albertos Gesellschaft und über die Gelegenheit, seine traurigen Gedanken mit einem Gespräch zu vertreiben.
Sebastiano deutete auf die geöffneten Bücher auf dem langen Tisch. »Ich darf nicht aus der Übung kommen«, sagte er, »sonst vergißt man in meinem Alter zu schnell.«
Es wäre unhöflich gewesen, ihn allein zu lassen, obwohl Alberto am liebsten in sein Zimmer gegangen wäre, ein Schlafmittel genommen und bis zum Morgen geschlafen hätte. So hörte er den Erklärungen des Professors über alte, verschwundene Sprachen geduldig zu, aber seine Gedanken kehrten immer wieder zu dem einen Punkt zurück.
Und während er die gelehrten Worte des Professors über sich

ergehen ließ und ihn beobachtete, wie er mit lebhaften Gesten einen Einblick in sein profundes Wissen vermittelte, kam ihm plötzlich ein Gedanke, der ihm fast den Atem verschlug. Es war absurd, unausdenkbar, aber in diesem nach außen hin so zerbrechlich wirkenden Siebzigjährigen steckte möglicherweise noch genug Kraft, um einen jungen Mann vom Schlage Giannuzzos zu töten, wenn die Verzweiflung durch den Anblick des erpreßten, bedrohten, gepeinigten Sohnes ständig geschürt wurde. Der Gedanke spann sich in Albertos Kopf immer weiter fort und nahm von Sekunde zu Sekunde festere Form an. Wie mochten sich die Dinge abgespielt haben? Giannuzzo war an jenem Abend zu Roberto gekommen, um ihn zu erpressen, er hatte ihn mit dem Messer bedroht, es hatte eine Auseinandersetzung gegeben. Warum sollte der alte Professor seinem Sohn nicht zu Hilfe geeilt sein? Was war wirklich geschehen? Vielleicht hatte Sebastiano, um seinem unterlegenen Sohn zu helfen, Giannuzzo getötet ... Dann hatten beide den Toten zum weit entfernten Strand transportiert, und Roberto hatte, um seinen Vater zu decken, die Rolle des zu Tode Verängstigten gespielt. Die Erklärung war schlüssig bis ins letzte Detail, nämlich das mit gotischen Buchstaben in den Sand geschriebene deutsche Wort. Für den Professor mußte die gotische Schrift etwas sein, das keinerlei Geheimnisse barg.
»Wie viele Sprachen kennen Sie eigentlich?« fragte Alberto, als der Professor in seinem Vortrag eine Atempause machte.
»Kennen und können – das ist ein Unterschied«, antwortete Sebastiano, dem diese Frage sicher nicht zum erstenmal gestellt worden war. »Ich spreche, lese und schreibe die wichtigsten europäischen Sprachen, Russisch und Ungarisch nicht ganz so gut. Ich lese die wichtigsten Sprachen des modernen Orients und kenne mich auch ein wenig in dem Dickicht ihrer Dialekte aus. Aber mein Spezialgebiet sind die verschwundenen Sprachen, die Schriften aus der Zeit vor zwei-, dreitausend Jahren – das Etruskische zum Beispiel, oder das Osco-Umbrische und das Phrygische ...«
Es war, als hätte sich eine Schleuse geöffnet: Alberto wurde ertränkt in Namen, Zitaten und Beispielen, und erst nach langem Zuhören konnte er seine nächste Frage unterbringen: »Dann können Sie sicher auch Deutsch mit gotischen Buchstaben schreiben?«

»Seltsame Frage«, sagte Sebastiano mit unsicherem Stirnrunzeln. »Warum sollte ich das nicht können?«
»Verzeihen Sie einem Laien diese dumme Frage. Ich wollte damit nur sagen, daß ich zwar das Deutsche in Wort und Schrift beherrsche, daß ich aber mit der gotischen Schrift Mühe habe, weil ich, ehrlich gesagt, nicht einsehe, wozu das nützt?«
»Wozu das nützt!« fiel ihm Sebastiano ins Wort. »Entschuldigen Sie, aber diese Dinge lassen sich nicht in Gramm und Kilogramm messen wie Salami, obwohl ich es heutzutage immer wieder erlebe. Natürlich wird man nicht zum Millionär, wenn man alte Schriften studiert, aber wer das Gotische nicht lernt, kann nicht von sich behaupten, daß er den Geist der deutschen Sprache versteht. Übrigens hat mein Sohn, als er zwölf Jahre alt war, mir dieselbe Frage gestellt: Was nützt es, soviel Zeit mit dem Erlernen dieser seltsamen Schrift zu vergeuden? Wäre es nicht besser, Deutsch mit lateinischen Buchstaben zu schreiben? Natürlich habe ich ihm keine Ohrfeige gegeben, weil ich von diesen Erziehungsmethoden nichts halte.
Im Prinzip jedoch ... Aber verzeihen Sie mir, diese Dinge interessieren wahrscheinlich nur einen verstaubten Spezialisten wie mich, und ich möchte Sie nicht langweilen.«
»Ganz im Gegenteil, Professor. Ich möchte die Gelegenheit gleich beim Schopf ergreifen und Ihr fachmännisches Urteil über meine Fertigkeit in der gotischen Schrift hören.« Er nahm ein Blatt vom Tisch und schrieb in großen Zügen ein deutsches Wort darauf. »Sehen Sie, ich habe das deutsche Wort ›morgen‹ geschrieben. Würden Sie es so durchgehen lassen?«
Sebastiano Arrighi beugte sich über das Papier und schrieb ein zweites Wort unter das erste. »Das kommt darauf an. Sehen Sie, ›morgen‹ mit kleinen Anfangsbuchstaben bedeutet im Deutschen soviel wie *domani* im Italienischen, es ist Adverb und wird als solches kleingeschrieben. Mit großem Anfangsbuchstaben ist es dagegen Substantiv und bedeutet *mattino* ...«
»Ach ja, wie dumm von mir!« sagte Alberto lachend, und während der Professor leidenschaftlich in seinem Vortrag fortfuhr, nahm er das Blatt mit dem Wort, das der alte Sebastiano eigenhändig geschrieben hatte. Es war das gleiche Wort, das Gertrud Leuter mit dem feuchten Finger auf die Tischplatte geschrieben hatte, das gleiche Wort, das sie neben dem toten Giannuzzo im

Sand gelesen hatte: morgen.
Es verging noch eine knappe halbe Stunde, ehe er sich von Sebastiano Arrighi losreißen konnte. Er stieg in sein Auto und fuhr nach Lignano-Pineta. Er hatte eine, wenn auch schwache Hoffnung, aber in seinem Metier zeigten oft die absurdesten Hoffnungen konkrete Ergebnisse. Er hielt vor dem Hotel *Palace Pineta* und ließ sich bei Gertrud Leuter anmelden. Er wurde sofort in ihr Zimmer gebeten.
»Bitte, entschuldigen Sie!« sagte er. Er war so müde, daß er sich, ohne ihre Aufforderung abzuwarten, setzte. »Aber ich behellige Sie zum letztenmal. Danach können Sie dann abreisen, wann Sie wollen. Ich habe nur noch eine letzte Frage ...«
Gertrud Leuter sagte kein Wort. Sie wartete lächelnd ab, bis er weitersprach.
»Bitte, versuchen Sie sich auf die Schrift zu konzentrieren, in der das Wort im Sand neben dem toten Giannuzzo geschrieben war. War das Wort ›morgen‹ groß oder klein geschrieben?«
Sie zögerte nicht einen Augenblick. »Klein!«
»Sind Sie ganz sicher?«
»Absolut. Ich sehe es noch genau vor mir. So etwas vergißt man nicht so leicht.«
Alberto zog den Zettel aus der Tasche, den er von Sebastiano Arrighis Tisch mitgenommen hatte, und faltete ihn so, daß nur das von Arrighi geschriebene Wort sichtbar blieb.
»Ich werde Ihnen jetzt das Wort auf einem Zettel geschrieben zeigen. Natürlich verändert sich eine Handschrift, je nachdem ob auf Papier oder in den Sand geschrieben wird, aber irgendeine grundsätzliche Ähnlichkeit wird erkennbar bleiben. Bitte antworten Sie spontan, ohne nachzudenken, ob die Schrift der im Sand ähnelt oder nicht ...« Er hielt ihr den gefalteten Zettel vor die Augen.
Diesmal ließ Gertrud Leuter mit der Antwort lange auf sich warten. Erst nach langem Zögern sagte sie: »Es läßt sich nicht sagen. Weder ja noch nein. Im übrigen wissen Sie sicher selbst, daß die gotischen Buchstaben auch sehr verschiedene Handschriften ähnlich erscheinen lassen.«
»Ja, das weiß ich«, sagte Alberto, indem er sich mit den Fingern die brennenden Augen rieb. Er war nicht weiter als vorher. Nur eines war sicher: Er mußte Michela retten.

19

Er fuhr direkt zur Villa Arrighi nach Latisana zurück, aber Michela war noch nicht da. Er mußte allein mit dem alten Professor zu Abend essen und seine Vorträge über die entlegensten Sprachen der Welt über sich ergehen lassen. Erst gegen zehn Uhr ging Sebastiano zu Bett, und Alberto war allein.
In der Bibliothek herrschte in der Nacht eine so tiefe Stille, daß Alberto sie als unheimlich empfand. Es hatte aufgehört zu regnen, und die Lautlosigkeit war unerträglich.
Alberto suchte Ablenkung in den langen Bücherreihen ringsum an den Wänden, griff manchmal wahllos einen Band heraus und blätterte darin. Dann entdeckte er auf einem der Regale den Plattenspieler und die Schallplatten. Seine Nerven waren von der anhaltenden Stille so angespannt, daß ihm jede Musik Erleichterung verschaffen würde. Er legte die erstbeste Platte auf den Teller, und als er den Titel las, erstarrte er für einen Moment: *Morgen.*
Er senkte den Tonarm, und die Musik setzte ein.
Das Motiv hatte nichts Einmaliges. Eine nostalgische Weise wie bei so vielen deutschen Liedern – halb romantisch, halb militärisch. Nach Art der guten alten *Lili Marlen.*
Der Plattenspieler hatte eine automatische Vorrichtung zur Wiederholung der Platte. Alberto drückte den Knopf und stellte die höchste Lautstärke ein. Was kümmerte es ihn, ob Sebastiano Arrighi aufwachte. Sollte er nur! Er versuchte, den Sinn des Liedtextes zu verstehen. *Morgen, morgen, morgen,* sang der Chor im Hintergrund; sonst nichts.
Sollte das die Lösung sein? In den Vorlesungen über Psychiatrie hatte er gelernt, daß das Warten auf morgen eines der charakteristischen Merkmale gewisser neurotischer Erscheinungsformen ist. Gewisse Neurotiker leben nicht mehr in der Gegenwart, sie warten nur auf die Zukunft, auf das Morgen, auf die nächste Stunde, die nächste Minute ... Und sie leben in ständiger Angst vor diesem Morgen; Angst vor dem, was das Morgen bringen wird, Angst vor der Bestätigung der eigenen Befürchtungen durch die Zukunft. Diese Menschen haben Angst vor allem und jedem, vor dem Dunkel und dem Licht, vor der Menge und der Einsamkeit, vor der Stille und dem Lärm, und das alles führt zur Explosion in einem Gewaltakt.

In einen solchen Menschen hatte sich Michela verliebt.
Alberto vernahm über der lauten Musik das Geräusch eines ankommenden Autos. Sekunden später hörte er die Haustür schlagen, aber er ging ihnen nicht entgegen. Er wartete, bis sie, angelockt von der lauten Musik, in die Bibliothek traten: Michela, Silvestro Loré und Roberto.
»He! Willst du die ganze Provinz aufwecken?!« fragte Loré. Sein sonst so blasses Gesicht zeigte einen rosigen Schimmer: Er hatte seine Tochter glücklich gesehen, und das hatte ihn selbst glücklich gemacht. Und wie Michela vor Glück strahlte! Lächelnd stand sie da, ganz nahe bei Roberto, dem Mann, den sie liebte. Warum sie so nahe bei ihm stand und so glücklich lächelte, begriff Alberto erst völlig, als Silvestro ihm wegen der Lautstärke der Musik ins Ohr rief: »Sie wollen sich verloben! Verstehst du?«
Alberto wandte sich von ihm ab und ging zu Roberto. Der glückliche Bräutigam, dachte er und war mit wenigen Schritten bei ihm. Zu spät, dachte er. Zu spät hatte er die Wahrheit erkannt, um Michela zu retten.
»Komm her!« schrie er Roberto an. Seine Faust packte ihn bei den Rockaufschlägen und zerrte ihn von Michelas Seite weg, wie man ein unmenschliches Ungeheuer von der Wiege eines Säuglings fortzerrt. Er stieß ihn gegen das Bücherregal neben dem Plattenspieler. Die Überraschung hatte Roberto physisch und psychisch gelähmt. Er stand da wie aus Holz, seine Augen suchten instinktiv Hilfe bei Michela und Silvestro Loré, aber auch die beiden waren für einen Moment von der plötzlichen Gewalt dieser Szene wie erstarrt.
»Du warst es, der Giannuzzo getötet hat!« schrie Alberto, die Musik übertönend. »Leugnen hilft nichts!«
Michela verharrte für den Bruchteil einer Sekunde reglos, bis ihr der Sinn der Worte aufging. Dann lief sie zu Alberto hinüber und versuchte ihn von Roberto wegzustoßen. »Du bist verrückt!« schrie sie haßerfüllt. Sie haßte ihn plötzlich wirklich – ihn, den sie über all die vielen Jahre für einen brüderlichen Freund gehalten hatte. »Du bist verrückt oder betrunken!«
Auch ihr Vater schaltete sich ein. Er legte ihm eine Hand auf die Schulter und wollte ihn zurückziehen. »Laß ihn los, mach keine Dummheiten!« Aber der rosige Schimmer war von seinem

Gesicht geschwunden.
Alberto hörte ihre Worte, fühlte ihre Nähe, aber sie erxistierte nicht. Noch einmal stieß er Roberto gegen das Regal. »Hör dir dieses Lied an! Hör es dir gut an! Es gefällt dir so sehr, daß es dir auch an dem Abend, an dem du Giannuzzo am Strand umgebracht hast, nicht aus dem Kopf ging. So sehr, daß du seinen Titel, *Morgen*, in den Sand geschrieben hast, ohne daß es dir zu Bewußtsein kam. Rede! Sonst bringe ich dich zum Reden!«
Robertos Gesicht verzerrte sich. Der Druck an seinem Hals drohte ihn zu ersticken, die laute Musik raubte ihm den Verstand. Er zielte mit dem Knie auf Albertos Bauch und stieß mit aller Kraft zu. Alberto taumelte gegen den Tisch und fiel zu Boden, Michela klammerte sich schreiend an Roberto. Er riß sich von ihr los und rannte zur Tür.
Aber Alberto war schon wieder auf den Beinen. Er stürzte hinter ihm her und bekam gerade noch sein Jackett zu packen. Er zerrte ihn rücklings zu Boden und kauerte über ihm.
»Rede, sonst schlage ich dir den Schädel ein!« Er nahm um sich herum nichts mehr wahr. Er schlug Robertos Kopf nur immer wieder auf das glänzende alte Parkett, blindlings und verzweifelt: Niemand durfte Michela etwas Böses antun, und dieser Mann hatte ihr das Schlimmste angetan.
Und seine Augen machten Roberto angst. »Ich rede«, sagte er.

Sie waren ausgestiegen. Giannuzzo stützte sich mit einer Hand auf die offene Wagentür und lauschte auf das Meer. Roberto war ganz dicht zum Strand gefahren. Auch ohne Mond war es eine helle Nacht – die Nacht des 22. Juni.
»Wo wohnst du?« fragte Roberto. Er hörte seinen schweren Atem. Vielleicht hatte er doch zu hart zugeschlagen. Aber der andere hatte das Messer gezogen, und man muß sich schließlich verteidigen.
»Da drüben, beim Fluß«, sagte Giannuzzo. »Ich wohne bei einem Landsmann, er macht Schuhe.«
»Ich bringe dich hin.« Roberto reichte ihm einen Arm, um ihn zu stützen.
»Ich will mir nur rasch das Gesicht erfrischen.« Giannuzzo ging ans Wasser, kniete nieder, schöpfte Wasser mit den Händen und spritzte es sich ins Gesicht. »Ich bin noch ein bißchen benommen«, sagte er in seinem starken sizilianischen Dialekt.

»Aber zufrieden, sehr zufrieden.«
Beim Aufstehen mußte Roberto ihm helfen.
»Vielleicht ist es besser, wenn ich mich erst etwas ausruhe«, sagte Giannuzzo nach den ersten Schritten. »Dann schaffe ich den Weg nach Hause schon.« Er setzte sich und schaute zu dem neben ihm stehenden Roberto auf. »Aber ich bin sehr zufrieden, weißt du . . . Sehr zufrieden . . .«
Während der ganzen Fahrt von Latisana zum Strand hatte er es immer wieder gesagt: Wie zufrieden er sei, daß er so viel Geld, wie Roberto ihm gegeben habe, noch nie auf einem Haufen gesehen habe . . . »Ich werde meine Schwester Maruzza nachkommen lassen, und wir gehen nach Mailand und verdienen eine Menge Geld.« Er sprach jetzt mehr zu sich selbst, die Hände auf den Knien, den Blick aufs Meer gerichtet. »Auch meinen Freund Pappalettera nehme ich mit nach Mailand, sein Beruf ist Gold wert . . .«
Und so redete er weiter. Erinnerungen mischten sich bunt mit Zukunftsplänen für seine Schwester, seine Mutter, seine Tanten und sonstigen Verwandten. Es war, als hätte das viele Geld ihn berauscht. Roberto hatte sich neben ihn gesetzt und hörte ihm zu. Er versuchte Ruhe zu bewahren, obwohl es ihn innerlich fast zerriß: Dieser Mann, der jetzt so ruhig und zufrieden mit ihm plauderte, hatte ihm noch vor einer Stunde das Messer an die Kehle gesetzt. Wenn er noch lebte, so verdankte er es nur seiner schnellen Reaktion und seiner überlegenen Kraft. Und wie um seine Gedanken an dieses Messer und an seine Angst zu vertreiben, erklang in ihm das musikalische Motiv, das ihn seit Monaten nicht losließ: *Morgen, morgen . . .* Und wie immer, wenn er dieses Lied hörte oder zu hören glaubte, erstand vor ihm das Bild des deutschen Wortes in jener gotischen Schrift, die ihn sein Vater vor vielen Jahren unter sanftem Zwang gelehrt hatte. Und während Giannuzzo unaufhörlich redete, Erinnerungen weckte und Pläne schmiedete, schrieb Robertos Hand das Wort in den Sand: morgen – in großen gotischen Lettern, deren Schönheit und Korrektheit seinem Vater Freude gemacht hätten.
Dann, nach einer Weile, schwieg Giannuzzo plötzlich – als höbe man den Tonarm von einer Schallplatte. Er saß da, den Kopf vornüber geneigt, die Stirn fast auf den Knien, die Hände um die Waden geschlungen. Die plötzliche Stille war be-

drückend und bedrohlich. Roberto spürte es sofort: Es war nicht die Pause nach einer langen Plauderei, es war das erneute Versinken in finstere Gedanken, die die Atmosphäre um sie herum belasteten.
Giannuzzo sprang mit einem Ruck auf die Beine, und auch Roberto erhob sich aus dem Sand. Er hatte Angst, und er war wütend, daß er Angst hatte. Seit Monaten sah er sich nun schon bedroht von Giannuzzos Erpressungen, und nach dem Auftritt des heutigen Abends, nachdem er das Messer in Giannuzzos Faust gesehen hatte, hatten sich Wut und Angst in einem Maße gesteigert, daß sie jeden Moment zu explodieren drohten.
»Einen Moment noch!« sagte Giannuzzo feierlich. »Du sollst nicht glauben, daß du mich mit dem Geld gekauft hast.«
Roberto zwang sich mühsam zur Ruhe. Dieser Mensch war nicht normal, und mit solchen Leuten muß man ganz behutsam und ruhig umgehen. »Red kein dummes Zeug!« sagte er.
»Ehre läßt sich nicht kaufen, das solltest du wissen.« Giannuzzos vorher so entspannte Stimme klang drohend. »Und wenn du mir eine Million gegeben hättest oder eine Milliarde, du darfst nicht glauben, daß du Maruzzas Ehre gekauft hast.«
Roberto mußte den Zorn, der in seiner Stimme bebte, mit Gewalt bändigen. »Beruhige dich! Kein Mensch hat irgend etwas kaufen wollen. Ich habe dir das Geld gegeben, um dir zu helfen, wie man sich unter Freunden hilft.« Je ruhiger er sich gab, desto mehr steigerte sich sein Zorn darüber, daß er diesen Dreckskerl, diesen Abschaum der Menschheit, so behutsam behandeln mußte.
»Nein, du hast mich und meine Schwester mit dem Geld kaufen wollen, gib's zu! Ihr hier im Norden glaubt, ihr könnt alles mit Geld kaufen!«
Geh endlich schlafen, blöder Kerl! dachte Roberto. Er hielt den Blick aufs Meer gerichtet, und in seinem Innern erklang wieder die Musik des Liedes und schwoll immer stärker an: *Morgen, morgen ...*
»Du sollst mich anschauen, wenn ich mit dir spreche«, sagte Giannuzzo, nachdem er eine Weile auf Antwort gewartet hatte, und trat näher auf Roberto zu.
»Was soll ich dir darauf antworten?« sagte Roberto voll verhaltener Wut, ohne ihm in die Augen zu sehen. Sollte dieser

unverschämte Kerl nur nicht glauben, daß er ihm auf jedes Wort gehorchen würde!
»Nichts. Aber du sollst mir in die Augen schauen, sonst meinst du's nicht ehrlich. Ich sage dir nämlich, daß sich die Ehre nur hiermit kaufen läßt, nicht mit Geld.«
Bei dieser unverhüllten Drohung fuhr Robertos Kopf herum, und er sah das Messer in Giannuzzos Hand. Schon wieder das Messer! Einmal schon hatte er es ihm entwunden, und nun war es wieder in seiner Hand. Er mußte es vom Boden aufgehoben haben, vorhin im Garten der Villa. Roberto spürte, wie sich sein Magen verkrampfte; das Messer befand sich nur wenige Zentimeter vor seinem Bauch; eine Bewegung, und es würde sich hineinbohren. Er hatte keine Angst mehr. Er hörte nur immer dieses: *Morgen, morgen* ... Er mußte diese Qual ein für allemal beenden, sonst würde sie nie enden. Weder Geld noch gute Worte, weder die Zeit noch Vernunft würden Giannuzzo dazu bringen, seine Verfolgung aufzugeben. Jetzt erst war es ihm schlagartig klargeworden: Giannuzzo wollte gar nichts von ihm, er wollte weder Geld noch die Ehrenrettung Maruzzas oder seine eigene; Giannuzzo wollte jemanden töten, irgend jemanden, wenn nicht ihn, Roberto, dann eben jemand andern, entweder am nächsten Tag oder zehn Jahre später; erst wenn er jemand getötet hätte, würde er sich wie ein Mann vorkommen.
»Sieh mir ins Gesicht, oder ich zeige dir hiermit, daß sich Ehre nicht mit Geld kaufen läßt!« drohte Giannuzzo erneut, und Roberto spürte, ohne hinzusehen, daß die Spitze des Messers seinem Bauch noch näher gekommen war.
Das war der Moment, in dem Angst und Wut explodierten. Kalt und berechnend führten seine Hände wie von allein die Bewegungen aus, die er im Judokurs mit so viel Fleiß und Geschick geübt hatte. Er packte Giannuzzos Handgelenk, drehte es herum, während er ihm mit der anderen Hand einen Schlag an den Hals versetzte und ihm ein Bein stellte.
Im Stürzen öffnete sich Giannuzzos Faust, und das Messer fiel zu Boden. Ehe er sich erheben und erneut auf die gefährliche Waffe stürzen konnte, hatte Roberto sie schon in der Hand.
Giannuzzo sackte ein zweitesmal in den Sand, diesmal für immer, wie vom Blitz gefällt durch einen kräftigen Hieb an den Hals. Roberto brauchte sich nicht zu bücken, um zu sehen, daß

er tot war. Er stand abwartend da. Von der fernen Straße leuchteten die Scheinwerfer eines Autos herüber, vielleicht ein Pärchen, das die Einsamkeit am Strand suchte; zu dieser Zeit kamen die Leute aus den Tanzlokalen oder den Restaurants. Er durfte nicht länger hierbleiben. Er reinigte das Messer sorgfältigst im Sand, dann wischte er mit dem Taschentuch nach und ließ es fallen. Er hätte es auch ins Meer hinauswerfen können, aber das wäre naiv und dumm gewesen: Dieses Messer gehörte Giannuzzo, und man sollte glauben, daß Giannuzzo von jemand umgebracht worden war, der ebenfalls ein Messer besessen hatte – ein Streit zwischen zwei Südländern, die beide mit einem Messer bewaffnet gewesen waren.
Dann ging er zu seinem Auto zurück und war kurz nach Mitternacht zu Hause. Erst als er im Bett lag, fiel ihm ein, daß er das Wort morgen mit gotischen Buchstaben in den Sand geschrieben und damit gewissermaßen das Verbrechen signiert hatte. Selbst wenn man annehmen würde, Giannuzzo sei von einem Deutschen getötet worden, wer sollte dieser Deutsche gewesen sein, der es fertiggebracht hatte, Giannuzzo mit dem Messer zu besiegen? Außerdem würde dann niemand mehr annehmen, daß es sich um eine Auseinandersetzung zwischen zwei Sizilianer gehandelt hätte. Wie auch immer: jetzt war es zu spät, zum Strand zurückzufahren und das Wort zu verwischen.
In den folgenden Tagen wurde ihm aus der Zeitungslektüre klar, daß man das Wort im Sand nicht entdeckt hatte. Niemand sprach davon. Wie konnte das geschehen? Es war windstill gewesen, das Meer ruhig und unbewegt. Wer oder was hatte das Wort ausgelöscht?

»Es war Notwehr«, sagte Roberto. Er stand mit dem Rücken an das Bücherregal gelehnt.
Michela saß auf einem der hohen Stühle in der Bibliothek. Sie sah nicht Roberto, sondern Alberto an, und in ihrem Blick lag Verzweiflung und Hack.
»Ja, Notwehr«, sagte Alberto. Er stand neben Roberto und hatte ihn die ganze Zeit nicht aus den Augen gelassen. Er wußte, daß er die Wahrheit gesagt hatte. Jetzt ging er um den Tisch herum zum Fenster, wo er etwas freier atmen konnte. »In gewissem Sinne schon Notwehr, obwohl es genügt hätte, Giannuzzo zu

entwaffnen, statt ihn zu töten. Möglicherweise also Überschreitung der Notwehr, aber du wirst billig davonkommen.« Er hatte diese Worte mit viel Verständnis und Mitgefühl gesprochen, aber plötzlich schlug seine Stimme in Verachtung um. »Die Richter werden es bei ein paar Monaten bewenden lassen, die du wahrscheinlich nicht einmal absitzen mußt. Aber deine Schuld liegt nicht nur darin, daß du Giannuzzo getötet hast, sondern auch darin, daß du alle wie der durchtriebenste Verbrecher getäuscht hast.« Er sah Michelas haßerfüllten Blick, aber damit hatte er sich abgefunden, seit er ahnte, wer Giannuzzo getötet hatte. »Du bist ein Verbrecher, auch wenn du in Notwehr getötet hast!«

»Papa, sag ihm, er soll aufhören!« rief Michela. »Er soll aufhören! Er bringt mich um den Verstand!«

»Laßt mich ausreden!« sagte Alberto schroff. »Danach seht ihr mich nie mehr wieder. Ich lasse euch mit euren Illusionen allein.« Er wandte sich langsam wieder an Roberto. »Du bist ein kaltblütiger neurotischer Verbrecher. Du hast bei klarem Verstand, wenn auch in Notwehr, getötet und nach präzisem Plan den Verdacht von dir abgelenkt. Der Trick mit der Angst vor der Verhaftung ist so teuflisch, daß er nur dem Gehirn eines geborenen Verbrechers entsprungen sein kann. Ein normaler Verbrecher flieht oder beschafft sich ein Alibi und versucht nachzuweisen, daß er nichts mit der Tat zu tun haben kann. Du nicht. Du fängst damit an, daß du deinen Vater täuschst und uns alle, die wir hier sind. Du hast uns die Rolle des Ängstlichen so gut vorgespielt, daß keiner an deine Schuld geglaubt hat. Ein Schuldiger sucht gemeinhin seine Angst vor der Verhaftung zu verbergen, um sich nicht zu verraten. Nicht so du. Du hast, wie so viele Neurotiker, Nerven aus Stahl. Du hast sogar im Verhör durch Maresciallo Varnicaro genügend Nerven bewiesen und ihn von deiner Unschuld überzeugt.« Alberto verdeckte sein Gesicht mit beiden Händen. Er versuchte ruhig zu bleiben. »Was jedoch ungewöhnlich – ich möchte fast sagen: komisch – ist, ist, daß es dir sogar gelang, einen durchtriebenen Halunken wie Romeo Prasin und seine Tochter, eines der raffiniertesten Weibsbilder dieser Gegend, zu täuschen. Auch sie haben dich für unschuldig gehalten und mit der Angst, die du ihnen vorgegaukelt hast, spekuliert. Irene Prasin wollte mit dir fliehen, um später deine Frau zu werden.

Hätte sie auch nur geahnt, daß du Giannuzzo umgebracht hast, sie hätte dich sofort fallenlassen; schließlich hatte sie mit *einem* Ex-Zuchthäusler schon genug am Hals. Irene und ihr Vater wollten deine Angst mit anonymen Telefonanrufen noch steigern und ahnten nicht im entferntesten, daß du sie an der Nase herumführtest. Außerdem hast du, vielleicht ohne es zu wissen, auch Maruzza getäuscht und dadurch ein zweites Verbrechen provoziert. Maruzza konnte nicht wissen, daß du ihren Bruder in Notwehr getötet hattest. Sie kommt hier an, erfährt, daß ihr Bruder erstochen wurde, und was muß sie denken? Daß es Salvatore Stavardone war, der die Rechnung mit Giannuzzo beglichen hat. Auch Giuliano Pappalettera muß das annehmen, denn er hat Giannuzzo oft genug sagen hören, daß er Angst vor Stavardone hat. Also fährt Pappalettera nach Venedig und bringt Stavardone um, um den Freund zu rächen. Es wäre nicht passiert, wenn du nicht alle getäuscht hättest.«
»Bist du fertig?« fragte Michela. Sie war aufgestanden, und aus ihren Augen sprach abgrundtiefe Verachtung.
»Einen Moment noch«, erwiderte Alberto brüsk. »Ich bin gleich fertig.« Er wandte sich wieder Roberto zu. »Aber was ich persönlich dir nie verzeihen werde, ist, daß du auch Michela hintergangen hast. Auch sie hat bis vor fünf Minuten nicht an deiner Unschuld gezweifelt. Du hast sie nicht etwa aus Liebe getäuscht – das Wort Liebe bedeutet dir gar nichts –, sondern weil sie die Tochter eines hohen Ministerialbeamten ist und weil du ihren Vater im Falle deiner Entlarvung zu deiner Verteidigung einspannen wolltest. Und so ist es dann ja auch gekommen: Michela liebt dich, und Silvestro Loré wird gezwungen sein, sich schützend vor dich zu stellen. Möglicherweise kommt sogar ein Freispruch für dich heraus, wegen Notwehr. Und dann wirst du vielleicht Michela heiraten und sie für ihr ganzes Leben unglücklich machen. Dein Plan ist gelungen, keine Sorge, ich kann nichts gegen dich ausrichten, aber du solltest wenigstens ein einziges Mal einem Menschen begegnet sein, der dir ins Gesicht sagt, was du bist: ein Verbrecher!«
Er war fertig. Er hängte sich seine Jacke über den Arm und ging in weitem Bogen um Michela zur Tür. Er würde nur fünf Minuten brauchen, um seinen Koffer zu packen. Ihm war, als hätte er Michela und sich selbst den Todesstoß versetzt.
»Bleib hier!« rief Silvestro Loré ihm nach.

Er blieb stehen, ohne sich umzudrehen. Er hatte nichts mehr zu sagen, und er wollte nichts mehr hören.
»Du mußt bleiben!« Silvestro Loré kam auf ihn zu. »Denn morgen früh werde ich mit Roberto zum Maresciallo gehen.«
»Nein«, sagte Alberto, sich halb umdrehend. »Aber wenn du einen guten Rat willst: geh jetzt sofort mit ihm zum Maresciallo. Wenn du bis morgen früh wartest, wird er nicht mehr hiersein; er wird noch heute nacht mit Michela fliehen. Und dann kannst du ihn nicht mehr festnehmen lassen, um einen Skandal um dich und sie zu vermeiden. Wenn er es bisher noch nicht getan hat, dann nur, weil er nicht damit rechnete, so plötzlich entlarvt zu werden. Aber er wird mit ihr fliehen; sie ist seine Geheimwaffe. Bring ihn zur Polizei, ehe es zu spät ist!«
Silvestro Loré sah zu Roberto hinüber, der mit maskenhaft unbeweglichem Gesicht an seinem Platz stand. Dann ging er, noch unentschlossen, auf ihn zu und sah ihm in die Augen, bis Roberto den Kopf abwandte.
»Ich weiß nicht, ob das, was Alberto gesagt hat, wahr ist. Ich weiß nur, daß du Giannuzzo getötet hast, das hast du selbst zugegeben.« Er sprach mit leiser, aber gefährlich drohender Stimme; Alberto kannte diesen Ton. »Ich hoffe, daß es nicht wahr ist. Ich hoffe es für dich. Denn solltest du wirklich auf meine Zuneigung zu meiner Tochter spekuliert haben, dann hast du dich geirrt. Du hast von mir keinerlei Schutz zu erwarten. Ich werde im Gegenteil veranlassen, daß das Gesetz mit voller Strenge zur Anwendung kommt; ich selbst werde im Prozeß gegen dich aussagen, und ich hoffe, du weißt, was es heißt, wenn ich als Zeuge der Anklage auftrete. Gerade weil Michela dich liebt, werde ich dich unnachgiebig verfolgen, denn mir hat noch niemand nachsagen können, daß ich Gesetz und Recht für meine persönlichen Interessen verrate. Und jetzt los! Ich bringe dich zur Polizei.«
Er hörte hinter seinem Rücken das laute Schluchzen seiner Tochter, aber er drehte sich nicht um. Sein Leben lang, bis zu diesem Augenblick, waren die Tränen seiner Tochter das einzige gewesen, das ihn rühren konnte, aber er wandte den Blick nicht von Robertos Gesicht.
»Und wenn Michela nun ein Kind erwartet?« Roberto stand noch immer mit dem Rücken zum Regal, das Gesicht maskenhaft starr. Alberto fuhr herum, um sich zu vergewissern, daß

diese Worte wirklich von Roberto gekommen waren.
Und Michela hörte auf zu weinen. Ganz plötzlich. Sie hob das Gesicht und wandte sich langsam um, auch sie vielleicht, um sich zu vergewissern, daß Roberto diese Worte gesprochen hatte. Er hatte sie gesprochen. Sein Gesicht war zu einer Grimasse verzerrt. Und plötzlich gingen ihr die Augen auf. Die Wahrheit traf sie mit ungeheuerlicher Gewalt. Für sie war es nicht nur eine Enttäuschung, wie für ihren Vater und für Alberto, für sie war es die Verletzung ihrer tiefsten Gefühle.
»Dann ist also alles, was Alberto gesagt hat, wahr!« Silvestro Lorés flache Hand landete schwer in Robertos Gesicht. »Du hast dich verraten. Und du hast dich ein zweitesmal geirrt.« Und mit leiserer Stimme fuhr er fort: »Was zwischen dir und Michela geschehen ist, ändert absolut nichts. Du kommst jetzt sofort mit, der Rest ist Sache der Polizei!«
Ein leichtes Zittern ging durch Robertos Körper. Alberto ahnte, daß er sich nach seiner endgültigen Demaskierung nun auf den Sprung zur Flucht vorbereitete, aber er unternahm nichts. Er rührte sich auch nicht, als Roberto blitzschnell Loré wegstieß und tatsächlich auf die Tür zustürzte. Er bewegte sich erst, als Silvestro dem Fliehenden nachlaufen wollte. Er stellte sich ihm in den Weg.
»Laß ihn laufen! Es wird ihm nichts nützen«, sagte er. Die Hauptsache war, daß Roberto nicht mehr in Michelas Nähe war.
Loré lehnte sich instinktiv auf, aber Alberto hielt ihn fest. Sie hörten, wie draußen Roberto mit dem Wagen davonfuhr. Auch Michela hatte es gehört. Alle schwiegen, bis das Motorengeräusch verklungen und die Stille zurückgekehrt war.
»Laß mich los!« rief Silvestro Loré. Er wandte sich an Michela. Sie zitterte. »Ist es wahr?« fragte er sie zärtlich und bereit, alles zu verzeihen, wenn sich dadurch ihr Leiden lindern ließe.
Alberto, die Jacke über dem Arm, hatte sich auf einen Stuhl am Ende des langen Tisches fallen lassen.
»Nein!« schrie Michela, und ihre zur Faust geballten Hände legten sich auf ihren Mund. »Nein! Auch das war gelogen! Er hoffte, daß ich, um ihm zu helfen, seine Worte bestätigen würde. Er wollte, daß ich dir einrede, daß ich ...« Sie brach hilflos ab, und ihr Vater schloß sie schützend in seine Arme.
»Bring mich in mein Zimmer, Papa, bring mich hinauf ...«,

schluchzte sie ohne Tränen. Alles, was Roberto je zu ihr gesagt hatte, war gelogen. Auch als er, erst vor wenigen Stunden, in dem Restaurant in Venedig, vor Papa um ihre Hand angehalten hatte, hatte er gelogen. Jetzt wußte sie, daß seine von einem zärtlichen Lächeln begleiteten Worte nur Teil eines eiskalten Planes gewesen waren; er hatte es nur darauf angelegt, sie zur völligen Hingabe zu bewegen, um der Erpressung mit dem Kind Nachdruck zu verleihen. »Bring mich hinauf, Papa...« Silvestro Loré führte sie sanft aus der Bibliothek, die Treppe hinauf und in ihr Zimmer.

Alberto war allein geblieben. Er saß vornüber gebeugt auf seinem Stuhl, die Jacke immer noch über dem Arm. Die plötzlich eingekehrte Stille zerrte an seinen Nerven. Er rauchte eine, zwei, drei, vier Zigaretten... Nur nicht denken. Aber seine Gedanken kehrten immer wieder zu Michela zurück und zu dem, was Roberto aus ihr gemacht hatte.

Dann hörte er Schritte die Treppe herunterkommen. Es war Silvestro Loré.

»Sie schläft«, sagte er nur. Dann ging er wieder in die Halle hinaus, wo das Telefon stand. Alberto hörte, wie er sich mit dem Polizeirevier verbinden ließ und wie sich am anderen Ende der Leitung Maresciallo Varnicaro meldete. Er hörte Loré deutlich und mit bürokratischer Nüchternheit sagen: »Der Mörder von Giovanni Masetta ist Alberto Arrighi.« Dann: »Er ist geflohen, nachdem er ein Geständnis abgelegt hat.« Seine Anordnungen kamen präzise und sachlich: »Sämtliche Grenzposten benachrichtigen! Straßensperren einrichten! Wahrscheinlich ist er mit Irene Prasin zusammen, aber wenn ihr das Mädchen bei ihm findet, laßt sie laufen, sie hat nichts mit der Sache zu tun.« Nein, sie hat nichts mit der Sache zu tun, dachte Alberto; sie ist, ohne es zu wissen, ebenfalls Robertos Opfer geworden. »Ich habe ihr ein Schlafmittel gegeben«, sagte Silvestro, Loré, als er wieder in die Bibliothek zurückgekehrt war. »Aber sie kann trotzdem wieder aufwachen, und ich möchte nicht, daß sie dann allein ist. Komm mit hinauf!«

Alberto hob bittend den Kopf. »Kannst du mich nicht gehen lassen?«

»Nein.«

Alberto hatte gelernt, nicht zu weinen, und er weinte auch nicht, aber er bedeckte sein Gesicht mit den Händen. »Laß mich

gehen, ich kann nicht mehr!«
»Ich auch nicht«, sagte Loré. »Komm!«
Sie gingen in Michelas Zimmer. In einer Ecke brannte eine kleine Tischlampe. Das Licht warf tiefe Schatten. Michela schlief, zusammengekauert wie ein Kind, nur halb zugedeckt, denn die Nacht war trotz dem verregneten Tag heiß.
Sie setzten sich auf eine kleine Couch am Fenster. Der zierliche Wecker auf Michelas Nachttisch zeigte wenige Minuten vor zwei Uhr; sein leichtes, eiliges Ticken drang durch die Stille.
Silvestros Hand legte sich auf Albertos Arm. »Danke«, sagte er flüsternd, so wie man im Zimmer eines Schwerkranken flüstert.
Alberto schüttelte wortlos den Kopf. Danke? Wofür?
»Du hast Michela gerettet«, fuhr Silvestro fort. »Wenn du nicht zur rechten Zeit gekommen wärest, wäre es mit ihr zu Ende gewesen.«
»Ich bin aber nicht rechtzeitig gekommen.« Er hätte die Wahrheit viel eher aufdecken müssen, als Roberto noch nichts für Michela bedeutete. Hinterher war es zu spät gewesen.
»Doch, du bist gerade noch rechtzeitig gekommen.« Sie flüsterten wie zwei Diebe in der Nacht. »Wie hast du herausbekommen, daß er es war?«
Wie hatte er es herausbekommen? Schwer zu erklären. »Ich weiß es selbst nicht.« Alberto beugte sich vornüber, um die wie bewußtlos schlafende Michela nicht sehen zu müssen. »Nicht genau jedenfalls. Vielleicht nur, weil ich ein so gutes Gedächtnis habe, besonders für Dinge, die Michela zu mir sagt. Einmal, als wir uns über Roberto unterhielten, sagte sie zu mir etwas von einem Lied mit dem Titel *Morgen*, das Robertos Lieblingslied sei. Und dann komme ich eines Morgens zu Romeo Prasin, um ihn einiges zu fragen, und finde in Irenes Zimmer einen Plattenspieler, auf dem genau diese Platte liegt. Dann, ich war mit Michela in die Bar draußen an der Straße gegangen, hat sie dreimal hintereinander dasselbe Lied in der Musikbox gewählt. Es war *Morgen*.« In den Pausen hörte er Michelas schweren Atem. »So habe ich denn dieses Lied mit Roberto in Verbindung gebracht, obwohl das anfangs noch nichts besagte. Dann habe ich Gertrud Leuter aus Hamburg herkommen lassen, und von ihr erfuhr ich, daß sie neben Giannuzzos Leiche im Sand das Wort ›morgen‹ in gotischer Schrift vorgefunden und es in einem

blinden Anfall von Angst verwischt hatte.« Er sprach jetzt ohne Pause, um Michelas Atem nicht zu hören. »Von da an blieb mir keine große Wahl. Das Wort konnte von einem Deutschen geschrieben worden sein, aber die einzige Deutsche, die ein Motiv für den Mord an Giannuzzo gehabt hätte, war Gertrud Leuter, und sie konnte es nicht gewesen sein, weil sie es sonst nie riskiert hätte, wieder nach Italien zu kommen. Das Wort konnte aber auch von einem Italiener geschrieben worden sein, und da kamen nur zwei in Frage, zwei, die ein Motiv für den Mord hatten und gleichzeitig Deutsch mit gotischen Lettern schreiben konnten: Roberto und sein Vater. Für einen Moment habe ich sogar den Alten für den Schuldigen gehalten, nur um Roberto nicht verdächtigen zu müssen. Aber das schien mir dann doch zu absurd: Woher soll ein alter Mann wie Sebastiano die Kraft nehmen, um einen jungen Burschen wie Giannuzzo umzubringen? Außerdem war nicht anzunehmen, daß sich Sebastiano für Schlagermusik interessiert und ihre Titel in den Sand schreibt. Blieb also nur noch Roberto übrig. Beweise hatte ich nicht, aber ich war absolut sicher, ich mußte ihn nur zum Geständnis bringen, und darum habe ich heute abend auf euch gewartet, dieses Lied auf den Plattenspieler gelegt und schließlich Gewalt anwenden müssen. Ohne Gewaltanwendung hätte er nie gestanden. Ich habe mir Michelas Haß zugezogen, für einen Moment vielleicht auch deinen, aber ich hatte keine andere Wahl.«

Das Ticken des Weckers und Michelas Atem waren wieder zu hören, nachdem Alberto zu Ende gesprochen hatte.

»Aber warum, warum hat er es getan?« fragte Silvestro. »Es wäre doch viel einfacher gewesen zu gestehen, daß er in Notwehr gehandelt hatte. Giannuzzo bedrohte ihn mit dem Messer, und da mußte er sich eben wehren.«

»Warum?« Alberto zuckte die Achseln. »Das habe ich mich auch oft gefragt. Aber nach seinem Geständnis war es mir klar. Weil er genau wußte, daß es keine Notwehr war. Das Gesetz wird ihm nichts anhaben können, man kann ihm schlimmstenfalls Überschreitung der Notwehr vorwerfen, aber in seinem tiefsten Innern weiß er, daß es Mord war. Überleg doch einen Moment: Giannuzzo konnte sich kaum auf den Beinen halten, er hatte schon vorher harte Schläge eingesteckt; um sich gegen diesen Giannuzzo zu wehren, brauchte Roberto ihn nicht zu töten.

Das Messer weit wegwerfen und ihn mit einem Schlag unschädlich machen, hätte vollauf genügt. Er kann Judo, es wäre ihm ein leichtes gewesen. Aber er hat ihn getötet, weil er ihn sich endgültig vom Halse schaffen wollte. Das ist das erste Motiv. Als zweites kommt hinzu, daß er ein Neurotiker ist, der zu nichts und zu niemand Vertrauen hat. Er wird sich gedacht haben: Wenn ich gestehe, schicken sie mich für zehn oder zwanzig Jahre ins Gefängnis, kein Mensch wird mir glauben, daß es Notwehr war. Und das hat ihn veranlaßt zu lügen, sich mit allen Mitteln vor dem Gefängnis zu bewahren. Ein normaler Mensch wäre heute abend an seiner Stelle in Tränen ausgebrochen und hätte um Mitgefühl gefleht. Wir alle hätten ihm geholfen, wenn er sich freiwillig gestellt hätte, nicht nur Michela, auch du und ich. Aber nein, seine Nerven haben ihn verraten, er hat sich selbst entlarvt und uns allen klar gezeigt, daß er mit Michelas Zuneigung spekuliert hat, und dann ist er auf und davon ...« Alberto lachte bitter auf. »Aber warum muß ich dir das alles erklären, ausgerechnet dir? Vor vier Jahren hast *du* uns jungen Anfängern eine Vorlesungsreihe gehalten, vielleicht erinnerst du dich noch an das Thema: Nervöses Temperament und Verbrechen.«
»Ja, ja.« Auch Silvestro mußte jetzt lächeln. »Du hast daraus gelernt, und ich habe es vergessen.« Dann, nach längerer Pause, sagte er: »Wenn sie wach wird, fährst du mit ihr weg. Bring sie weit, weit weg von hier. Sie wird lange brauchen, um sich von diesem Schlag zu erholen. Diesmal kann ich nichts mehr für sie tun. Sie braucht jetzt einen wie dich, sonst, befürchte ich, kommt sie nie darüber weg.«
»Michela haßt mich. Was kann ich für sie tun? Laß mich gehen, bitte!«
»Sie haßt dich nicht. Heute abend sind ihr nur die Augen geöffnet worden. Du mußt bei ihr bleiben.«
»Sie wird es nicht wollen. Sie wird anfangen zu schreien, wenn sie mich beim Aufwachen sieht. Ich habe ihr weh tun müssen. Auch wenn sie weiß, daß es notwendig war.«
»Nein. Michela weiß, warum du es getan hast: für sie.« Silvestro Loré spürte ein leichtes Schwindelgefühl und griff sich an die Brust, wie schon vorher manchmal, wenn er eine Krise nahen fühlte. »Ich selbst muß hierbleiben, wenigstens noch ein paar Tage. Allein schon, um dem armen Sebastiano beizustehen.

Er weiß ja nicht, wie sehr sein Sohn mißraten ist, und ich will verhindern, daß er es je erfährt.« Er stand auf. »Ich lege mich etwas hin. Falls irgend etwas ist, weck mich! Aber laß sie nicht allein!«
Alberto schüttelte den Kopf. Er würde sie nicht allein lassen. Silvestro verließ nach einem letzten Blick auf seine schlafende Tochter das Zimmer. Die Zeiger des Weckers auf Michelas Nachttisch krochen unendlich langsam weiter, hinter dem Fenster wurde es allmählich heller, die Sterne waren verschwunden, und Michela lag bewegungslos in ihrem Bett. Alberto wagte nur von Zeit zu Zeit einen Blick zu ihr hinüber. Nur ihr Atmen verriet, daß sie nicht tot war.
Dann ging irgendwo hinter dem Haus die Sonne auf, und Alberto sah, wie sich ihre ersten Strahlen im Wasser des Flusses unter dem Fenster spiegelten. Um kurz vor acht Uhr hörte er das träge Bellen des Hundes und die Stimme der Haushälterin, die ihn rief. Kurz darauf wurden Michelas Atemzüge länger. Alberto trat an ihr Bett. Sie hatte sich im Schlaf bewegt, die Beine ausgestreckt und einen Arm über ihr Gesicht gedeckt. Er holte den kleinen Hocker vom Frisiertisch und setzte sich zu ihr ans Bett. Neun Uhr. Neun Uhr fünfzehn.
Neun Uhr fünfundvierzig. Michela schlug die Augen auf, schloß sie, öffnete sie wieder und starrte Alberto an. Sie war noch nicht bei klarem Bewußtsein. Dann hellten sich ihre Augen allmählich auf: Sie erinnerte sich wieder an alles. Sie blieb ganz ruhig liegen, ihr Blick füllte sich mit Schmerz, aber ihre Stimme klang beherrscht, wenn auch leise: »Wo ist Papa?«
»Er schläft noch. Aber er wird bald hiersein.«
Michela schloß die Augen.
»Willst du noch schlafen? Soll ich die Läden zumachen?«
Sie öffnete die Augen. »Nein«, sagte sie. Immerhin lag kein Haß in ihrem Blick, obwohl es ihn traurig machte, daß er aus ihren Augen gar nichts ablesen konnte.
»Soll ich dir etwas zu trinken bringen lassen?«
»Nein.« Auch ihre Stimme verriet nichts.
Er schwieg eine Weile und stand von seinem Hocker auf, die Jacke über dem Arm, wo er sie die ganze Nacht gehalten hatte, ohne es zu merken. »Willst du, daß ich gehe?«
»Nein!« Plötzlich schrie Michela dieses Wort wie am Abend vorher; plötzlich klang wieder Schmerz aus ihrer Stimme, aber

auch ein verzweifeltes Bedürfnis nach Hilfe; plötzlich richtete sie sich auf und griff nach Albertos Hand, als hätte sie Angst, daß er ihr davonlaufen könnte. »Nein, bleib! Laß mich nicht allein, laß mich nicht allein ...«, bettelte sie, bis Alberto sich zu ihr setzte und sie in die Arme nahm.

»Ich lasse dich nicht allein, Chela, Cheletta, ich lasse dich nie mehr allein!«

Aber sie hörte ihn nicht, sie drückte sich an ihn, hörte nur ihre eigene Stimme, die immer wieder angstvoll bat: »Laß mich nicht allein, Al, laß mich nicht allein ...« Schluchzen erstickte an seiner Brust.

Er hob ihr Gesicht zu sich hoch, und während er sanft über ihr Haar streichelte, murmelte er leise: »Ich bin ja bei dir, Chela, ich bin immer bei dir gewesen.«